NA COMHARTHAÍ

An Chéad Eagrán 2014
© Darach Ó Scolaí 2014

ISBN 978-0-898332-86-5

Clóchur, dearadh agus pictiúr clúdaigh: Caomhán Ó Scolaí
Clódóireacht: Clódóirí Lurgan

Foras na Gaeilge
Tugann Foras na Gaeilge
tacaíocht airgid do Leabhar Breac

Tugann an Chomhairle Ealaíon
tacaíocht airgid do Leabhar Breac

Tá an t-údar buíoch den Chomhairle Ealaíon as an
sparánacht a bhronn siad air agus é i mbun pinn.

Leabhar Breac, Indreabhán, Co. na Gaillimhe.
www.leabharbreac.com

Na Comharthaí

DARACH Ó SCOLAÍ

LEABHAR
BREAC

Na Cóipleabhair

Dé Sathairn, an tríú lá de Bhealtaine, lá sin na gComharthaí. Tá tú thiar i do phluais arís, arsa Nadín liom, agus an ceart aici — fiú murar thuig sí féin é sin ag an am.

Tar éis leath an lae a chaitheamh luite faoin ngrian gan dhá fhocal eadrainn, thiomáin múr trom báistí den trá muid ag scairteadh is ag gáire go giodamach. Dhreapamar in airde ar an duirling, shuigh isteach sa gcarr, lig tharainn pé mionrudaí ba chúis leis an teannas a bhí san aer, scaoil siar an suíochán paisinéara agus bhuail muid craiceann. Níos deireanaí, an bháisteach lagaithe, mé sínte fúithi agus mo mhéara á slíocadh agam dá dlaoithe fada donnrua, dúisíodh as mo shámhas brionglóideach mé agus dhá chlabhta ag teacht le chéile i bhfoirm corónach i ngaothscáth an chairr — coróin bhán órloiscthe agus cúig bheann uirthi. D'fhan mé sínte gan cor asam, m'anáil coinnithe agam, mo chroí ag bualadh, an choróin lasta á casadh san aer os mo chomhair amach.

Bhuail Nadín sonc sna heasnacha orm agus d'fhiafraigh sí díom céard air a raibh mé ag smaoineamh.

Cheana féin, bhí ladhracha na corónach ag leá ina chéile. Choinnigh mé mo shúile in airde agus mé ag fanacht go bhfeicfinn an dtaispeánfaí aon ní eile dom. Ba ansin, nuair nach bhfuair Nadín freagra uaim, a dúirt sí gur thiar i mo phluais a bhí mé. Lá éigin, a deir sí, gabhfaidh tú siar uilig inti agus ní fheicfimid arís thú.

Ar deireadh, nuair a bhí na clabhtaí beaga á scuabadh chun siúil agus clabhtaí eile á bhfí ina chéile i bpátrúin nua agus gan tada fanta den choróin ach solas ar an spéir, dúirt mé léi gan bhréag, gur ag cuardach comharthaí a bhí mé.

Sna clabhtaí? a dúirt sí, agus d'ardaigh sí a glór le spéis. Chas sí thart a cloigeann faoi mo smig. Tá mise in ann páiste a fheiceáil sna braonta ar an bhfuinneog, leanbhín beag agus pluid casta uirthi.

Chroch sí a cloigeann agus phóg sí ar an mbéal mé. Rinne mé iarracht casadh thart ionas go mbeadh amharc amach agam, ach d'éirigh sí os mo chionn agus b'éigean dom iompú ar mo thaobh le hí a chur díom. Ní dhearna sí ansin ach a cloigeann a thógáil agus é a leagan ar mo ghualainn, agus nuair a bhreathnaigh mé arís bhí an t-aer tite ar an talamh agus an bháisteach ag preabadh den ghaothscáth.

D'fhéadfadh muid an carr a thabhairt linn an deireadh seachtaine seo chugainn, a mhol sí, a sróinín bheag dea-chumtha á cuimilt go dingliseach faoi mo chluais aici. Agus imeacht ar feadh cúpla lá.

Shín sí a méara síos i mo ghabhal. Rinne sí gáire agus í ag breathnú amach faoina glib orm lena dhá shúil mhóra ghlasa.

Ba chóir dúinn bheith níos cúramaí, a deirimse.

Ní hé an t-am sin den mhí é.

Ní bheadh a fhios agat.

Tharraing sí siar a lámh de phreab, a giall teann agus a pollairí leathnaithe le fearg. Nach maith nach ndearna sé aon imní duit go dtí seo?

Bhí an múr iompaithe ina bháisteach thoirní agus nuair nach raibh aon chuma air go raibh sí le glanadh dúirt mé go gcaithfinn imeacht sa tóir ar mo chuid cairde.

De ghlór beag caol, thairg sí mé a thabhairt chomh fada leo sa gcarr. Thabharfadh sé deis cainte dúinn, ar sí.

Nuair nár dhúirt mé tada leis sin, shuigh sí aníos, réitigh sí a cuid éadaigh uirthi féin, d'ardaigh sí an suíochán, chas sí an eochair san adhaint, agus thiomáineamar linn.

Ba trí thimpiste a casadh orm í an oíche roimhe sin. Bhí mé féin agus mo chomhghleacaí Liam agus triúr cairde leis siúd — Antón agus an lánúin óg, Máirtín agus Máire — tagtha anuas as Baile Átha Cliath i gcarr Liam chun an deireadh seachtaine a chaitheamh tigh Mhamó ar an Spidéal — mo theachsa ó cheart, bhí Mamó caillte le os cionn dhá bhliain.

Cé go raibh an chisteanach beagáinín tais, ní raibh droch-chaoi ar an teach agus, tar éis dom seilbh a ghlacadh ar mo sheanleaba féin, agus an dá sheomra eile a roinnt ar mo chuid cuairteoirí, las mé tine mhór brícíní agus adhmaid sa sorn Stanley — ní raibh aon mhóin againn — agus chuir mé Liam ag lasadh na tine sa seomra suite, rud a rinne sé lena ghnáthchúram, a chuid spéaclóirí tite anuas go bun na sróine aige agus é ag cornadh páipéir agus ag cruachadh brícíní lena mhéara fada fíneáilte. Ba ó Phat Thaidhg béal dorais a cheannaíodh muid an mhóin, agus bhí sé i gceist agam cúpla mála a iarraidh air le cur sa gcró, ach ní ligfeadh an náire dom dul chomh fada leis tharla nár sheas mé sa teach aige ó cailleadh Mamó. Le bladhm solais, lasadh an páipéar agus phreab Liam siar de gheit.

Thugas na braillíní as an gcófra i mo sheomra agus thug croitheadh dóibh, leathchluas agam le gártha Antóin agus na lánúine sa gcisteanach agus an chili mór á réiteach acu. Agus braillín á leathadh amach ar an leaba agam, thit bileog bheag bhuíchaite anuas ar an urlár. D'aithin mé mo lámhscríbhneoireacht féin ar leathanach línithe a stróiceadh as cóipleabhar scoile. Ar thaobh amháin bhí líníocht i ndathanna tréigthe d'Aichill óg agus a chompánach Patroclus, iad beirt leathnocht ar mhuin Chíron, an ceinteár, agus é ag taispeáint dóibh le sleá a chaitheamh. Ar an taobh eile léigh mé cur síos, i bpeannaireacht mhór dhlúth, ar an rí Artúr á thabhairt chun suain i mbád fada dubh agus é timpeallaithe ag mná caointe. Choinnigh mé an bhileog i mo láimh, chuaigh ar mo dhá ghlúin le taobh na leapa, agus tharraing amach bosca cairtchláir a bhí lán le leabhair nótaí is cóipleabhair bheaga scoile — fíorúdar mo thuras anoir. Sa meascán de scríbhneoireacht is líníochtaí a bhí sa gcóipleabhar ar bharr an charnáin, las mo shúil ó Raspúitín ar snámh i lochán fola go dtí na fiacha dubha ag guairdeall os cionn binn sléibhe. Agus an cóipleabhar oscailte agam ar leathanach ina raibh grianghraf daite a gearradh as irisleabhar — pictiúr de chloigeann Eoin Baiste á shíneadh ar phláta chuig Salomé — d'fhógair Máire sa gcisteanach go raibh an dinnéar beagnach réidh. Le faitíos go mbreathnódh duine acu isteach orm, leag mé an bhileog is na cóipleabhair ar ais sa mbosca, bhrúigh an bosca isteach faoin leaba, d'fhill ciumhaiséanna an bhraillín isteach faoin tocht agus leath amach braillín eile is pluideanna faoi dheifir.

Ní raibh súil ar bith agam le Nadín a fheiceáil sa bpub. Bhí sé cúpla mí ó bhí muid in éindí go deireadh agus, cé go raibh muid anonn is anall le chéile le roinnt seachtainí roimhe sin, agus gur go míshásúil a scaramar ó chéile, níor bhraitheas-sa riamh go raibh an leathfhocal féin eadrainn. Gnáth-oíche ar an ól le mo chairde a bheadh ann murach í, ach nuair a chonaic mé uaim an cúl fada ar dhath an chopair sa slua thart timpeall an chuntair chúb mé uaithi go míchompordach agus, sula raibh a fhios agam é, bhí sí suite inár gcuideachta i gcúinne an tí tábhairne, Nadín bhreá ghlas-súileach bhláthbhuí na Bealtaine agus í go domhain i dtiúin chomhrá le Liam. Theagmhaigh ár súile le chéile agus leath aoibh an gháire ar a béal sular bheannaigh sí dom le croitheadh beag dá ceann. Ach ní dhearnadh an meangadh gáire sin ach mé a chur ar m'aire, agus ón bpointe sin ar aghaidh bhí mé do mo réiteach féin don teannadh aniar chugam agus don áitiú meisciúil, nó don deoch a dhoirtfí i mo ghabhal. Ach ina áit sin, chaith sí an oíche ag caint is ag gáire le mo chuid cairde amhail is nár léir di mé bheith ann ar chor ar bith ach mar dhuine den chomhluadar. Ag pointe amháin den oíche agus mé i mo sheasamh ag an gcuntar, bhí a droim aici liom agus í chomh gar dom gur líonadh mo pholláirí le cumhracht chlóibh is chainéil a cuid gruaige, agus go mb'éigean dom iompú uaithi.

Ar ais sa teach, tar éis an phub, fuair mé romham arís í, dingthe isteach ar an tolg idir Antón agus Liam, í ag ól as buidéal beorach agus ceol téisiúil na hAilgéire á bhloscadh amach ar na callairí. In ainneoin iarrachtaí Mháire an tine a lasadh arís, ba in aghaidh mharmar fuar an tinteáin a shuigh mé ar mo ghogaide, agus mé ag blaiseadh go mall den channa beorach a cuireadh i mo ghlac. Go mall, a deirim, mar in ainneoin mo réchúise, ní raibh mé ar mo shuaimhneas fós ina comhluadar, agus cé go mba cúis sásaimh dom é go raibh muid in ann casadh le chéile i gcomhluadar arís agus caitheamh go sibhialta le chéile, ina dhiaidh sin féin d'airigh mé ar bhealach éigin go raibh sí san éagóir, agus go raibh sí tagtha róghar do bhaile. Tar éis an tsaoil, ba i mo theach féin a bhí mé, ar saoire, le mo chairde féin.

Ní hionann agus sa teach tábhairne roimhe sin, thiar sa teach ní raibh mé in ann gach teagmháil dhíreach léi a sheachaint. Cúpla uair, fuair mé mé féin sa gcomhrá céanna léi, agus muid ag breathnú sa tsúil ar a chéile go neamhleithscéalach sna díospóireachtaí a bhí ag dul anonn is anall tharainn i gcaitheamh na hoíche. D'éirigh liom, fiú, jóc a dhéanamh faoi thochailtí seandálaíochta Liam agus a bhailiúchán muigíní is plátaí briste, agus lig sí racht gháire aisti.

Tá cara liom, a dúirt sí, agus í ag filleadh ar an gcomhrá le Liam, ag tochailt sa tSibéir.

San Altai, an ea? An rí a fuarthas faoin gcruach? a d'fhiafraigh Liam di agus na spéaclóirí á ndíriú suas ar a shrón aige.

Nach gcuirfeadh sé Teamhair i gcuimhne duit?

Is ea, arsa Máire. An t-ardrí sin a cuireadh ina sheasamh sa talamh ina chuid éide catha agus é ag breathnú soir ar a chuid naimhde Laighneacha.

Laoghaire, arsa Liam.

B'fhéidir nach básaithe a bhí sé ar chor ar bith, a deirimse le fonóid, agus mé ag iarraidh an comhrá faoi shaincheisteanna seandálaíochta a thabhairt ar ais chugainn féin. An bhfaca sibh, a deirim, an scéal sa bpáipéar faoin Sáraivits Alexei is a dheirfiúr? Is cosúil go bhfuil a gcoirp aimsithe acu.

Sa gceantar céanna sa tSibéir, arsa Nadín le Liam, agus a droim á iompú aici liom, thángthas ar bhanríon nó bandraoi in uaimh agus í luite ar a taobh amhail is gur ina codladh a bhí sí.

Baineann siad ar fad le haon chultúr mór amháin, a deir Liam, cultúr a shín anoir ón tSibéir chomh fada linne anseo in Éirinn.

Tá mé ag ceapadh go sínfidh mé mé féin siar leis an mbanríon sin, a deir Máire, agus í ag méanfach.

Níor lig a fear air gur chuala sé í. Nó le cultas mór amháin, ar sé, agus é ag iarraidh bealach a dhéanamh isteach sa gcomhrá.

Is ionann iad, a deir Liam go giorraisc. Is í an tsanasaíocht chéanna atá acu. Cultúr, cultas. Agus thug sé míniú fada dúinn ar fhréamh an dá fhocal — i riar nó cothú a dhéanamh ar fhás, ar sé — sular fhill sé ar ábhar na gcorp agus ar rí dhá mhíle bliain d'aois a fuarthas go gairid roimhe sin i bportach agus é tachta le gad sailí.

Ach ní raibh Máirtín le cur ó chosán. An fear a bhí san árasán romhainne, ar sé, bhain sé le cultas éigin Críostaí. Nuair a d'athraigh muid isteach sa seomra bhí bileoga beaga buí greamaithe de na ballaí aige agus seanfhocail ón mBíobla scríofa orthu.

Post-its, a dúirt Máire agus í ag dul siar sa seomra.

Ag pointe éigin níos deireanaí san oíche, bhí Nadín suite ar chúisín ar an urlár agus chaithfeadh sé go raibh mé ar mo chompord mar nuair a d'iompaigh sí uaim le labhairt le duine de na buachaillí d'airigh mé mé féin ag stánadh ar a cúl, agus ba bheag nár shín mé amach mo lámh le mo mhéara a chuimilt dá folt snasta slim.

Níor thug mé faoi deara cén treo a bhí faoin oíche nó gur éirigh an duine deireanach de na buachaillí ina sheasamh — Antón, agus é sin féin ag méanfach agus ag fógairt go raibh sé ag dul a luí. Dúirt Nadín go raibh sé in am bóthair, ach níor chorraigh sí den tolg. I nganfhios di, chaoch Antón súil liom agus é á shearradh féin. D'éist muid leis ag déanamh a bhealaigh siar go dtí an seomra agus d'ól sí súmóg eile as a buidéal. Go hamaideach, d'fhiafraigh mé di cén chaoi a raibh sí.

Rinne sí gáire fonóideach faoi mo cheist agus labhair sí leis an lipéad ar an mbuidéal. Cén chaoi a bhfuil mé, ar sí, agus í ag ligean iontais uirthi féin. Tá tusa ag fiafraí díomsa cén chaoi a bhfuil mé? Bheadh sé sin ar eolas agat dá bhfreagrófá mo chuid glaonna. D'fháisc sí a béal i meangadh na féinsástachta sular labhair sí arís. Tá mé go maith, an-mhaith, a dúirt sí ansin.

Bhí fear aici, Bleácliathach, a d'inis sí dom. Tá sé ag obair sa mbanc. Seán Ó Sé as Baile an Bhóthair.

Ba bheag nár lig mé scairt gháire asam. Ach ba chúis faoisimh dom é, mar sin féin, cuma cén t-ainm a bhí air nó cé mb'as é.

Casadh ar a chéile i mbeár muid, ar sí. Bhí deoch á tabhairt agam chuig cara liom agus shín mé an bheoir chuige trí dhearmad. D'ól sé siar de léim é, ar sí, agus rinne sí gáire léi féin sular labhair sí arís. Tá sé lách, caitheann sé go maith liom.

Scaoil mé tharam é.

Téann muid ag cnocadóireacht i gCill Mhantáin, ar sí leis an mbuidéal. Dúirt sí arís gur chaith sé go maith léi, agus d'airigh mé mífhoighid éigin ag borradh aníos ionam. Ansin, le meangadh beag róshásta, d'inis sí dom gur dhúirt gach uile dhuine léi gur fear breá a bhí ann, agus go raibh sí féin is é féin go maith le chéile, agus go raibh siad níos feiliúnaí dá chéile ná mar a bhí an bheirt againne.

Ní éad a bhí orm. Níor chuir sé a dhath as dom go raibh an Seán Ó Sé seo ag déanamh staile de féin uirthi. Níorbh in é, ach ar chloisteáil na bhfocal sin dom, agus í suite i mo theachsa, tar éis di an oíche a chaitheamh i gcuideachta mo chairdese, d'adhain splanc fuar feirge ionam agus, sular chuimhnigh mé orm féin, bhí sé ráite agam.

D'airigh mé uaim thú.

Nuair nár labhair sí, dúirt mé arís é.

Bhí an meangadh glanta dá béal agus gach rian den teanntás imithe as a glór. Chuala mé an chéad uair thú, a dúirt sí, ach ní maith go gcreidim gur dhúirt tú é sin.

Dúirt mé léi go raibh mé ag cuimhneamh uirthi le cúpla seachtain roimhe sin.

Tá sé beagáinín mall agat é sin a rá, ar sí.

Chroith mé mo cheann, agus thosaigh mé a rá gur thuig mé nach mbeadh sí ag iarraidh mé a fheiceáil arís, ach ar deireadh, nuair nach raibh a fhios agam céard a bhí uaim a rá, thug mé croitheadh do mo ghuaillí agus lig orm féin go raibh mé ag iarraidh an tine a fhadú.

Tá deoch ólta agat, ar sí. Bhí muid uilig ag ól. Má tá tú dáiríre faoi seo, tar chuig an teach amárach agus labhróimid ansin.

Labhróimid ansin, a deirimse ina diaidh, agus tuirse mhór do mo bhualadh. Leag mé uaim an tlú, d'éirigh mé i mo sheasamh agus mé ag súil go n-imeodh sí agus go n-imeodh sí go beo. Agus ar fhaitíos nach n-imeodh, thairg mé siúl chomh fada leis an teach léi agus, ar chúis éigin, chuimhnigh mé ar an mbeart cóipleabhar a chas i mo bhealach ar dtús í, agus ar an bpictiúr leanbaí a d'aimsigh mé sa gcófra i mo sheomra. Tháinig na focail a bhí scríofa faoi phictiúr na bhfiach dubh chugam: An bhfuil sé in am fós?

Ach, bhí sí fós ann, agus cé gur eitigh sí mé, ag rá nach raibh aon chall leis, nach raibh a teach féin ach tamall soir an bóthar, shiúil mé an míle go leith bealaigh léi trí cheobhrán bog báistí; muid ag gáire le neirbhíse faoi scáth na gcrann péine ag bun an bhóithrín; ag baint macalla as ballaí dorcha an tsráidbhaile; ag stopadh le breathnú ar an ngealach os cionn na farraige ag an

Dumhach Mhór; agus ag rith soir thar lochán báistí sula dtáinig carr ag scairdeadh uisce in airde ar an gcosán. Sheasas ag doras an tí agus thug póg di ar an leiceann. Bháigh mé mo shrón ina dlúthfholt agus tharraing anáil go domhain gur líon mo scamhóga le cumhracht mheisciúil a cúil. Phóg mé ar a muineál í, agus nuair nár stop sí mé, chromas isteach thar ursain an dorais chuici agus chuaigh á pógadh nó gur stiúir sí siar mé go dtí a seomra codlata agus gur bhuail muid craiceann gan mo dhá chois a thógáil as osáin mo bhríste. Níos deireanaí, agus muid lomnocht, luíomar le chéile arís, agus uair amháin eile agus solas na gréine ag doirteadh isteach orainn, a cneas cnódhonn le mo thaobh agus a folt ina dlaoithe anuas thar mo chraiceann bán.

Thart ar an meán lae nó mar sin, dhúisigh mé agus í ag caint faoi theas na gréine taobh amuigh agus faoi sheisiún ceoil a bheadh i dteach tábhairne ar an mbaile beag an tráthnóna sin, agus chorraigh mé go míchompordach. Faoi mo leiceann bhí leabhar a thóg mé den tseilf am éigin roimhe sin, agus a raibh mé ag casadh na leathanach inti ar thóir ábhair léitheoireachta. Scrúdaigh mé arís í, agus chonaic go mba liom féin í. Chaith mé scaithimhín eile ag suanaíocht mar sin, gur mhúscail mé agus scata druideanna ag imeacht de ruaig thar na bláthanna feoite sa bhfuinneog. Bhí Nadín ag labhairt liom ón doras oscailte.

Nó d'fhéadfadh muid a dhul ar an trá ar dtús, a dúirt sí. Shín sí muigín caife isteach i mo lámh agus leag tráidire ar an leaba ina raibh dhá bhéigeal smeartha le him is mil.

Mheabhraigh mé di go mbeadh Liam agus an triúr eile ag súil liom, agus mhol sí go dtabharfadh muid linn iad. Nach bhfuil dhá charr againn?

Nuair nach raibh dé orthu sa teach, ach nóta fágtha ag Máire ar bhord na cisteanaí a rá go raibh siad imithe ag spaisteoireacht agus go mbeidís ar ais ar an Spidéal sa tráthnóna, leagamar ár gcótaí fúinn ar an ngaineamh agus rinneamar luí le gréin nó gur chuir an bháisteach den trá muid.

Cé gurbh é an Satharn a bhí ann ní raibh sé ach a ceathair agus ní raibh súil ar bith agam leis an méid daoine a bhí sa teach tábhairne romhainn. D'fhág mé Nadín sa tsólann ag caint le beirt chomharsan léi, agus thug mé mo dheoch liom isteach sa mbeár. Ní raibh aon amharc fós ar dhuine ar bith de mo chomrádaithe féin, ach i measc na strainséirí a bhí ag líonadh isteach don tráthnóna, d'aithin mé Éamonn Mac Alastair, file a bhíodh le feiceáil ó am go chéile ar chláir theilifíse faoi leabhair is chúrsaí cultúir. Bhí sé suite ar stól ard agus a dhroim mór leathan leis an gcuntar aige. De cheal spáis, sheas mé isteach in aice leis agus d'éirigh sé agus tharraing anonn a stól le háit a dhéanamh dom ag an gcuntar. Ghlac mé buíochas leis, a rá gur thaitin a chuid leabhar liom (gan a lua leis nach raibh léite agam ach cúpla líne go fánach anseo is ansiúd). D'iompaigh sé chugam gur thaispeáin na roiceanna doimhne faoine shúile geala gorma, agus féasóg dhubh an fhoghlaí mara fásta aníos as léine bhán a bhí oscailte faoina bhráid ghriandóite. Culaith bhréidín a bhí air, í caite agus scaoilte, agus boladh na holla is an tobac uirthi. Luigh mo shúil ar shuaitheantas na corónach fuaite le snáth bán os cionn póca brollaigh na léine. Ní ba léir dom gur chuala sé mé. Nocht sé draid bhán, mar a rinne sé leis na strainséirí a bheannaigh dó agus iad ag dul thairis isteach sa mbeár, agus chuir sé in aithne mé don bhean a bhí ina chuideachta, ógbhean bheag ghormshúileach a raibh bob fionnbhán anuas thar chlár leathan a héadain. D'éirigh sé den stól ansin go neamhleithscéalach agus rinne a bhealach síos le taobh an chuntair le labhairt le duine aitheantais a bhí tagtha isteach, agus fágadh mise sa gcás go mb'éigean dom beagán cainte a dhéanamh le Silvia, agus í do mo ghrinniú go hamhrasach. Banaltra a bhí inti, Ciarraíoch a bhí ag obair i mBaile Átha Cliath. Agus mé ag freagairt ceisteanna fúm féin, bhí mé in ann Nadín a aireachtáil áit éigin ar mo chúl ag bá na súl ionam. Tharla nach raibh deifir ar bith ar ais ar Mhac Alastair, shuigh mé in airde ar an stól, agus d'fhiafraigh mé di faoin aithne a bhí aici air. Bhí céim oíche á déanamh aici san ollscoil agus bhí seisean ina léachtóir aici, ar sí, agus d'iompaigh sí an chaint ar ais orm féin.

Bhí triúr nó ceathrar bailithe thart timpeall air faoin am seo, agus é ag cur de go paiseanta. Nuair a d'iompaigh sé ar ais inár dtreo lena ghloine a thógáil den chuntar d'éalaigh deireadh abairte uaidh. Ní hea ná Oisín, ar sé agus a ghlór á ardú aige lena dhiongbháilteacht a chur in iúil, ach Eoin i ndiaidh na nAspal. Agus chaith sé siar a dheoch sular iompaigh sé ar ais chuig a chompánach. Dúirt duine acu rud éigin leis agus d'fhreagair Mac Alastair é. B'fhéidir nach bhfuil ionainn ar deireadh, ar sé, ach pláinéid ag casadh thart timpeall ar ghrian dhorcha.

Dúirt mé an abairt dheireanach sin liom féin ina dhiaidh, agus d'iompaigh mé ar ais chuig Silvia.

Labhraíonn Éamonn fésna ríthe is na déithe, ar sí, amhail is go maireann sé ina measc.

Trína ainm baiste a thabhairt ar a léachtóir bhraith mé go raibh seilbh éigin á fógairt aici air, agus d'airigh mé an t-éad do mo phriocadh. Chaithfeadh sé go bhfuil sé deacair ag duine scríobh, a deirimse, nó fiú smaoineamh, agus é i lár an aonaigh?

Leath sí a súile móra gorma orm le mífhoighid, nó sin a shíleas ag an am. Téann tú ar an aonach chun do mheannán a cheannach, ar sí, tugann tú abhaile é chun é a ramhrú, agus téann tú thar n-ais ann nuair atá do ghabhairín le díol agat.

Sa tost a lean an ráiteas sin uaithi tháinig sé go píobán orm a rá go mb'fhacthas dom go mbíodh an gabhar á róstadh i gcaitheamh na bliana ag Mac Alastair, ach is é a dúirt mé ar deireadh, go dtéann daoine amú ar an aonach.

D'fhreagair sí ar an toirt mé. An é sin a tharla duitse?

Sula raibh faill agam ar fhreagra a thabhairt air sin, síneadh lámh ghriandaite anall tharam agus a sparán á leagan ag Nadín os mo chomhair ar an gcuntar. Tabhair aire dó sin dom, ar sí, agus chas sí ar a cois agus d'imigh arís.

Bhreathnaigh Silvia ar an sparán agus nocht fríd an gháire ar a béal, amhail is go raibh an comhartha léite go maith aici.

Rinneas féin gáire. Tá mé a cheapadh, a deirimse, go ndeachaigh mise amú ar an mbealach ann.

Is mó duine nár tháinig as, ar sí. Canathaobh nach ngabhfá chun cainte leis? D'éirigh sí ina seasamh agus dhearc go dúshlánach orm. Tá sé ag bualadh bóthair, tig leat teacht linn más maith leat. Muna bhfuil cúram eile ort?

Chúb mé mo shúile uaithi agus chuaigh ag méirínteacht le rilíf de naomh is leanbh plaisteach ar bhosca bailiúcháin a bhí ceangailte le slabhra beag den chuntar. Bhí sé in am tae, an beár ag folmhú amach de bheagán, Nadín le mo chúl in áit éigin, agus súil fós le Liam agus an dream eile.

Nuair a chroch mé mo cheann arís bhí Silvia ag siúl uaim anonn chomh fada leis an doras, áit a raibh Mac Alastair ag fanacht léi agus a chuid eochracha á luascadh ar a chorrmhéar aige. D'iompaigh sí ar ais chugam agus thug mé faoi deara a cosa dea-chumtha. Cé nach raibh airde ná téagar inti bhí sí fuinniúil fáiscthe. D'oscail Mac Alastair an doras di.

Bhí mé ar mo chosa nuair a tháinig Nadín ar ais agus pionta á shíneadh isteach i mo láimh aici. Leag mé é ar an gcuntar gan deoch a ól as, agus dhearc mé i dtreo dhoras na sráide arís, ach bhí sí imithe, an doras ar leathadh agus bus nó leoraí le cloisteáil ag tarraingt amach ar an mbóthar. D'éist mé léi ag ardú luais agus ansin ag lagan ina crónán agus í ag fágáil an bhaile ina diaidh ar a bealach soir thar an trá.

Bhuail Nadín sonc sna heasnacha orm. Níl tú ag éisteacht liom, ar sí. Dúirt mé go raibh jab faighte i mBaile Átha Cliath agam. Agus anois ó tá duine éigin sa ngealchathair agam féadfaidh tú gach uile bhlas a thaispeáint dom. Ní miste leat?

Ní miste, arsa mise. Bheadh sé sin go hálainn.

Bhí an ceol tosaithe sa tsólann.

Ar ais i mBaile Átha Cliath dom, bhí leá tagtha ar ghrian is ghaineamh an deireadh seachtaine agus mé socraithe isteach ar an obair arís. Tháinig sé ag doirteadh Dé Céadaoin agus, cé nach raibh aon súil agam le Nadín chomh luath sin, ba mhór an fháilte a bhí agam roimpi nuair a fuair mé romham í ag doras na leabharlainne agus í ag tairiscint marcaíochta ar ais chuig an teach dom, mar a raibh casaról mór ar bogadh aici dúinn gan mórán achair. Nuair nár luaigh sí cúrsaí lóistín liom ba bheag a d'fhéadfainn a rá agus mo bholg lán tar éis an bhéile agus í sínte le m'ais ar an leaba.

Réitigh sí go maith le Rico ón gcéad mhaidin ar thug sí síob chun na hoibre dó. Ba é Rico cíortha cóirithe a bhí ina cheann feadhna orainn sa teach agus a bhailíodh an cíos agus airgead an tae uainn, agus bhraith mé gur thug an cuairteoir sa teach deis dó beagán smachta a chur orm féin is ar mo chomhlóistéirí ó thaobh ghlaineacht an tí de — rud a d'fheil go maith dó. D'imigh na laethanta go sciobtha agus bhí an oiread fáilte againn roimh an gcócaire is tiománaí a bhí ar cuairt orainn nár ardaíodh aon cheist fúithi bheith sa teach agus, cé go raibh a fhios agam nach raibh sa jab a bhí faighte i mBaile Átha Cliath aici ach cúpla uair an chloig mar fháilteoir i mbloc oifigí fad is a bhí obair sheandálaíochta á cuardach aici, agus go mb'fhacthas dom nach mórán cainte a bhí aici ar lóistín a chuardach, níor dhúirt mé tada. Bhí an comhluadar faoin bpluid ag réiteach go maith liom agus b'fhacthas dom go bhféadfainn leanacht orm ar lorg na gComharthaí agus Nadín le m'ais.

Nó b'in a shíl mé. Le fírinne, d'fhan na málaí faoin leaba san áit a leag mé iad ar theacht ar ais as an Spidéal dom, agus ba bheag am a chaith mé tar éis na hoibre agus gach deireadh seachtaine nach ag freastal ar a mianta thiar sa seomra a bhí mé, mar a shleamhnaigh laethanta is oícheanta tharam faoi cheo na collaíochta, gan aon chuimhne agam ar mo chuid cóipleabhar ach mar a bheadh poll i mo stoca.

Amach sa mBealtaine, lá a dtáinig mé ar ais chuig an teach go luath sular fhill Nadín óna cuid oibre, fuaireas dhá léarscáil crochta ar an mballa ag bun na leapa. In ainneoin go raibh a cuid stuif ag carnadh sa seomra ó tháinig sí, agus nár chuir sé sin a dhath as dom, bhuail spadhar éigin mé ar a fheiceáil dom go raibh seilbh á glacadh aici ar bhallaí mo sheomra agus, sula raibh na léarscáileanna fiú feicthe i gceart agam, rugas greim ar chiumhais pháipéir an chéad léarscáile agus bhí mé ar tí í a stróiceadh den bhalla nuair a luigh mo shúil ar fhocal nó ar chruth a d'aithin mé. Contae Bhaile Átha Cliath a bhí ann, agus aibhneacha an chontae marcáilte i ndúch dearg is gorm os cionn na sráideanna. Rinne mé iontas de na haibhneacha agus de na codanna d'aibhneacha a bhí ag rith faoi thalamh i lár na Cathrach: an Bhradóg sa taobh ó thuaidh, an Phoitil ó dheas, agus Abhainn na Stiabhna ag sníomh aníos faoi Shráid Fhearchair, ag rith i nganfhios faoi thithe is siopaí comhthreomhar le Sráid Ghrafton agus ag í ag doirteadh isteach sa Life faoi Shráid an Fheistí. Léarscáil sráide den chathair a bhí sa dara ceann. Anuas ar na sráideanna bhí iarsmaí na seanchathrach taispeánta i bpeannaireacht dhearg: seanbhallaí an bhaile, mainistreacha, droichid, geataí. Luigh mo shúil ar sheanbhealaí móra an Ardrí, an tSlí Mhór aniar agus Slí Mhíluachra aduaidh agus iad ag teacht le chéile ar choirnéil Shráid San Proinsias is Shráid Thomáis, agus níos faide ó dheas, an tSlí Dála ag bualadh le Slí Chuilinn sa gCom. Le dearna mo láimhe, bhrúigh mé cúinne na léarscáile ar ais anuas ar an gcnapán blu-tac, agus shuigh mé ar bhun na leapa le léarscáileanna na cathrach rúnda a scrúdú faoi shásamh — agus mé ag gealladh dom féin arís go dtabharfainn aghaidh gan mhoill ar an mbosca cóipleabhar faoin leaba, agus ar mhapáil rúnda mo chinniúna.

Tráthnóna meirbh i mí an Mheithimh, sular fhág mé an leabharlann, bhuail mé isteach in oifig Liam. Fuair mé romham é, é cromtha os cionn deasc a bhí ag cur thar maoil le leabhair is fótachóipeanna, agus gan aon chuma air go raibh sé réidh le himeacht. Sháigh sé aníos a cheann go sciobtha agus bhreathnaigh amach thar a chuid spéaclóirí orm, ag rá go raibh sé meáite ar bheagán oibre a dhéanamh ar a thráchtas sula ngabhfadh sé abhaile. Agus muid ag caint go fánach, luigh mo shúil ar leabhairín beag tanaí ar an tseilf, *Lughaidh mac Con* leis an Athair Peadar Ó Laoghaire (an t-eagrán céanna a bhí againn i leabharlann na scoile, tráth), agus tharraing mé chugam féin í. Bhuail smaoineamh mé agus d'fhiafraigh mé de cén teideal a bhí ar a thráchtas.

Staidéar Comparáideach ar Dhá Leagan de Scél Mhaccon.

Lughaidh mac Con?

An mac céanna, ar sé agus iontas air.

D'inis mé dó go raibh sé luaite ar chúrsa na hollscoile agus go raibh leabhar an Athar Peadar feicthe agam i leabharlann na meánscoile, ach go raibh an scéal ar fad dearmadta agam, cé is moite den sliocht beag a thaitin liom faoi na lucha á leagan ar phlátaí roimh Mhac Con is a chuid fear i gcúirt Rí Alban.

Rinne Liam gáire faoin tagairt do scéal na luch. D'oscail mé leabhar an Athar Peadar agus d'oscail seisean a thráchtas agus léigh sliocht d'achoimre as an réamhrá dom. Leasmhac le hAilill Rí Mumhan ba ea Mac Con, ar sé. Tháinig idir é agus mac an Rí agus, nuair a thaobhaigh an Rí lena mhac féin, Eoghan Mór, d'imigh Mac Con uathu le stuaic agus gan de chuideachta aige ach a chompánach dílis Dodéara agus an seanghaiscíoch Lughaidh Lágha — a *aite* nó a athair altrama, mar a mhínigh Liam. Bhailigh Mac Con slua i measc a mhuintire féin i gCorca Loídhe agus d'fhill sé le cogadh a fhearadh ar Ailill Mumhan agus a chlann mhac. Ag Ceann Abhraid casadh an dá shlua ar a chéile agus, nuair a bhí idirghabháil ar bun idir Mac Con agus Ailill, rinneadh ionsaí fealltach ar shlua Mhic Con agus briseadh orthu. Le linn na maidhme, tháinig a chompánach Dodéara chuig Mac Con agus d'iarr sé air an chróin — an mionn óir — a bhí á caitheamh aige a bhaint de, ionas nach n-aithneodh a chuid naimhde é, agus í a chur air féin.

Luigh mo shúil ar an sliocht i leabhar an Athar Peadar faoi bhás Dhodéara: *Comh-mhéid agus comh-aoirde agus comh-chosmhail an bheirt i dtreo nár dheacair do dhuine acu é féin do chur i riocht an duine eile. Ach nuair a bhí an mionn óir ar cheann Dodéara, agus an éideadh uime ní aithneochadh aoinne ná gur b'é Lughaidh Mac Con é. Do thosnaigh an cath. Do troideadh go dian ar gach taobh. Chonnaic Eoghan Mór, dar leis, Lughaidh Mac Con agus a mhionn óir ar a cheann agus é ag bualadh agus ag leagadh go tiugh agus go tréan. Thug Eoghan aghaidh air. Do throideadar. Do thuit fear an mhinn óir. Annsan do chonnaic Eoghan nár bh'é Mac Con a bhí ar lár aige ach Dodéara.*

D'éalaigh Mac Con agus Lughaidh Lágha go hAlbain, arsa Liam. Bhailigh siad an dara slua ansin agus d'fhill siad ar Éirinn. Bhris siad cath ar Rí Mumhan agus ar Ardrí Éireann araon, agus rinneadh ardrí de Mhac Con i dTeamhair.

Agus Liam ag déanamh cur síos ar an ngaol a bhí idir Mac Con is Lughaidh Lágha is Dodéara, dhírigh mé aníos go hairdeallach agus chuimhnigh mé ar na cóipleabhair. Rith sé liom go mbeadh ábhar spéise dom i gcaidreamh na gcompánach agus go mb'fhiú achoimre a dhéanamh ar an scéal sula bhfágfainn an oifig, agus d'iarr mé iasacht leabhair an Athar Peadar air.

Tabhair leat í, ar sé.

Bhí an leabhar oscailte fós i mo ghlac agam nuair a d'airigh mé téacs ag teacht isteach ar an bhfón agus, gan bhreathnú amháin air, bhí a fhios agam gurbh í Nadín a bheadh ann, ag rá go raibh dinnéar réitithe aici dom, nó go raibh sí i lár an bhaile agus í ag iarraidh casadh liom go n-ólfadh muid deoch. Cé go mba deacair dom a mhíniú dom féin cén fáth, murab é na cóipleabhair é, nó Lughaidh mac Con féin, chuir an smaoineamh iarraidh de mhífhoighid orm — nó, fiú, cantal — agus, in áit an fón a sheiceáil, leag mé uaim an leabhar, ag rá le Liam go dtógfainn lá éigin eile í, thóg mé mo chóta óna dheasc, d'fhág slán aige agus d'imigh liom amach.

Amuigh ar an tsráid dom, thóg mé an fón as mo phóca. Teachtaireacht ó Nadín a bhí ann: deok?

B'in a thug Tigh Mhurchú mé an tráth ciúin sin den tráthnóna sula dtagadh na déagóirí ag plódú isteach. Bhí an dream a tháinig le cúpla pionta a ól i ndiaidh na hoibre ag téaltú leo abhaile de réir a chéile agus gan fanta ina ndiaidh ach corrfhámaire sa tóir ar chomhluadar. Sheas mé le cuntar, mo ghloine beagnach folmhaithe agam agus mé ag braiteoireacht liom féin: cé acu ar chóir dom freagra a thabhairt ar Nadín nó fanacht. Ní raibh mórán sásaimh agam ar mo phionta. Bhí scéal Mhic Con ag cúrsáil trí m'intinn agus mé do mo mhilleánú féin as an leabhar a fhágáil i mo dhiaidh, agus ansin Nadín á milleánú agam as sin agus as an táimhe is an tsiléig a bhraith mé ag teacht orm ó d'fhill mé ón Spidéal — cé gur thuigeas go rímhaith nach raibh uaim ach leithscéal, agus nach raibh mé a dhath níos gaire don obair a bhí le déanamh agam ar na cóipleabhair agus mé asam féin sa teach tábhairne nó i gcomhluadar Nadín ná mar a bhí nuair a thug mé an bosca aniar liom lena sacadh isteach faoin leaba as amharc. Ar deireadh, shocraigh mé go ndéanfainn mo mhachnamh ar scéal Mhic Con agus chuir mé téacs ar ais chuici a rá go gcasfainn léi i bpub i lár an bhaile i gceann leathuaire. Bhí an fón leagtha ar ais i mo phóca agam nuair a dúnadh doras na sráide de phlab, agus thug súil siar thar mo ghualainn go bhfaca fear ina sheasamh taobh istigh den doras, an t-uisce ag sileadh de dhroim a anoraic liathghlais agus a chuid spéaclóirí á dtriomú aige. D'iompaigh sé i dtreo an chuntair ansin agus — cé gur bhraitheas go bhfaca mé in áit éigin roimhe sin é — ar fhaitíos go gceapfadh sé gur ag stánadh air a bhí mé (nó gur ar uireasa comhluadair a bhí mé féin), d'iompaíos mo dhroim leis agus chrom ar dhianstaidéar ar lipéid na mbuidéal biotáille ar na seilfeanna ar m'aghaidh amach.

Bhí plean á ullmhú agam dom féin. Ba léir go raibh cosúlachtaí idir scéal Mhic Con agus ábhar na gcóipleabhar, ach go gcaithfinn teacht ar an leabhar sin a bhí ag Liam, a deirim liom féin, agus beagán taighde a dhéanamh ar Lúghaidh Lágha is ar Dhodéara le féachaint an rabhadar luaite in aon scéal ná stair eile.

Chuala mé doras na sráide á oscailt arís. Fanacht nó imeacht, a deirim liom féin. An mbainfinn cúpla nóiméad eile as an deoch a bhí i mo ghloine le súil go gcasfaí duine éigin i mo bhealach? Nó an deoch a chaitheamh siar de léim agus pionta eile a ordú? Nó an imeoinn anois díreach lomghlan? D'airigh mé casacht fhear an anoraic le m'ais agus, ar fhaitíos go gceapfadh sé go raibh a leathcheann cuideachta aimsithe aige, d'ardaíos mo shúil i dtreo an scáileáin teilifíse. Bhí freastalaí óg fir ag athrú na stáisiún ar an teilifíseán mór os a chionn ar an mballa. Roghnaigh sé clár ina raibh daoine cruinnithe ar charnán cloch ar shliabh lom gainmheach. Ar dtús, shíl mé gur láthair seandálaíochta a bhí ann, nó go mb'fhacthas dom go raibh an iomarca díocais sa gcartadh agus sa gcuardach. Labhair fear óg go clamhsánach leis an gceamara agus, cé nach raibh an fhuaim le cloisteáil agam, thuig mé gur scéal nuachta a bhí ann ón Meánmhuir nó ón Meánoirthear. Taispeánadh ballaí plástráilte ag gobadh aníos as an gcarn agus seanbhean chrón ag olagón. Rinne beirt fhear iarracht carraig mhór a ardú le gró, agus thosaigh fir is mná eile ag sá cláir adhmaid fúithi.

Labhair an fear le m'ais go ciúin agus d'iarr trí phionta agus dhá gin'n'tonic. Sula bhfuair mé deis tuilleadh cur is cúitimh a dhéanamh, bhain an freastalaí a shúil den scáileán, thóg gloine ghlan ón gcuntar agus d'iompaigh sé chugamsa, a leathmhala crochta thar a bhaithis aige. Ba léir dom nach raibh an fear eile feicthe aige.

An raibh comhartha éigin anseo dom, a d'fhiafraigh mé díom féin. An air seo a bhí mé ag fanacht? Chroitheas mo cheann ar an bhfreastalaí agus chrom sé ar dheoch eile a líonadh dom.

Bhí mo dhá shúil agam ar na fir a bhí ar a ndícheall ag ardú cloch as an gcarn sléibhe, agus ansin ar éadan sollúnta an láithreora, nuair a buaileadh sonc san uillinn orm agus fuair mé fear na spéaclóirí ina sheasamh le mo ghualainn. In ainneoin na gruaige a bhí ag tanaíochan ina phlait siar thar a bhaithis, agus a líonta amach go téagartha is a bhí sé ina anorac liathghlas, d'aithin mé Oilivéar Ruiséal — fear a bhí ina mhac léinn iarchéime nuair a bhí mise sa gcéad bhliain i nGaillimh. Thug sé m'ainm orm agus, go místuama leithscéalach, bheannaigh mé dó, mar a dhéanfadh duine a mbéarfaí air in áit nár chóir dó bheith, agus mé a rá go bhfaca mé ag teacht isteach é ach gur mheas mé nach é a bhí ann nó nach raibh mé lánchinnte go baileach agus mar sin de. Thairg mé deoch dó, ach ní ligfeadh sé dom deoch a cheannach dó, tharla go raibh sé i gcomhluadar. Ina áit sin dúirt sé leis an bhfreastalaí go n-íocfadh sé féin as an deoch a bhí á tarraingt aige dom.

Leis an gcuntar ar chúl Oilivéir, chruinnigh a chuid cairde ag croitheadh an uisce dá gcuid éadaigh agus iad ag gáire go macnasach, beirt fhear meánaosta agus beirt bhan dea-chumtha a bhí níos óige ná na fir. D'aithin mé Mac Alastair ar an bpointe, agus a ghlór mór ard a líon an spás inár dtimpeall, agus Silvia Riabhach, banaltra bheag an bhob finn agus na súl brónach. An bhean eile, chuireas aithne uirthi ina dhiaidh sin, Brídín, ealaíontóir ard dea-chumtha bricíneach a raibh moing chatach ghealrua uirthi; agus an fear eile a bhí ina gcuideachta, Consaidín, ding bheag déanta a raibh súile sciobtha amhrasacha an talmhaí ann.

Ní dhearna mé féin agus Oilivéar ach cúpla nóiméad cainte sular tugadh chuige na deochanna. Cé nach raibh aithne rómhaith againn ar a chéile ar an gcoláiste, chuireamar tuairisc dhaoine aitheantais, d'aontaíomar gur mhaith ann na cúpla pionta i ndiaidh na hoibre, ansin leag sé pionta os mo chomhair amach agus ghabh leithscéal liom. B'fhearr dom dul ar ais chucu seo, ar sé. Beidh fáilte romhat féin má tá fonn comhluadair ort.

Bhíos ar ais ar an trá fholamh arís, ach ba mheasa an scéal anois agam — bhí pionta nua leagtha romham agus ní ligfeadh an náire dom mé féin a bhrú ar chomhluadar Oilivéir ach, ag an am céanna, níor mhaith liom imeacht go dtairgfinn deoch dó nó, ar a laghad ar bith, go n-ólfainn an pionta a cheannaigh sé féin dom, agus go dtí sin chaithfinn suí i m'aonar ar an ngaineamh fliuch, mar a déarfadh an file, fad is a bhí sé féin ag snámh sa gcomhluadar glórach le m'ais. Bhreathnaigh mé ar mo ghuthán póca agus ar an téacs a bhí tagtha isteach — cal tu? — agus chonaic mé go raibh sé in am imeachta. Bhí droim leathan Mhic Alastair iompaithe liom agus an dordgháir Muimhneach le cloisteáil os cionn an cheoil, agus Oilivéar agus an triúr eile ag cur rachtanna gáire chun na fraitheacha. Ar deireadh, nuair a bhraitheas an gealgháire le m'ais ag cur duaircis orm, shocraigh mé an pionta a chaitheamh siar, rud a rinne mé in aghaidh mo ghoile, leag mé an ghloine fholamh anuas ar an gcuntar agus líon deora i mo shúile le masmas. Chas mé ar mo chois agus thosaigh orm amach.

Ní raibh trí choisméig tógtha agam i dtreo an dorais nuair a chuala mé glór ard an fhile. Connachtach, an ea?

Sheas mé go místuama, mo ghrua ar lasadh, agus chas mé ar ais chucu. Bhí a mhéar sínte i mo threo ag Oilivéar. Thug sé m'ainm is mo shloinne orm agus chuir in aithne do Mhac Alastair mé mar chomhscoláire — bhíos buíoch de nach file a thug sé orm — agus chuir sé Consaidín is na mná in aithne dom. D'fhreagair Silvia mo bheannacht le croitheadh múinte dá ceann, ach ní mba léir ón iniúchadh a rinne sí orm lena súile móra gorma go raibh aon chuimhne aici orm. Sula bhfuair mé deis an tráthnóna sin ar an Spidéal a mheabhrú di, chuimil Mac Alastair brus pióige dá fhéasóg, rinne liathróid de phláitín scragaill agus leag uaidh ar an gcuntar é, ansin d'aon ghluaiseacht ghlan ghrástúil amháin shín sé amach a lámh mhór leathan agus d'umhlaigh sé a cheann romham. Nuair a dhírigh sé aníos arís bhí an fón ag fógairt go ciúin i mo phóca, a dhá shúil báite ionam agus draid mhór bhán nochta aige faoina fhéasóg fhiáin dhubh.

Scoláire? a d'fhiafraigh sé díom.

In áit a mhíthuiscint a chur ar a shúile dó féin is do na mná scaoil mé tharam é agus, cé nach raibh léite le fírinne agam ó casadh orm é sa bhfómhar ach dán a chonaic mé am éigin i bpáipéar an tSathairn, thréaslaigh mé a leabhar nua leis. Ba ina dhiaidh sin a thuig mé nár foilsíodh aon leabhar leis le breis is cúig bliana. Ach ní raibh Mac Alastair fiú ag éisteacht liom. Leag sé lámh thar choim na mná ba ghaire dó, Brídín, á fáscadh chuige go muintreach, chaith siar a cheann agus dhún a dhá shúil. Caivilírí sinne uile anso, a d'fhógair sé, agus é ag leanacht de chomhrá éigin a bhí acu roimhe seo. Filí agus ridirí sinn sa tóir ar rí.

D'iontaigh sé chuig Brídín ansin agus, idir shúgradh is dáiríre, a bheola á dtairiscint aige di i gcruth póige. Chúb sí siar uaidh.

An gcíonn tú sin? a d'fhiafraigh sé díom agus é ag ligean díomá air féin. Ní ghlacfadh an bhé le póg ón bhfile.

D'iompaigh sé go fiafraitheach i dtreo Shilvia ansin, ach bhí sí siúd cromtha chugamsa le cogar fainice a chur i mo chluas. Níl sé ag scríobh fé láthair, ar sí.

Tá an file ina thost? a d'fhiafraigh mé os ard.

Bhíog Mac Alastair agus stán sé go placshúileach orm sular labhair. D'iarr Brídín orm dán a chumadh di, ar sé. Ach conas is féidir? In éagmais rí conas is féidir leis an bhfile a ghuth a ardú? Agus ár ríthe fén bhfód nó ina suan fén loch, ní chloistear ár gcuid filí a thuilleadh.

Thug sé croitheadh dá ghuaillí agus bhreathnaigh sé go fiafraitheach orm. De cheal rud ar bith le rá agam, d'fhiafraigh mé de an raibh sé in am iad a dhúiseacht.

Leis sin, thar ghualainn Oilivéir chonaic mé cúl donnrua faoi áirse na sólainne, agus chuimhnigh mé ar an nguthán a bhí scaitheamh roimhe sin ag glaoch i mo phóca. Ba dhóigh go raibh Nadín tagtha chomh fada leis an bpub le súil go dtiocfadh sí orm — bhí Tigh Mhurchú luaite agam léi roimhe sin — ach in áit a hainm a ghlaoch amach nó a dhul ina diaidh, chorraigh mé ar mo chois le hOilivéar a choinneáil eadrainn.

Bhain Mac Alastair scealpóg go ceanúil as mo leiceann. Mo ghraidhin thú, a Sheosaimh, ar sé. Ansin, amhail is go raibh sliocht as dán nó páirt as dráma á aithris aige, d'ardaigh a ghlór. Nó go mbeidh an rí ar ais inár measc, tá an bandia gan leannán, tá an file ina thrumpa gan teanga, tá an duine féin ina dhílleachta dearóil. Bhreathnaigh sé ar Oilivéar ansin. Ólfaidh do chomrádaí deoch, ar sé. Deir sé go bhfuileann sé in am an rí a chur ina shuí.

D'ardaigh Consaidín agus mé féin ár gcuid gloiní agus ghuigh sláinte ar a chéile, sular thóg Brídín a gloine féin, gin'n'tonic, á crochadh san aer os cionn crúsca uisce a bhí leagtha ar an gcuntar, agus d'fhógair sláinte an rí. An raibh a fhios agaibh, ar sí, gur mar sin a d'óltaí sláinte na ríthe Stíobhardacha sa tseanaimsir? An rí thar sáile — thar uisce, an dtuigeann sibh?

Agus dá fhaid thar sáile is amhlaidh is fearr é, arsa Consaidín as taobh a bhéil. Loic na ríthe orainn mar a loic gach ceannaire ó shin, ar sé de ghuth bog tuaisceartach nár cheil an bhinb a bhí sna focail — binb nár fheil don ócáid, bhraitheas, agus a bhain, is dócha, le hábhar comhrá a bhí eatarthu sular tháinig siad isteach, agus a bhí ina chnámh spairne fós.

Rinne Mac Alastair gáire leis féin. Nach sona sásta a bhí sibh in aimsir an Rí thar Sáile, ar sé, agus sibh ag ól sláinte an rí nach dtiocfadh chughainn?

Agus ár marú inár dtáinte nuair a thig! a d'fhreagair Consaidín go dóite.

Chroith Brídín a ceann go fuinniúil agus bhain luascadh as a mothall rua. Tá sé seo thar a bheith iar-nua-aoiseach, ar sí. An pobal a bhfuil rí acu nach bhfuil ina bheatha, cén chaoi a bhféadfadh a gcuid naimhde é a bhaint díobh? Ní féidir é a chrochadh ná a dhícheannadh, ní féidir fiú rí eile a chur ina áit! Cén chaoi a bhféadfaí smacht a chur ar shochaí atá dílis do rí a chodlaíonn faoi loch?

Ní ag aontú léi a bhí mé nuair a chroith mé mo chloigeann — bhí an cineál seo smaointeoireachta i bhfad róstrainséartha dom fós — ach ag géilleadh do chlisteacht a cuid cainte.

Bhí an chuma ar Oilivéar go raibh sé ag déanamh a mhachnamh ar an gceist. B'fhéidir gur ann atá réiteach ár gcuid fadhbanna, ar sé go meáite. An ríocht fhoirfe, ríocht gan rí.

Nuair a bhreathnaigh mé arís bhí Nadín imithe. Chuaigh mé ag grinniú an tslua daoine óga a bhí ag líonadh isteach faoi áirse dhoras na sólainne, ach ní fhaca mé dé uirthi. D'ól mé siar an pionta a bhí i mo ghlac — bhí an deoch ag réiteach níos fearr liom ó d'aimsigh mé comhluadar dom féin — agus leag uaim an ghloine fholamh. Go discréideach, bhain mé an callaire den ghuthán póca, thóg mé pionta eile i mo lámh, agus sméid mé ar an bhfreastalaí.

Cnónna, a deirim.

Ní raibh cnó ná criospa aige dom.

Seo, a deir Brídín, agus shín sí chugam píóg bheag ar scragall stáin. Níl sé uaim. Cheannaigh Éamonn pióga dúinn ar fad ach ní raibh aon ocras orm. Stéig'n'cidní, ar sí.

Chroith Consaidín a cheann. Ionathar seantairbh, ar sé, agus é ag gáire go ciúin.

Agus an greim fuar blasta á alpadh siar agam, d'fháisc Mac Alastair greim ar mo ghualainn. Poblachtánach is ea Consaidín, ar sé go leithscéalach, mar dhea, agus é ag breathnú thar a leiceann air. *Sans culotte* agus a thóin leis ar mhisean éigin seacaibíteach. Rinne an comhluadar ar fad gáire mór, cé is moite de Chonsaidín, agus d'ísligh sé siúd a cheann chun meangadh an gháire ar a bhéal a cheilt. Lean Mac Alastair air. Ríogaí mise, ar sé. Géillim don Rí fén Sliabh. Ní hionann is prionsaí Chonsaidín a d'éalaigh thar loch amach, tá fíor-ríthe againn, ríthe nach bhfuair bás riamh, ach a chuaigh chun suain fén sliabh.

D'inis mé do Mhac Alastair gur thugas cuairt, tráth, ar Loch Gair i gContae Luimnigh.

In Thuringia, arsa Mac Alastair, agus neamhshuim á déanamh aige díom, tá sliabh ar a dtugtar Kyffhäuser. Nuair a cailleadh Feardorcha Barbarossa, is fén sliabh a d'imigh sé, os cionn sé chéad bliain ó shin. Tá sé ina shuan ansan ar a leaba fhlocais, é timpeallaithe ag a chuid saighdiúirí, agus é ag feitheamh ar an lá go mbeadh gá againn leis arís. Os cionn an tsléibhe, ar sé, agus pictiúr á tharraingt aige san aer lena mhéar, tá na fiacha dubha ag guairdeall de shíor. Nuair a imeoidh na fiacha beidh sé in am an rí a dhúiseacht.

Tá sé seo ar fad go breá, arsa Brídín go pusach, agus í ag ligean uirthi féin go raibh sí míshásta leis, ach ní raibh uaim ach dáinín beag dom féin.

Sea, más ea, arsa mise, agus súil á chaitheamh i mo thimpeall agam. Ní raibh Nadín le feiceáil níos mó faoi áirse na sólainne. In ainneoin mo mhíchompoird, bhíos sásta go raibh ábhar tarraingthe anuas aige a raibh eolas éigin agam air. Ach nach bhfuil sé sin ráite freisin faoi Charlemagne sa mBaváir agus faoi ríthe eile, a deirim go teann, agus gach duine acu ina shuan, iad timpeallaithe ag a chuid saighdiúirí, ag fanacht ar an lá a mbeadh gá leo arís?

Leis an streill gháire a bhí orm a cheilt, d'ísligh mé mo ghob sa ngloine.

Go díreach é, arsa Mac Alastair, agus mo ghualainn á fáscadh arís aige. De cheal rí níl dán cumtha agam le dhá bhliain. Agus seo é an áit a bhfuil an dul amú oraibhse, agus orthu go léir. Theann na cailíní isteach agus iad ag súil le seanmóir nó siamsaíocht ón bhfile.

Is cuma más é Feardorcha Barbarossa é ina chodladh fé Shliabh Kyffhäuser, Charlemange san Untersberg, Artúr na Breataine ina shuan in Abhalloileán nó, go deimhin, Ó Néill féin ina luí fén nGrianán, mar ní fé aon loch ná sliabh ar leith atá an rí — an fíor-rí, mar is é an t-aon rí amháin é, an rí as a mbronntar cumhacht ar gach rí — ach cuachta fé thalamh i leaba an Bhandé. Agus go ndúiseoimid as a shuan é ní féidir leis an bhfíorfhile dán a chumadh.

Ach cén chaoi a ndúiseoimid é? a d'fhiafraigh mé de.

A oidhre os cionn talún a ainmniú agus a ghairm, ar sé, agus rinne iarracht eile ar phóg a bhronnadh ar Bhrídín, ach chúb sí uaidh athuair.

An bandia sin agat arís, ar sí, agus í ag ligean míshásaimh uirthi féin.

Mar is é an rí leannán an Bhandé, a dúirt Mac Alastair go foighdeach léi. Agus is tré mhianta an Bhandé a shásamh a chinntíonn sé rath is rathúnas ar a thalamh agus ar a phobal. Sin é an rex qui nunquam moritur, nó an rí nach bhfaighidh bás choíche.

Rexachas sexachas, a d'fhreagair Brídín de gháir.

Ach is bandéithe sibh ar fad, arsa Oilivéar agus a cheann á chromadh go humhal aige di.

Ní hea ná bandia, a deir Mac Alastair á cheartú. Is í Brídín rua iníon an bhandé, ach féach ar ghile na finne aicise, ar sé, agus a mhéar á síneadh i dtreo Shilvia aige. Nach í spéirbhean na ngormrosc an Naomh-Mháthair ina steillbheatha?

Agus cé nár mheas mé go raibh cuma na Naomh-Mháthar ar Shilvia Riabhach ar chor ar bith, sula bhfuair mé deis mo labhartha chuir sí stop liom. Ná tosnaigh é, ar sí.

Bhí Brídín fós ag ligean uirthi féin go raibh stuaic uirthi leis. Mianta an Bhandé a shásamh? a d'fhiafraigh sí de. An nífidh tú do chupán i do dhiaidh?

Ceannód soithí óir duit, a stór, a d'fhreagair Mac Alastair de gháir.

Chas Brídín chugamsa. Is é an seanscéal céanna i gcónaí é, ar sí. Déantar bandia den bhean agus cuirtear i mbun an tí í ionas gur féidir leis an bhfear saol an rí a chaitheamh!

Nocht cúl donnrua arís i measc na gcloigne faoin áirse agus chonaic ag téaltú siar uaim í sa tsólann.

Thaispeáin Mac Alastair bos a láimhe do Bhrídín i gcomhartha foighde. Is cuma más uachtarán nó taoiseach é, ar sé, caithfear rí nua a aimsiú chun fabhar an Bhandé a iarraidh agus a thuilleamh, ionas go roinnfidh sí a cuid suáilcí orainn go léir. Agus chun é sin a dhéanamh caithfidh an rí idirghabháil an fhile a iarraidh ar dtús. Agus ansin beidh dán agam dos na béithe seo.

An uair seo, d'éirigh leis póg a bhronnadh sa leiceann ar Bhrídín.

Agus, dar ndóigh, arsa Silvia, is é Éamonn an t-aon fhile amháin sin a labhraíonn thar ceann gach file.

Rinne Mac Alastair gáire géilliúil léi, agus leag a lámh thar a slinneán. Mar is é an file a labhraíonn leis an saol eile, ar sé, agus is é a labhraíonn as an saol eile. Agus is mar fhile a labhraímse libh — go humhal — anseo anocht.

Go humhal, a scairt sí amach ina dhiaidh go magúil.

Phóg Mac Alastair ar thaobh a cinn í agus ghabh maidhm éada mé.

Níl le déanamh ach teacht ar an rí. D'ardaigh sé a ghloine arís: An rí ná loicfidh orainn.

Mura músclaítear é, a deir Consaidín go searbhasach, agus chomharthaigh sé don fhreastalaí go raibh tuilleadh deochanna uainn.

Bhí an ceol níos airde anois, agus na déagóirí ag líonadh isteach ar gach taobh dínn, corrdhuine acu ag breathnú go cúthaileach i dtreo Mhic Alastair. Leagadh tuilleadh deochanna ar an gcuntar agus, ar feadh cúpla soicind, nó nóiméad b'fhéidir, tháinig ceo meisce orm. Mhúscail mé as an táimhe agus Mac Alastair ag cur a bhéal le mo chluais. Sin é do dhóthain den bhladar anois, ar sé go faobhrach. Bhí mo lámh shaor i ngreim aige agus é á fháscadh. Tharraing mé siar mo cheann go mbreathnóinn san éadan air. Bhí meangadh an gháire reoite ar a bhéal agus a dhá shúil chrua báite ionam. Rinne mé iarracht gáire a dhéanamh leis ach d'fháisc sé mo lámh chomh teann gur lúb na cosa fúm leis an bpian a tháinig orm. Bhuail Brídín sonc sna heasnacha orm agus í ag gáire go hard faoi rud éigin nach bhfaca mé, í beag beann ar an dráma beag a bhí ar bun idir mé féin agus Mac Alastair. Chonaic mé Silvia ag breathnú go hamhrasach orm sular thosaigh sí ag snámh os mo chomhair agus go mb'éigean dom iompú uaithi agus mo shúile a dhúnadh leis na deora a bhí iontu a cheilt. Shín mé amach mo chiotóg chun mo phionta a leagan anuas ar an gcuntar, ach bhí sé rófhada uaim, agus mhothaigh mé mo ghreim ag lagan ar an ngloine.

Scaoil sé a ghreim orm de bheagán agus sháigh a éadan go bagrach suas i m'aghaidh, a shúile ar leathadh. File mé sa tóir ar rí, an dtuigeann tú? Tabhair dom rí, an rí seo inár measc a sheasfaidh don rí fén loch, agus leanfad é. Sháigh sé a chorrmhéar i mo chliabhrach agus d'fháisc a ghreim ar mo láimh arís. Is fear léinn thú, ar sé. A fhir léinn, inis dom, cá bhfaigheadh file rí? Cá bhfaighimis é? An rí seo, cé hé féin? Tabhair dom ainm. Tabhair dom comhartha.

Mhothaigh mé an fhuil ag trá as mullach mo chinn agus domlas na pióige ag ardú aníos i mo scornach. Díreach agus greim mo chiotóige ag sleamhnú ar an ngloine scaoil sé de mo dheasóg agus sheas sé siar uaim. Dheasaigh mé mo ghloine le méara creathánacha agus chuimil mé na deora as mo shúile le droim mo láimhe tinne.

Bhuel? arsa Mac Alastair.

Chaith mé mo shúile thart timpeall orm. Chuardaigh mé Consaidín, ag iarraidh tacaíocht uaidh, ach ní raibh dé air. Ón gcaoi a raibh a cheann ina phionta ag Oilivéar, d'aithin mé go maith air go raibh an dá chluais bioraithe aige. Bhí na mná ag stánadh orm as súile móra dóchasacha, amhail mar a bheidís ag fanacht ar rud éigin uaim — Brídín sa tóir ar chaitheamh aimsire agus Silvia ag súil le míniú éigin. Ar an scáileán bhí fear á cheistniú faoi dhul chun cinn an chuardaigh. Cé hé féin? a deirimse liom féin, mo lámh lasta le mo thaobh agus mé ag iarraidh cuimhneamh ar fhreagra éigin a choinneodh spéis an fhile, nó nach gcuirfeadh díomá rómhór ar na mná. Chuir Mac Alastair strainc air féin agus d'iompaigh sé a shúile uaim. Lig Brídín osna aisti. Ach níor bhain Silvia na súile díom. D'airigh mé an fhuil ag éirí sa gcloigeann arís orm agus glór á rá os ard: Seán Ó Sé as Baile an Bhóthair.

Las mé le náire. Bhí sé ráite agam. Cosúil le hainmhí beag faoi sholas cairr, níor lig an faitíos dom fiú breathnú i dtreo na háirse, ach sheas mé ansin ag breathnú romham agus mé ag súil leis an mbuille — buille nach dtiocfadh an oíche sin. Chuala gáire fonóideach ó dhuine de na fir, ach d'fháisc Mac Alastair a lámh mhór i mo timpeall agus, de ghluaiseacht tréan ghasta, ba bheag nár ardaigh sé mo chosa den urlár agus é do mo luascadh thart i leathchasadh chun mé a thaispeáint don chomhluadar. Líonadh mo chuid polláirí le boladh tobac is olla fliuch agus ba dhóbair gur lig mé béic asam féin le teann uafáis is ríméid. Mo ghraidhin tú, a d'fhógair sé os ard don chuideachta agus é do mo fháscadh i ngreim teannta faoina uillinn aige. Cuirtear deatach in aer. Tá rí againn. Seán Ó Sé ó Bhaile an Bhóthair! Lena chiotóg d'ardaigh sé a ghloine fuisce: An rí!

Ardaíodh gloiní ar gach taobh díom agus *An Rí* á scairteadh amach go hard ag an mbeirt bhan. Ar a gcúla chonaic mé beirt nó triúr i gcomhluadar eile ag an mbeár ag ardú a ngloiní in éineacht linn agus iad ag gáire go súgach. Phóg Mac Alastair ar an leiceann mé.

Sheas Oilivéar go ciúin lena thaobh, muca ar a mhalaí aige agus é ag croitheadh a chloiginn go míshásta. Bhí Consaidín ag diúgadh a phionta agus dearmad déanta aige, ba chosúil, ar a fhreasúracht don rí. Nuair a d'iompaigh sé uaim le labhairt le Brídín is ea chonaic mé í. Níorbh é a cúl rua a bhí amach romham anois ach a dhá shúil ghlasa ag stánadh orm ón áirse. Gan focal le mo chompánaigh, rinne mé mo bhealach anonn go tapa chomh fada leis an áirse chuici, á pógadh go sciobtha ar an mbéal. Chaith sí a dhá lámh thart orm agus thuig mé nach raibh tada cloiste aici. Bhí mé ag glaoch ort, a dúirt sí. Céard a tharla duit? Nach gcloiseann tú an fón sa bpub ar chor ar bith?

Thugas féachaint siar thar mo ghualainn. Bhí an comhluadar go domhain i dtiúin chomhrá, cé is moite de Mhac Alastair amháin a bhí ag breathnú go fiosrach ar an mbeirt againn. Nuair a chonaic sé go bhfaca mé é d'ardaigh sé a ghloine agus leath aoibh an gháire air. Chas mé ar mo chois agus threoraigh mé Nadín amach faoin áirse.

Nuair a mhúsclaíos mé féin as mo thámhnéalta óil bhíos i mo sheasamh i bpóirse siopa agus mé ag creathadh leis an bhfuacht. Dhún mé mo chóta agus sheas mé amach ar an gcosán. Lasta faoi shoilse na sráide bhí gnáthshluaite na hoíche ag déanamh a mbealach go glórach chuig na clubanna agus buíon bheag cailíní ag sclamhadh sceallóg is burgar faoi scáileáin mhóra teilifíse i bhfuinneog siopa. Anonn liom de choiscéimeanna malla tomhaiste. Ar chúpla ceann de na teilifíseáin bhí lucht fóirithinte le feiceáil cruinnithe thart ar pholl a bhí déanta acu sa gcarn smionagair, agus fotheidil ag trácht ar mhalrach cúig bliana d'aois a bhí ina bheatha fós, agus é sáinnithe sa bpoll. Chuimhnigh mé ar an tseanbhean, níorbh fhéidir gurbh í a mháthair í. Ní raibh aon amharc ar a mháthair.

Gan choinne, chuala mé duine éigin ag tabhairt m'ainm orm agus chas mé ar mo shál go bhfaca Nadín chugam agus póca beag sceallóg á thógáil as mála páipéir aici agus í á shíneadh chugam. Nuair a d'ardaigh mé mo láimh leis na sceallóga a thógáil lig mé cnead asam le pian agus chuimhnigh mé ar Sheán Ó Sé.

Amach i mí an Mheithimh a bhí Dinnéar na Seandálaithe.
Dhúisigh mé go deireanach an mhaidin dar gcionn agus mé
amuigh ar cholbha na leapa, chomh fada uaithi is a d'fhéadfainn a
bheith. Chas mé chuici agus chuaigh mé á grinniú, a folt slim leata
amach thar an bpiliúr agus an chuilt ligthe anuas thar ghuaillí
nochta ar dhath na meala, agus rinne mé iontas arís den tarraingt
is don éaradh is den chol a ghlacainn leis an ríon seo a raibh oiread
ceana agam uirthi. Bhí sé ag teannadh le meán lae. Bhí an
leabharlann oscailte go deireanach ar an Luan agus ní raibh súil ar
bith liomsa go dtí a cúig, agus bhí Nadín saor go dtí tar éis am lóin.
Theann mé isteach léi, mo lámh á cuimilt go muirneach di, ach ní
raibh cor aisti. Bhí sí ina codladh sámh. Thum mé mo shrón i
gcumhracht a cuid gruaige agus rinne iarracht codladh a
dhéanamh arís.

Mar go raibh sé ráite ag Liam an tseachtain roimhe sin go raibh
sé ag dul chuig dinnéar bliantúil Chumann na Seandálaithe le bean
a bhí ag obair sa Leabharlann, ní shásódh tada Nadín ach go
ngabhfadh muid ar fad ann, an ceathrar againn in éineacht. Bhíos
ag obair go deireanach sa leabharlann an lá sin agus d'imigh mé
caol díreach ón obair isteach go lár na cathrach agus mo léine
mhaith is mo chasóg orm in onóir na hócáide. Sa teach tábhairne,
tháinig sí do m'iarraidh, smoc fada go glúin uirthi agus bróga gan
sála, agus shíl mé go raibh sí do mo thabhairt ar ais chuig an teach
ar dtús go réiteodh sí í féin. Nuair a bhí an tsnáthaid mhór ag
teannadh le huair na cinniúna agus cara Liam tagtha agus í gléasta
ina gúna is a sála arda, luaigh mé é sin léi ach ní dhearna sí ach gáire
agus a fhógairt nach ngléasann sí le haghaidh ócáidí. Níor dhúirt
mé tada leis sin mar gur airigh mé gur orm féin a bhí an dul amú
agus go raibh an iomarca tábhachta á bhronnadh agam ar an ócáid.

Go gairid ina dhiaidh sin, bhaineamar amach an t-óstán, agus d'éirigh linn ceithre shuíochán a aimsiú ag bord le trí lánúin eile, na fir ina gcasóga, mo dhála féin, agus na mná ar fad ina gcuid sála arda is a ngúnaí giortacha gearra. Agus in ainneoin a nguaillí nochta is a mbrollach dea-chumtha, ba shlachtmhara leis na fir Nadín ná aon duine de na mná eile ag an mbord, rud ba léir dom ón gcaoi ar iompaigh siad a súile uaithi ar dtús. Cuireadh fáilte romhainn, dar ndóigh, agus nuair a mhol duine de na mná Nadín as a cuid dánaíochta, mhothaíos-sa nach raibh ionam ach giolla lena hais, nó buachaill i measc na bhfear, agus ní dhearna mé ach cúbadh isteach orm féin go cantalach, agus gan ach smideanna beaga asam don chuid eile den oíche.

Bhí solas na gréine isteach faoi bhun an chuirtín orainn agus, in ainneoin go rabhamar inár suí deireanach, bhí sé cinnte orm titim ar ais i mo chodladh. Agus mé ag breathnú arís eile ar an gclog ar an gcófra beag le m'ais, luigh mo shúil ar an dá léarscáil ar an mballa ar dtús, ansin ar bhun mála ag gobadh amach faoin leaba. Go ciúin, d'fhágas Nadín ag srannadh go ciúin faoin gcuilt, chuir bríste agus léine orm féin, agus rug cúpla cóipleabhar as an mbeart cáipéisí síos an staighre liom. An chaint seo ar fad a bhí Tigh Mhurchú ar an Rí faoin Sliabh dhúisigh sé an fhiosracht ionam, agus chuir mé romham a raibh scríofa agam faoi Ghearóid Iarla agus faoi Artúr in Abhalloileán a athléamh. Sin agus cúpla nóta a bhreacadh don taighde a bhí le déanamh agam ar Mhac Con seo Liam.

Sa seomra suite, ba é an cóipleabhar ba thúisce a tháinig faoi mo lámh an ceann sin le pictiúr tarraingthe air den ghaiscíoch Patroclus i gculaith ghaisce Aichill agus é á mharú ag Eachtar na Traí — rud a chuir an comhrá a bhí agam le Liam faoi scéal Mhic Con agus Dodéara i gcuimhne dom arís. D'osclaíos í agus chuaigh ag scinneadh trí na leathanaigh bhuíchaite gur luigh mo shúil i dtús ar Eoin Baiste á dhícheannadh ag fear claímh, agus ansin ar an gcur síos a rinne mé ar an Rí faoin Sliabh, an rí céanna a raibh Mac

Alastair ag trácht air cúpla seachtain roimhe sin. B'in é an rí, de réir na gcuntas, nár cailleadh riamh ach a d'imigh lena chuid saighdiúirí — agus a chuid giollaí, gan dabht — isteach faoin sliabh (nó thíos faoin loch ag brath ar fhear inste an scéil), áit a bhfuil sé fós ag fanacht ar an lá a gcuirfear fios arís air.

An cuntas seo, bhain sé le leagan den scéal sin faoi Ghearóid Iarla as Cnoc Áine i gContae Luimnigh. Ba é an chéad trácht sna cóipleabhair é ar phearsa ó stair na tíre seo — bhí mé ag brath go dtí sin ar an mBíobla agus ar leabhair ar stair na Gréige is na Róimhe, agus ar chiclipéidí Sasanacha. Thug mo mhamó ann mé faoi Cháisc nuair a bhí mé i dtús na ndéaga, agus mé ar cuairt ar mhuintir mo dhaideo i dTobar Phádraig, leath bealaigh idir Cnoc Áine agus Loch Goir. Seanbhean a bhí ina cónaí léi féin a bhí muintreach linn ann, Aintín Nean, thug sí ann muid Domhnach Cásca ina sean-Ford Anglia le beagán siúil a dhéanamh tar éis béile. D'fhágamar an carr inár ndiaidh in aice na reilige agus d'imíomar romhainn trasna na bpáirceanna, liag liathbhán ag éirí romhainn sa bhféar ar leataobh an chnoic, coiníní ag éalú uainn de phocléim sa raithneach. Ar an mullach íseal féarghlas, bhuail Aintín Neain a maide siúil ar an talamh. Anso, ar sí. Garsún a bhí ag seilg lena mhadra a tháinig ar an uaimh, agus istigh ann do chonac sé an rí agus a chuid saighdiúirí ina gcodladh. Do dhúisigh an rí agus d'fhiafraigh sé den ngarsún: An bhfuileann sé in am fós? Ní dúirt an garsún faic, ach thug dos na bonnaibh é.

Chuireas míle ceist uirthi i dtaobh an rí, agus d'imíos liom ar thóir pholl na pluaise fad is a bhí an bheirt ag ól tae as fleasc. Nuair nár aimsigh mé poll folaigh an Iarla, chuaigh mé ar sodar tríd an bhféar, i mo thaoiseach sa tóir ar naimhde, nó gur cuireadh fios orm. Bhí Mamó ina suí ar phluid ar an talamh agus níorbh fhéidir léi éirí. Thuig mé ón rilleadh cainte a tháinig uirthi go raibh sí trína chéile. Chrom Aintín Neain faoi ascaill amháin agus chuaigh mise faoin ascaill eile agus chrochamar in éineacht í agus í ag rá i gcaitheamh an achair nach raibh uirthi ach codladh driúilic agus go mba é an féar tais ba chúis leis. Thug mé mo ghualainn di agus muid ag siúl ar ais le fána an chnoic. Tá cuimhne ghrinn agam ar an lá i gcónaí.

An bhliain tar éis bhronnadh na gcéimeanna ar an gcoláiste, cailleadh Mamó. Tá Aintín Neain i dteach altranais i Luimneach anois agus ní aithníonn sí aon chuairteoir níos mó.

Bhí mé ag póirseáil trí mo chuid seanchóipleabhar ar mo sháimhín só nuair a chuala mé cleatráil ó dhoras an tí agus thug léim as mo chraiceann. Bhí rud éigin á chur isteach trí bhosca na litreach sa halla. Nuair a tháinig mé chomh fada leis an doras fuair mé clúdach litreach mór donn ar an urlár romham, gan stampa, ach m'ainm is mo shloinne air i bpeannaireacht ghlan néata. Amach an doras liom de ruaig agus sheas cosnocht ar an gcosán taobh amuigh de gheata an tí. Ní raibh dé ar an teachtaire. Ar ais sa halla dom, d'osclaíos an clúdach go mífhoighdeach gur nocht clúdach níos lú ina raibh sé ghrianghraf mhóra A5 gan líne ná litir leo. Ní pictiúir díom féin a bhí iontu ná de dhuine ar bith ar m'aithne, ach pictiúir d'fhear éigin — an fear céanna i ngach pictiúr, agus an chuma air gur i nganfhios dó a tógadh na grianghraif — fear catach glanbhearrtha i dtús na dtríochaidí, cóta fada báistí bán nó liathbhán air, agus é le feiceáil in áiteanna éagsúla, i gcomhluadair éagsúla, ar an tsráid, ag doras tí, ag suí isteach i dtacsaí — agus é beag beann ar an ngrianghrafadóir i ngach pictiúr acu. Scrúdaíos an clúdach agus na grianghraif arís cúpla uair agus, ar deireadh, nuair nach raibh réiteach ar bith agam ar an mistéir, chuireas na grianghraif ar ais sa gclúdach, leag an clúdach i leataobh agus d'fhilleas ar mo bheart cóipleabhar.

Cur síos ar an rí Séarlas V ina shuan i Wodenesberg a bhí á léamh agam nuair a d'airigh mé Nadín ag corraí thart thuas staighre agus, go drogallach, leagas uaim an cuntas ar fhéasóg mhór fhada an rí agus chuireas na cóipleabhair de leataobh arís. Bhí sé tar éis a trí agus an citeal á líonadh agam nuair a ghlaoigh mo ghuthán póca. Leagas uaim an citeal agus chroch an fón le mo chluais. D'aithin mé an glór mór dordánach Muimhneach. Mac Alastair, ar sé, agus ansin, amhail is go raibh sé ag labhairt liom trí nóiméad roimhe sin, dúirt sé go gcaithfinn bheith sa Chlub ar Shráid Fhearchair an oíche sin. Oíche na Tine Cnámh, ar sé, Oíche Fhéile Eoin. Beidh siad go léir ann.

Mo chroí ag bualadh go tréan, labhair mé go mall, ag iarraidh an scaoll a tháinig orm a choinneáil as mo ghlór. Cé nach raibh aon chuimhne agam ar a dhul go dtí an Club an oíche sin, ghlac mé buíochas leis agus dúirt mé go bhfeicfinn ann é, agus mhúch an fón.

Nuair a chuir mé an fón ar ais i mo phóca bhí creathán i mo lámh. Bhí Nadín ina seasamh i ndoras an tseomra suite agus léine liomsa go ceathrúna uirthi, a cuid gruaige i dtrilseán fada anuas thar a gualainn, agus aoibh mhór shásta ar a haghaidh.

Caife? a deirim, in iarracht mo mhíchompord a cheilt.

Bhí mé ag glanadh, ar sí. Tá go leor sean-chóipleabhar scoile thuas sa seomra agat.

Níl ann ach tionscnamh scoile, a deirimse de phreab, rudaí a raibh mé ag obair orthu fadó.

Caithfidh tú iad a thaispeáint dom, ar sí, agus d'fhiafraigh sí díom cé a ghlaoigh.

Liam, a d'fhreagair mé, gan smaoineamh. D'fhan mé go raibh sí sa gcithfholcadán go ndeachaigh mé suas sa seomra agus go bhfaca mé mo chuid cóipleabhar caite tromach tramach aici i gcarnán sean-nuachtán, irisí ban, agus clúdach litreach. Taobh istigh de chúig nóiméad bhí mo chuid cóipleabhar is páipéar, cúpla leabhar is cúpla léine caite isteach i mála taistil agam, agus mo ríomhaire curtha ina chás. Bhíos thíos staighre nuair a d'airigh mé ag teacht amach as an gcithfholcadán í, an clúdach ina raibh na grianghraif sciobtha liom agam agus mé ag éalú amach ar an tsráid agus ag

imeacht de rith i ndiaidh mo mhullaigh agus an guthán ag glaoch
i mo phóca.

Ón uair ar thuig mé ar dtús go raibh áit ar leith leagtha amach dom
sa saol thosaíos ag faire na gcomharthaí. I bhfad siar.

Ní duine mór mé, ach táim láidir ó thaobh coirp is intinne
de, crua, foighdeach, déanta. As na pluaiseanna dorcha céanna
inar gaibhníodh mo mheabhair cinn a fáisceadh mo cholainn
mhiotalach. Mhaíodh mo mhamó gur airigh mé glór an dochtúra
sa mbroinn agus gur bhrúigh mé mo bhealach amach beag beann
air. Agus beag beann ar mo mháthair, is dóigh, mar níor mhair sí
ach cúpla lá ina dhiaidh sin. In éagmais athar, tugadh Seosamh mar
ainm orm — Jó. Cé hiontas, tharla cosán dearg déanta ag na
banaltraí uilig go Barda Naomh Iósaf go bhfeicidís an trodaí beag
sé phunt meáchain a thug é féin ar an saol in ainneoin na
n-ainneoin. Tá an scaball a bhronn an mátrún orm á chaitheamh
agam fós, Naomh Iósaf agus a mhaide mór siúil.

Ní raibh ansin, i mbroinn mo mháthar, ach an chéad phluais
ghaibhneachta. D'fhás mé suas go ciúin, cúthalach. Ar an mbunscoil,
fuair mé tuilleadh fáiscthe. Agus ba ghearr sa seomra ranga mé go
mba léir dom nach mbeinn go deo i mo chaptaen ar fhoireann an
chontae, ná i mo thaoiseach ar an tír—i mo thaoiseach tofa ar aon
nós. Cuairteoirí a thagadh chuig an teach, deiridís fúm go raibh mé
smaointeach, meabhrach fiú, agus gurb in é an fáth a raibh mé
chomh tostach. Sílim gur thuig Mamó chomh maith liom féin,
nuair nach mbíodh tada le rá agam nach n-abróinn tada.

Choinnigh Mamó siar sa scoil bheag mé chomh fada is a bhí sí
in ann. Ach ní raibh aon mhaith ann, ón gcéad lá ar an meánscoil
rinne na gasúir ceap magaidh den staic mór dúr nó go lasfainn go
bun na gcluas agus go gcromfainn mo cheann le náire. Ní chuirtí
scaipeadh ar mo chiapairí go dtí am lóin, nuair a ligtí amach na
buachaillí móra i measc na mion-éan. Ina cheann feadhna ar an ál

seabhac a spreag an sceoin sna scalltáin bhí an Breathnach, ceannaire ranga na ceathrú bliana, curadh ar an bpáirc iomána, captaen ar fhoireann díospóireachta na scoile. Ba é ba spídiúilí agus ba ghangaidí den ealta éan a d'imir an lámh láidir orainn.

Agus ní raibh na cailíní a dhath níb fhearr. An chéad lá ar an meánscoil dom cuireadh i mo shuí i mbinse liom féin mé taobh thiar de bheirt chailíní a chaith a gcuid ama ag fuirseáil in irisleabhair a sciobadar as an seomra leabharlainne. Ag am staidéir bhí na leathanaigh oscailte acu ar phictiúr de bhean agus cloigeann fuilteach fir ar phláta aici. D'fhiafraigh duine amháin den duine eile cé a bhí ann. Sháigh mé mo chloigeann isteach eatarthu. Salomé, a deirimse, agus cloigeann Eoin Baiste ar phláta aici. Thosaigh mé ag inseacht scéal an dícheannta dóibh. Bhreathnaigh an dara cailín orm le déistin: Cé a d'iarr do ghnoithe ort? Agus rad sí an t-irisleabhar sa bpus orm.

Ba sa dara bliain dom a tháinig mé faoi dhraíocht an Bhreathnaigh, go deimhin ba bheag duine nár thug suntas dá fholt fionn agus dá chneas griandóite, ach ar theacht ar ais ar scoil dom tar éis an tsamhraidh an bhliain sin a thugas suntas don chodarsnacht mhistéireach idir an tséimhe ina gháire agus an cruas sin ina shúile. Ar feadh roinnt seachtainí ba deacair dom mo shúile a bhaint de. Rinneas iontas den fhíneáltacht a bhí sa tsrón a bhí casta anuas cosúil le gob an iolair; dá fholt fionnbhán a lasfadh faoi sholas na gréine mar a bheadh pictiúr de rí Gréagach ann; den stíl bhreá scaoilte a bhain lena chuid éadaigh, ba chuma cén droch-úsáid a fuair siad; nó fiú den chaoi ar iontaigh gach uile dhuine chuige nuair a labhraíodh sé, idir bhuachaillí is chailíní, agus a gcuirtí an liathróid chuige sa gclós nuair a bhéiceadh sé. Faoi chló Alastair Mhóir nó Uiliséis bhí a phictiúir tarraingthe agam ar chlúdach mo chóipleabhair. Ar chlár na deisce bhí a chuid ceannlitreacha greanta agam. Leanas den fhairtheoireacht gur thug sé féin faoi deara mé, lá, achar gearr tar éis bhriseadh na Nollag, agus gur dhearc sé sa dá shúil mé. Mar a bheadh comhartha tugtha aige dom, leagas uaim mo mhála scoile agus rinne caol díreach ar an mbaicle buachaillí móra cruinnithe ar an bhfaiche lom ar aghaidh na scoile amach, agus an Breathnach i lár báire ina léine. Leáigh an streill gháirí dá bhéal ar m'fheiceáil dó do m'uirísliú féin os a chomhair. Chuaigh mé ar mo dhá ghlúin sa bpuiteach a bhí déanta acu den phlásóg faoi dhealbh na Maighdine, agus lig mo chloigeann anuas faoina chosa go dtí gur thosaigh na buachaillí móra ag gáire le fonóid fúm agus, ansin, ag gabháil dá mbróga orm. Ligeas cúpla cnead asam, neadaigh mé mo chloigeann i mo dhá láimh, agus mhéadaigh ar na buillí, ach ní chorróinn. Go feargach, d'ordaigh an Breathnach dom mo phus a chur sa bpuiteach agus rinne mé é sin, mo theanga á chuimilt agam den láib shearbh fhliuch. Chroch mé mo cheann gur thaispeáin dó mo theanga dhubh. Rinne sé gáire le neirbhíse, agus thosaigh na buachaillí ag téaltú leo ina mbeirteanna agus ina mbuíonta.

D'imigh an Breathnach féin, ach leanas-sa isteach sa scoil é, ag deifriú síos an pasáiste ina dhiaidh, tine le mo chuid easnacha agus creathán i ngach ball de mo chorp agus mé beag beann ar an ngáire a bhí ag ardú le mo chúl. Ag bun an phasáiste, le hais dhealbh Naomh Iósaf agus an Linbh Íosa, tháinig duine de bhuachaillí móra na hardteiste amach as an leithreas de ruaig ina chuid éide peile agus bhain feacadh as an mBreathnach lena ghualainn. Rinneadh staic díom ar fheiceáil an Bhreathnaigh dom á thuairteáil de leataobh agus reanglamán goiríneach ag teacht anuas an pasáiste tharam d'abhóga fada agus straois mhór shotalach air. Agus mé do mo chaitheamh féin air leath an dá shúil ann. B'éigean ar deireadh mé a tharraingt ón bpeileadóir mór líonraithe agus cúpla dlaoi dá ghruaig fáiscthe i mo dhorn, glamaíl na mbuachaillí i mo chluasa, agus mé smeartha le mo chuid fola féin, le puiteach, agus le hallas an chlóis chispheile.

Teannta le balla ag croibh chrua mo chomhscoláirí, trí mo

chuid deora feirge d'amharc mé amach thar a nguaillí go bhfaca, le hais mo chéile comhraic a bhí cromtha le saothar anála, an Breathnach ina sheasamh ina staic agus é chomh bán leis an bpáipéar, agus dúirt mé liom féin go gcaithfinn máistrí níos fearr a aimsiú dom féin. Nuair a chas mé mo cheann theagmhaigh mo shúile le súile brónacha Naoimh Iósaf agus é i ngreim sa Rí-Leanbh agus an maide ina chiotóg ag pléascadh le duilleoga glasa is bláthanna buí.

Ar an nguthán d'inis an príomhoide do Mhamó gur bhain míthapa dom sa gclós, agus coinníodh san oifig mé tar éis lóin nó gur tháinig sí le mé a bhailiú. Nuair nárbh é an cóta maith olla a bhí uirthi ag teacht, ná an hata Domhnaigh féin, ach í ag deifriú isteach ina cóta tí, is ea a thuigeas cé chomh dona is a bhí an scéal. I gcaitheamh an aistir ar ais chuig an teach d'fhanas i mo thost sa suíochán cúil taobh thiar de Phat Thaidhg, comharsa ciúin lách a thiomáineadh chuig an siopa í uair sa tseachtain, agus Mamó ag caint gan stop. Ní túisce an carr tarraingthe isteach os comhair an tí ná chonaic mé í, an sceach taobh amuigh d'fhuinneog an tseomra thoir agus í faoi aon bharr amháin bláthanna — i mí Eanáir — agus bhraith mé gur ansin a bhí an comhartha, agus gur cuireadh ar an saol seo mé ar chúis éigin.

Bhí Mamó ag glacadh buíochais le Pat, agus é ag cúlú an chairr amach ar an mbóthar. Na bláthanna arís, arsa mise léi. Sin í sceach gheal Naoimh Iósaf agus í faoi bhláth!

Naomh Iósaf Aramatáia, arsa Mamó, agus d'ainmnigh sí faoi dhó é, *crataegus monogyna biflora*, í chomh sásta gur chuimhnigh sí ar ainm na sceiche go ndearna sí dearmad ar feadh scaithimhín ar an údar a bhí leis an turas chun na scoile. Nach tú féin a chuir in éineacht liom í, ar sí ansin, nuair a bhí tú dhá bhliain d'aois?

Ach tá sí faoi bhláth i lár an gheimhridh, a deirimse.

Biflora, arsa Mamó. Tagann sé faoi bhláth faoi dhó sa mbliain.

Mheabhraigh sí dom gurbh í Aintín Neain a thug an planda chugainn ó Ghlastonbury i Sasana.

Fós, ní raibh mé sásta ligean leis an gcnámh, agus d'fhiafraigh mé di ar cheap sí go raibh sé tráthúil.

Níor thuig Mamó céard a bhí i gceist agam.

Nach gceapann tú, a deirim arís, go bhfuil sé tráthúil go bhfuil sé ag bláthú inniu ar chúis éigin?

Inniu? arsa Mamó, agus imní ag teacht uirthi.

D'fhan mé i mo thost. Bhí an iomarca ráite agam.

Is dóigh go bhfuil, a stór, arsa Mamó go ciúin. D'iompaigh sí uaim, ach chonaic mé na deora ina súile. Tar isteach, ar sí ansin, nó beidh tú préachta. Caithfidh mé fios a chur ar an dochtúir dom féin. B'fhéidir go mbreathnódh sé ort, tá mé a cheapadh go bhfuil iarraidh de shlaghdán ort.

D'oscail sí an doras dom agus lig isteach mé.

Mar a deirim, bhí a fhios agam gur cuireadh ar an saol ar chúis éigin mé, ach cén chúis? Ar dtús shíl mé go bhfoilseofaí é sin dom ina splanc as na spéartha, nó go lasfaí an sceach taobh amuigh den fhuinneog i ndorchadas na hoíche, mar atá sa mBíobla. In imeacht na seachtainí agus na míonna, thuigfí dom nach mar sin a tharlódh, ach go gcaithfinn fanacht go foighdeach le súil go ligfí leide eile liom, agus go deimhin féin a dhul amach sa saol agus mé féin a chur i muinín na cinniúna. Ón uair a d'fhág mé an mheánscoil i mo dhiaidh, ba mar sin a chaith mé mo chuid laethanta — ar an gcoláiste, san oifig, nó ag imeacht ó chomhluadar go chéile le súil go nochtfaí comhartha éigin dom.

De bharr tinneas a bhain dom tar éis eachtra an Bhreathnaigh (agus de bharr an imní a bhí ar mo Mhamó tar éis eachtra na sceiche), tugadh ar ais go dtí an t-ospidéal mé agus, mar a rinne mé san ospidéal máithreachais (cé nach i mBarda Naomh Iósaf a bhí mé an iarraidh seo), bhrúigh mé mé féin aníos as an dorchadas gur tháinig mé amach i solas an lae arís, gaibhnithe sa gcruach agus fáiscthe as an nua. Nuair a d'fhill mé ar an scoil tar éis cúpla seachtain bhí an snas imithe as folt an Bhreathnaigh, agus goiríní ar a smig. Lig sé air féin nach bhfaca sé mé. Níorbh iad na daltaí eile amháin a d'fhág fúm féin mé, sheachain na múinteoirí mé. Níor cuireadh ceist ná araoid orm, rud a d'fheil go mór dom. Chuir mé uaim mo chuid piollaí leighis agus chuaigh mé i mbun staidéir, ach le fírinne, ba i bhfad roimhe sin a thosaigh mé ag cur spéise i Naomh Iósaf.

Bhí tionscnamh idir lámha agam, tionscnamh a d'fhás as nótaí fánacha a breacadh i gcóipleabhair scoile ar dtús, cóipleabhair a cheannaigh mo mhamó dom, agus a mhaisigh mé le pictiúir gearrtha as irisí a thugtaí abhaile dom, an *Messenger, Ireland's Own*, agus corrchóip den *National Geographic* agus de *Newsweek* a thagadh chugainn as Meiriceá.

Ba sa tréimhse sin a thosaigh mé ag cur eagair ar mo chuid cóipleabhar, agus a d'aimsigh mé cuspóir le mo chuid oibre: na comharthaí a chuardach agus a aithint. Cheannaigh mé cóipleabhair mhóra A4 agus bhreac mé gach imleabhar acu le sleachta cóipeáilte i mo lámhscríbhneoireacht féin as leabhair, as ciclipéidí, agus as irisí leabharlainne, chomh maith le cóipeanna de phictiúir a bhí daite go cúramach agam féin.

I mo shuíochán aonraic ar chúl an ranga chuireas chun na hoibre. Fad a bhí an múinteoir ag rangabháil briathra na Fraincise, nó an rang ag léamh amach a gcuid freagraí tíreolaíochta, bhí mise i mbun mo churaclaim féin. Thosaigh mé sa mBíobla Mór Maisithe le mo chomh-ainmní féin Naomh Iósaf, an giolla rí a cuireadh ar an saol le hoiliúint a chur ar an Rí-Leanbh. Agus ansin, as leabhair staire agus as ciclipéidí leabharlainne, phreabadar chugam compánaigh an rí ó aimsir na ndéithe aniar (iad sin a raibh cuntas orthu sa stair), Círon oide Odaiséis is Aichill, Arastotail teagascóir Alastair Mhóir na Gréige, Harpagus oide Chíoras Mhóir na Peirse, an vizír Bayezid Paiseá cosantóir Mhurad II, agus, fiú, Mataivíof oide Pheadair Mhóir na Rúise. Laochra anaithnid na staire ab ea a bhformhór, gach duine acu agus gan de chuntas air ach líne nó dhó i mbeathaisnéisí na ríthe cé gur air a bhí sé de chúram compánachas agus stiúir a chur ar fáil don rílaoch, cúram a bhí chomh seanbhunaithe agus chomh huasal le cúram an rí féin. Agus cúram a bhaineann chomh mór, nó níos mó, le claonta nádúrtha an duine agus a bhaineann an cheannasaíocht féin, nó an tsaoirse fiú, is é sin an umhlaíocht gan choinníoll. Óir ní túisce an tsaoirse á héileamh ag an duine ná roghnaíonn sé duine le humhlú a dhéanamh dó. Fiú i gcás an anama, ní túisce saoirse chreidimh ag an duine ná roghnaíonn sé sagart nó mullá agus déanann umhlaíocht dó siúd. Ach is duine ar leith a dhéanann umhlaíocht iomlán, agus a aimsíonn an stáid anama a mbronntar ar an ngéillsineach iomlán. Sin é an cineál ar a dtugaim an giolla rí.

Ar deireadh, bhí mo ghinealach féin aimsithe agam. Ag breathnú amach faoi mo ghlib ó mo shuíochán ar chúl an ranga thosaigh mé ag teacht ar léargas nua orm féin. Óir, ón uair a tuigeadh dom go raibh a shásamh féin le baint as an umhlaíocht, as an sléachtadh neamhchoinníollach ar urlár na Cruthaitheachta, tuigeadh dom gur duine den dream ciúin sin mé, den dream sin a bhfuil a nglóir bheag phearsanta is phríobháideach féin bainte amach acu as a gcumas friothála is géillsineachta. Chuireas é sin agus mo chuid nótaí taighde le chéile agus thuigeas, chomh cinnte is a bhí Iósaf ann roimh bhreith an tSlánaitheora, roimh an gcéad rí bhí an giolla rí ann. Agus ba dá shliocht is dá ghinealach sin mise. De shliocht atá níos sine ná na ríthe, chomh sean leis an gcine dhaonna féin, agus a bhfuil a n-áit féin sa gcosmas saothraithe acu i measc réaltaí na ndéithe.

Lá dá raibh aistí á bhfágáil suas ar dheasc an mháistir staire ag mo chomhdhaltaí bhaineas stangadh astu. Suas liom, agus leag m'aiste

47

féin ar an gcual cóipleabhar. Dhearc an máistir orm, ach níor labhair. 'Aontas na Sóivéide faoi Cheannas Stalin' an t-ábhar a thug sé don rang, nó b'fhéidir 'Parnell agus Conradh na Talún', ach ba thráchtas ar thábhacht ról an Ghiolla Rí sa stair a bhí scríofa agamsa.

Dhá lá ina dhiaidh sin tugadh na haistí ar ais. Níor dhúirt an máistir tada nuair a leag sé an cóipleabhar ar mo dheasc, ach ag bun m'aiste bhí nóta beag scríofa aige a rá go raibh sé dea-scríofa ach nach ndéanfadh sé cúis, ansin tagairt do leabhar leis an Athair Peadar Ó Laoghaire, *Lughaidh Mac Con* (ba é ár múinteoir Gaeilge a bhí ann chomh maith).

D'fhill mé ar an leabharlann agus d'aimsigh mé an leabhar, ach ba mhór é mo dhíomá tar éis dom díchódú a dhéanamh ar an gcéad chúpla leathanach sa seanchló Gaelach nuair a fuaireas amach nach Impire Bablónach ná Cán Mongólach a bhí i gceist, ach scéal rí éigin Muimhneach a d'ith luch ar phláta, agus níor ardaigh mé an t-ábhar sin arís leis an máistir staire. Ach bhí rud éigin ann, thuigeas an méid sin ag an am; bhí rud éigin ann, agus d'fhillfinn arís air.

D'fhás an taighde. Na cóipleabhair a thug mé ar mo chuid nótaí — idir théacs is phictiúir — agus iad mar chuid de thionscnamh mór taighde ar a dtug mé an Stair, ach le himeacht ama leath an taighde staire amach ina iarracht ar mheabhair nó pátrún a bhaint as na leideanna beaga seo a nochtfadh léargas éigin ar mo chinniúint dom, agus bhaist mé na Comharthaí air.

Bhain na cóipleabhair le teacht na féintuisceana agus le mo thréimhse ar an meánscoil. Agus cé gur bheag drannadh a rinne mé leo sna blianta a chaith mé ar an ollscoil i nGaillimh, murach iad ní móide go dtabharfainn aghaidh ar an gcoláiste ar chor ar bith. Cé gur thug an tuiscint sin a fuair mé orm féin neamhspleáchas dom ar scoil, faoin dara bliain dom i rang na hardteiste thuig mé dá mba mhian liom leanacht den taighde ar an ngiolla rí go mbeadh orm teacht ar sholáthar leabhar níos mó ná mar a bhí i leabharlann bheag na scoile. Agus níos tábhachtaí ná sin, thuig mé nach sa mbaile a bhí mo chinniúint ach go gcaithfinn a dhul amach sa saol ar a tóir. Ar an dara hiarracht shaothraigh mé dóthain pointí le deontas na comhairle contae a bhaint amach, líonadh súile mo Mhamó le deora arís, agus an uair seo bhí deora le mo shúile féin, agus thug mé aghaidh ar Dhámh na nDán i nGaillimh.

Agus, ní miste dom a rá, bhíos i mo mhac léinn déanta. In ainneoin na léachtaí leamha cnagbhruite nár thuil ach an leathchluas uaim, luíos isteach ar dtús ar an iomramh aonair a chleacht mé roimhe sin ar scoil. Cén áit eile a dtiocfainn ar an bhfoghlaim ach i dtúr gloine na leabharlainne, mar a mhúin mé dom féin áilleachtaí diamhracha an ghinidigh, neart na copaile agus muinín ceannúsach na foirme táite — a shleamhnaíonn isteach i ngach uile ní a scríobhaim fós.

Ach más iomramh aonair a bhí ann ní rabhas gan chuideachta, agus, ní hionann agus an mheánscoil, níor airigh mé go raibh mé deighilte amach ó dhaoine eile, ach a mhalairt. D'airigh mé uaigneas orm ann ón gcéad lá nár airigh mé riamh ar an meánscoil mar, den chéad uair, shantaigh mé comhluadar na ndaoine seo. Agus ar an ollscoil, má bhí mé i m'aonar, bhíos i m'aonar i measc na n-aonarán. Shantaigh mé a gcompánachas, agus compánachas na gcailíní san áireamh, mar an tuiscint seo a d'fhág mé scoite amach ó mo chomhscoláirí ar an meánscoil, d'fhág sé scoite mé ó chailíní ach go háirithe. Ach ní hionann sin is a rá nár shantaigh mé mná — cé go mba bheag an mhaith dom é ar an meánscoil, áit ar bhraith mé níos óige ná na scoláirí eile, nó scaití eile i bhfad Éireann níos sine. Ach, i gcónaí bhí an tuiscint sin agam orm féin a bheadh ina rún nach bhféadfainn a roinnt. Rún, a bhraith mé, a bhí níos inléite ag cailíní.

Lá, cúpla seachtain tar éis dúinn tosaí, i halla léachta ar an gconchúrsa agus muid ag fanacht ar theacht an ollaimh le léacht a thabhairt dúinn ar an nuafhilíocht, d'fhiafraigh duine de bheirt chailíní dea-chumtha díom an raibh mé tosaithe fós ar m'aiste. Bhí aithne shúl agam uirthi féin agus ar a cara, cé nár labhair mé focal leo go dtí sin.

Nár lige Dia, a deirimse, ag baint faid as na focail dom le teann réchúise, mar dhea. Tá an saol róghearr le caitheamh le rannairí beaga na nua-fhilíochta. Ag aithris dom ar an ollamh, bhaineas gáire as Úna is Helena (mar a d'fhoghlaimíos ina dhiaidh sin) agus ba ghearr go rabhas féin i mbun léachta sa gceaintín ar nua-fhriotal na nua-mheadrachta. Bhaist siad an File orm. Go híoróineach, dár ndóigh, ach bhíos breá sásta le mo ról nua — ról a tháinig go héasca dom tar éis dom trí bliana a chaitheamh i mbun mo chuid taighde féin sna clasaicí agus sa stair. Go deimhin, bhí mé an-dáiríre faoi. Maidin amháin, in áit a dhul chuig mo chuid léachtaí, thugas aghaidh ar an mbaile mór. Cheannaíos cóta mór fada dubh sa VDP, agus péire bróga tairní, agus b'iúd liom isteach go dtí an coláiste ansin, mo ghruaig ligthe anuas thar mo chluasa agus mo chóta mór dubh go colpaí orm.

Níl uait ach maide mór siúil, a Jó, a deir duine de na poirtéirí liom.

Mura file anois thú! a d'fhógair Úna nuair a chonaic sí sa gceaintín mé.

Frithfhile, a thugas mar fhreagra uirthi. Ní chumtar filíocht feasta.

Abair é sin leis an Ollamh, arsa Helena, agus muid teannta suas leis an gcuntar i mbeár an choláiste.

Abair leis na filí nua é! arsa Úna, agus í ag iarraidh mé a tharraingt amach ar an domhain.

Agus ba mé a bhí sásta teacht amach ar an domhain léi. Cur i gcéill, agus piteoga ar thóir na Bé, a deirimse. Níor cumadh filíocht ó aimsir Mhilton, Uí Rathaille agus Rimbaud.

Níl Rimbaud an fhad sin curtha, arsa Úna.

Rud a mhíneodh, a deirimse, agus anáil á tarraingt agam, chomh saothraithe is atá an prós sa nGaeilge agus sa mBéarla agus chomh mór is atá tóir ar an liriciúlacht fós i measc na bhFrancach.

Agus tú féin, mar sin? a d'fhiafraigh Úna díom.

Ag gor, a deirimse.

Ar dhán? ar sí.

Ar an ríchathaoir, a deirimse go dána — bhí an t-ól ag réiteach go maith liom. Is mé an giolla rí. Ní hí an Bhé mo chúramsa, ach an rí féin, óir is mé compánach oirnithe an rí.

Agus cén rí é seo? a d'fhiafraigh sí díom. Bhreathnaíodar ina dtimpeall, a gcuid súile ar leathadh le hiontas, mar dhea.

Chromas chucu i gcogar: An rí coisricthe atá le fógairt. Cluinim na comharthaí, léim na leideanna, fanaim le freastal.

Agus mar sin de, fiú istoíche sna tithe leanna thíos faoin mbaile, mhúsclaídís as mo thámhnéalta óil mé le: Abair an Rí arís, a Jó; An Giolla File? An Rí Gor? agus mar sin de agus mar sin de agus mar sin de.

D'aimsigh mé comhluadar dom féin i measc mo chomhscoláirí mar a mbínn ag keatsáil is ag ríordánú le huaim is le comhuaim i gconchúrsa an choláiste, i gcúinní an cheaintín agus le cuntar i dtigh an óil. Ach bhí níos mó ná sin i gceist, mar, cé gur shantaigh mé an bheirt, Úna ard fhionn agus Helena chatach dhubh, agus a liachtaí cailín eile a casadh i mo bhealach, ba deacair dom teanntás a dhéanamh leo. Faitíos roimh eiteachtáil ba mhó, b'fhéidir, a tháinig eadrainn — rud a d'fhoghlaim mé ón dá Shalomé ar scoil — agus rud eile a tháinig eadrainn, an tuiscint nach feidhmeannas oidhreachtúil a bhí sa nGiolla Rí, agus nár chuid de mo chúramsa pórú a dhéanamh orm féin. Ach bhí an deacracht eile ann freisin, nach bhféadfainn mo chuid smaointe pearsanta a roinnt leo go macánta. Bhí gá i gcónaí le haghaidh fidil nó le bréagriocht mar a bhí i ról an fhile dom. Faoi chlóca na héigse bhí mé in ann scóid a ligean le mo theanga bhaoth agus mo chuid briathra buile, rud a thaitníodh leo agus a thug faoiseamh éigin dom féin. Go deimhin, ar deireadh ba deacair dom féin, fiú amháin, an bhréag agus an fhírinne a scaradh ó chéile. Ach bhí an baol i gcónaí ann, mar a tharla do Chailín na Luatha nó do ghamal an rí, go dtráfadh an giodam agus an mheidhir roimh maidin agus go bhfágfaí mé gan masc a cheilfeadh mo rún.

Sa dara bliain dom, d'fhág mé slán ag Mamó, agus chuaigh mé chun cónaithe i nGaillimh. Roinn mé teach le ceathrar mac léinn ar bhruach thoir na habhann agus ba ghearr go rabhas i mo bholscaire boird agus i mo mháistir searmanais acu agus mé ag pápaireacht os cionn roinnt na feola is na bhfataí gach tráthnóna. I gcomhluadar na mbuachaillí théinn ag ól gach Déardaoin agus, tar éis seisiúin díobh sin ag cóisir i dteach eile mac léinn, bhuail mé fadhar craicinn den chéad uair. An oíche sin, tar éis dom mo bhealach a bhréagadh isteach i gcomhluadar cailíní, d'éirigh liom an chluain a chur ar stuimpín beag fionn, cara le Helena, agus í a mhealladh ar bholg an toilg le bladar is le bréagfhealsúnacht agus, cé go raibh an iarracht féin míshásúil go leor, d'fhágas an áit ar maidin agus mé ag ardú den talamh le mórtas.

Ach, le fírinne, bhí na chéad iarrachtaí ar fad leamh, míshásúil, místuama. Bhí, san ollscoil, agus go ceann i bhfad ina dhiaidh sin, nó gur casadh Nadín orm. Ba í Nadín Ní Ghormfhlatha a rinne fear díom, cé go raibh sí i bhfad sa gcomhluadar ar an Spidéal sular thugamar aon suntas dá chéile.

Bhí mé críochnaithe san ollscoil le beagnach trí bliana roimhe sin, agus mé ag máinneáil thart ar Ghaillimh i gcomhluadar a bhí ag tanaíochan in aghaidh na míosa. D'imigh Helen go Baile Átha Cliath chomh luath is a bhain sí an chéim amach, d'imigh Úna cúpla mí ina dhiaidh sin. Oíche amháin i bpub ar Shráid na Siopaí, agus mé ag roinnt mo chuid gaoise ar mhac léinn goiríneach, d'éirigh mé agus shiúil amach. In áit filleadh ar mo sheomra i nGaillimh thug mé m'aghaidh siar. Le moch maidneachan lae a bhaineas an teach amach, sciúrtha ag an mbáisteach agus sáraithe tar éis an tsiúil. Ní raibh Mamó i bhfad caillte an t-am sin, agus nuair a dhúisigh mé tar éis meán lae i mo leaba féin bhí ceann de na cóipleabhair le mo thaobh ar an bpiliúr. Chaitheas lá ar an leaba sular chuir an t-ocras i mo shuí mé. Tar éis dom aghaidh a thabhairt ar an siopa ba ghearr go raibh mé ar mo chompord arís sa teach, tinte á lasadh agam, uisce á théamh, agus dinnéir á mbruith ar an sorn móna. Sé nó seacht seachtaine a chaitheas ann agus gan de chuideachta agam ach na cóipleabhair — níor lig an náire dom bualadh isteach tigh Phait Thaidhg — ach mé ag obair liom ar mo mhíle dícheall agus mo chloigeann lán le leideanna is le comharthaí.

Níor airigh mé an Nollaig ag gabháil tharam agus, le teacht an Earraigh, thug mé ruathar siopadóireachta faoi Ghaillimh agus, tar éis cuairt a thabhairt ar leabharlann na cathrach, agus mo mhála droma a líonadh le fotachóipeanna is bileoga, in áit a dhul díreach siar shocraigh mé ar chúpla deoch a ól sa mbaile mór ar dtús. Casadh i gcomhluadar mé i bpubanna Shráid na Céibhe agus faoi dheireadh na hoíche ní raibh fanta i mo chuideachta ach duine amháin eile a bhí ag dul siar, an cailín ciúin buíchraicneach céanna a chaith an oíche ag breathnú faoina glib ruadhonn orm, agus roinn mé féin agus í féin tacsaí abhaile. Nuair a d'iarr mé isteach í, gan súil ar bith agam leis, thoiligh sí teacht isteach agus deoch a ól. Agus mura raibh mórán toraidh ar mo chuid iarrachtaí meisciúla an oíche sin, chaitheamar an mhaidin ag baint bairr dá chéile le suaitheadh is le sásamh colainne. Níor chorraigh ceachtar againn as an teach an deireadh seachtaine sin, ná sna seachtainí beaga dár gcionn, ach muid ag suanaíocht idir babhtaí craicinn, mé deargtha ag fíon, agus mé do mo bhealú féin ina cuid allais agus do mo bhá féin ina cuid bléintreacha ríoga. Cé go raibh trí bliana agam uirthi ní raibh ionamsa ach páistín santach ina leaba, agus í do mo ghríosú le milseacht a póg agus le cumhracht a colainne, ansin do mo shuaimhniú le mé a mhúscailt, agus do mo cheansú le mé a choipeadh arís, sula gcuirfeadh sí chun suain mé.

Ach bhí an má seo róleathan, an mhoing róbhog, an bhá ródhomhain.

In ainneoin an rícheiliúradh a dhéanadh muid ar ár gcumann, cén chaoi a bhféadfadh muinín a bheith agam as bean a thug gean do ghiolla? Nó, go deimhin féin, cén chaoi a bhféadfadh meas a bheith agam ar bhean a thug fabhar d'fhile bréagach? Bean a rinne laoch díom (mar a shíl mé ag an am)? Mar i gcuideachta Nadín bhraith mé nach giolla rí a bhí ionam ar chor ar bith, ach rílaoch. Agus bhí a fhios agam go dtiocfadh an lá geal agus go gcaithfinn slán a fhágáil léi. Ach go dtí sin, shíl mé go sásóinn ár gcuid mianta, ag meabhrú dom féin i gcónaí gur mé an giolla rí, an giolla rí.

Amach sa Márta, ansin, nuair a bhí an mhóin uilig dóite agam, agus gan mé a dhath níos gaire do mo chinniúint ná mar a bhí roimhe sin, tháinig freagra ar iarratas a rinne mé ar phost do chúntóir leabharlainne agus cuireadh chun agallaimh. Gan focal le Nadín, d'fhág mé na cóipleabhair mar a rabhadar faoin leaba i mo sheomra, agus chuas ar bhus na maidine go Gaillimh. Tigh Anthony Ryan cheannaigh mé léine is carbhat. In áit casóige cheannaigh mé seaicéad svaeid, agus thug aghaidh ar Bhaile Átha Cliath agus ar mo chéad phost leabharlainne.

Lá sin na ngrianghraf, níor rith sé liom nó go raibh an teach fágtha agam nach raibh aon áit le dul agam. Shocraigh mé nach bhféadfainn dul isteach chuig an obair le faitíos go leanfadh sí ann mé. Ach ar chúis éigin ní dhearna sé sin aon imní dom agus mé ag imeacht liom síos an bóthar d'abhóga móra coséadroma dóchasacha, mo dhá mhála crochta ar mo ghualainn agam agus na lachain ag snámh i mo dhiaidh ar uisce dubh na canála. Bhí an oiread giodaim fúm nár chuimhnigh mé ar bhus ná ar thacsaí, ach mé ag coinneáil

orm i ndiaidh mo mhullaigh nó gur buaileadh na cloig i Séipéal
Naoimh Finín agus gur éirigh na caróga os cionn Fhaiche Stiabhna
ag fógairt mo theachta. Ar ceannlíne a bhí ar taispeáint taobh amuigh
de shiopa nuachtán chonaic mé go raibh cúlú eacnamaíochta agus
imirce á thuar, agus chuireas mo lámh i mo phóca gur theagmhaigh
mé le mo thiachóg airgid. Bhí spéir an tráthnóna ramhar le clabhtaí
móra dorcha agus, cé go raibh sé fós beagáinín luath, d'alp mé siar
burgar is sceallóga ar Shráid Ghrafton agus shocraigh mé aghaidh
a thabhairt ar an gclub i Sráid Fhearchair.

Ag dul thar an Déamar a bhí mé nuair a d'airigh mé an gleo,
agus ar chúis éigin shíl mé gur taobh thiar díom, áit éigin thart ar
stad na dtramanna i bhFaiche Stiabhna, a bhí an clampar. Ghéaraigh
mé ar na boinn é, agus bhí an bóthar trasnaithe agam ag bun Shráid
Chuffe agus mé tagtha chomh fada le Sráid Fhearchair nuair a
chonaic mé cúigear nó seisear i gcaismirt reatha de shaghas éigin
ar an taobh eile den tsráid. Líonadh an t-aer i mo thimpeall le
glamaíl, cé nach raibh cú ná coileán le feiceáil. Bhí an scliúchas ar
bun díreach trasna ón gClub agus bhí mé ag deifriú suas an tsráid
ina threo, le súil go bhféadfainn sleamhnú síos na céimeanna agus
isteach sa gClub i nganfhios dóibh, nuair a chuala mé glór Mhic
Alastair agus é ag fógairt go hard ceannúsach ar an gconairt i nglan-
Bhéarla, agus sheasas.

Seisear nó seachtar a bhí sa scliúchas. Cúigear óganach ag
tabhairt foghanna sciobtha faoi bheirt fhear — Mac Alastair agus
compánach leis — a bhí ar a ndícheall ag cosaint an átha. Roibeard
a bhí ar a chompánach, mac léinn i gcóta míleata uaine. Bhí a chúl
catach i ngreim ag duine de na hóganaigh, é cromtha faoi agus beirt
eile ag gabháil dá gcosa air. Thart timpeall orthu bhí a gcomrádaithe
ag glaoch is ag gártháil go fraochta. Lig Mac Alastair búir feirge as
agus rith sé ar dhuine de lucht céasta Roibeaird, a dhá lámh sínte
amach roimhe agus é á bhrú den chosán amach ar an mbóthar.
Chas mé ar mo sháil, agus in ainneoin mo dheifre bhí meáchan

luaidhe i mo chosa agus mé ag brú go spadánta romham trasna na sráide chucu. Faoin am ar tháinig mé chomh fada leo, bhí na hionsaitheoirí á thabhairt do na boinn, an mac léinn cromtha le saothar anála, agus Mac Alastair agus a lámh lena shrón aige ag iarraidh an fhuil a stopadh, a dhorn fáiscthe aige agus é ag breathnú i ndiaidh an ghramaisc a bhí ag imeacht leo timpeall choirnéal na sráide. Gan focal, shíneas mo chiarsúr chuig Mac Alastair. Níor baineadh aon ghortú mór dó. Go deimhin, cé go raibh creathán ina láimh — le díocas, nó le scaoll an chatha, a shíl mé — tar éis cúpla nóiméad nuair a bhí an sruth fola stoptha aige, bhí sé ag maíomh as a chuid créachtaí. Lena lámh thar shlinneán a chomrádaí scuab sé leis muid go dtí an Club. Agus Mac Alastair do mo bhrú roimhe síos na céimeanna cloiche agus isteach doras an tí tábhairne, rith sé liom go rabhamar cosúil lena chéile agus é, mar a shíleas ag an am, neartaithe ag an uirísliú.

Faoi sholas an halla fuair mé deis cheart Roibeard a scrúdú. Scorach ard camshlinneánach a bhí ann, cluimhreach féasóige air agus a shúile ceilte ag mothall catach donn. Cé nach raibh aon mharc air bhí sé chomh bán leis an bpáipéar, agus d'fhiafraigh mé de an raibh sé gortaithe. Ní dhearna sé ach croitheadh a thabhairt dá ghuaillí agus casadh i dtreo an bheáir. Leanamar Mac Alastair isteach faoi na háirsí liatha mar a fuaireamar Oilivéar ag fanacht linn i gcuideachta Bhrídín, an t-ealaíontóir a bhí i bhfochair Mhic Alastair is Oilivéir Tigh Mhurchú, an scaif uaine chéanna a bhí faoina muineál aici an oíche sin fáiscthe ar a ceann anois aici agus a tom catach rua curtha siar. Bhí a scéal á inseacht ag Mac Alastair di, agus í ag gáire go spleodrach. Nuair a luaigh sé mo pháirtse ann thug sí catshúil mhealltach orm.

Agus deoch á hordú agam casadh arís liom í ag an gcuntar agus dúirt mé léi nach bhfaca mé ann roimhe sin í. Ón bhféachaint a thug sí orm thuig mé nach raibh aon ghean aici ar an áit. Tá a fhios agam, a deirim, tá sé beagáinín dorcha.

Ach an bhfuil a fhios agat go bhfuil muid inár seasamh os cionn abhann anseo?

Dúirt mé léi go raibh léarscáil d'aibhneacha fo-thalaimh Bhaile Átha Cliath feicthe agam.

Abhainn na Stiabhna, ar sí, ceann de sheanaibhneacha na Duibhlinne. Tá sí ag sníomh faoinár gcosa anseo, ag doirteadh i nganfhios faoi bhóithre is faoi thithe an bealach ar fad ó thuaidh go dtí an Life.

Agus oíche éigin sceithfidh sí thar bruach agus báfar ar fad muid?

Rinne sí gáire. In Iostanbúl, ar sí, tá sistéil stórála uisce faoi thalamh atá os cionn míle bliain d'aois — faoi pháláis is seansráideanna Chathair Chonsaintín — agus tá éisc sna sistéirn, agus tá na héisc sin chomh fada thíos ansin sa dorchadas go bhfuil siad bán agus dall.

Rinne mé iontas de sin, agus dúirt go mbeadh an-ábhar in uisce faoi thalamh mar choincheap ealaíne.

Táim ag obair ar an ríocht mar choincheap, ar sí. Nó ar an ngéillsine mar choincheap ba chirte dom a rá. Cosúil le géillsineach an rí, is ionann bheith i d'ealaíontóir agus géilleadh nó umhlú go hiomlán.

Bhí pionta is gin'n'tonic á síneadh chugam ag an bhfreastalaí nuair a leag Oilivéar a lámh ar mo láimhse, agus le cogar i mo chluas dúirt sé liom go raibh rud éigin le taispeáint aige dom ar dtús. D'fhanas go bhfeicfinn céard a bhí aige dom, ach nuair a chlaon sé a cheann i dtreo an dorais thug mé féachaint mhífhoighdeach air — ba mhó mo shuim i bhfilleadh ar an gcomhrá le Brídín — agus rinne mé iarracht iompú uaidh. D'fháisc sé a lámh ar mo ghualainn agus thuig mé nach n-éalóinn uaidh chomh héasca sin. Thugas súil siar thar mo leiceann ar Mhac Alastair is Roibeard ag an gcuntar. In áit géilleadh do bhandia na talún, arsa Mac Alastair os ard, cuireann na taoisigh shaolta seo againne a muinín i Mars agus i Mammon.

Nuair a chonaic sé mé chas sé i mo threo agus chríochnaigh an abairt: Ach is déithe guagacha iadsan agus, cosúil leis na fearaibh, tar éis tamaill cailleann siad suim ina gcuid cluichí beaga agus ar deireadh ní féidir brath orthu. Chroith sé a chloigeann liom ansin i gcomhartha dom rud a dhéanamh ar Oilivéar. D'ól mé deoch mhór as mo ghloine, agus thaispeáin an ghloine leathfholamh d'Oilivéar, ag tabhairt le fios dó go mbeinn amach chuige nuair a d'ólfainn mo phionta, agus d'iompaigh mé ar ais chuig Brídín lena gloine a shíneadh chuici.

Ach nach saoirse, a deirimse, a bhíonn á mhaíomh ag gach ealaíontóir?

Is ea, ar sí, an tsaoirse a cheadaíonn dúinn bheith beag beann ar an tsochaí.

Agus cén chaoi ar féidir a rá, mar sin, go ndéanann an t-ealaíontóir umhlú?

Caithfidh an t-ealaíontóir fanacht go humhal go bhfaighidh sí comhartha nó leide agus caithfidh sí géilleadh go neamhchoinníollach do na comharthaí a threoródh í ina cuid oibre.

Agus tusa, an bhfuil tú umhal?

Rinne sí gáire agus las na súile glasa ina haghaidh bhricíneach ghréine.

Dúirt mé léi go mbeinn ar ais, chaith siar an bolgam deireanach agus lean mé Oilivéar amach.

Ba chuig carr páirceáilte ar bharr Shráid Fhearchair a thug Oilivéar mé. D'oscail sé an doras paisinéara dom agus, go doicheallach, shuigh mé isteach lena thaobh. Bhí an t-inneall dúisithe aige. Faoin ngaothscáth ar m'aghaidh amach, bhí pictiúr is ainm Oilivéir ar chóip de cheadúnas hacnaí, rud a chuir iontas orm. D'fhiafraigh mé de an raibh sé i bhfad i mbun hacnaí? Nílimid ach ina thús, a d'fhreagair sé.

Ó dheas a chuaigh muid. De réir mar a bhí lár na cathrach á fágáil inár ndiaidh againn thosaigh mé ag fiafraí de go mífhoighdeach cá raibh ár dtriall. Ní raibh mar fhreagra aige orm ach gur gearr go bhfeicfinn, nó gur gearr go nochtfaí gach uile shórt.

Go gairid tar éis dúinn tiomáint thar Ospidéal Naomh Uinseann, chas Oilivéar an carr ar dheis, agus ansin chuaigh ag casadh faoi dheis agus faoi chlé nó gur chas sé isteach in eastát tithíochta. Ar feadh dhá shoicind las ár gcuid soilse carr a bhí páirceáilte taobh amuigh de theach agus shíl mé gur aithníos an fear a bhí ina shuí inti.

An Constábla, arsa Oilivéar faoina anáil.

Bhreathnaigh mé go fiafraitheach air, ach níor lig sé tada air féin. Thiomáin sé leis go mall síos go bun na sráide sular sheas sé an carr. Cé go rabhamar tarraingthe isteach san áit a raibh lampa sráide, bhí an solas múchta agus an tsráid faoi dhorchadas, cé is moite den léas a caitheadh ón dara lampa sráide céad slat uainn agus ó fhuinneoga na dtithe ar thaobh na láimhe deise. Ar ár dtaobhna den bhóthar, ar thaobh na láimhe clé, bhí stráice talaimh bháin idir muid agus ballaí gairdíní cúil shraith eile tithe a bhí leathchéad slat uainn, nó mar sin. D'fhanamar ansin ar feadh scaithimh, eisean ag cuimilt is ag athchuimilt a chuid spéaclóirí; mise ag éisteacht go haireach le coiscéimeanna a thabharfadh rabhadh dom go raibh mé in áit na contúirte. Bhreathnaigh Oilivéar amach roimhe go foighdeach. Sheiceáil mé an fón. Bhí sé curtha ina thost agam ó d'fhágas an teach. Dhá ghlaoch ón Leabharlann; sé cinn ó Nadín. Gan bhreathnú sna teachtaireachtaí mhúch mé an fón.

Músclaíodh as mo chuid míogarnaí mé nuair a buaileadh cnag ar fhuinneog Oilivéir agus d'ísligh sé an pána gloine. Consaidín a bhí ann, caipín speiceach bréidín air agus cába a chóta báistí iompaithe aníos aige. Níl sé imithe amach fós, ar sé.

Chroith Oilivéar a cheann leis agus dhún sé an fhuinneog. Ní bheidh sé i bhfad eile anois, ar sé liomsa.

Ar deireadh, tar éis tamaill eile ag fanacht, bhuail sé sonc orm agus leag sé a mhéar go fainiceach ar a bheola. Bhí sé ag breathnú amach roimhe. Os cionn na bhfálta privet is grisilinia chonaic mé solas á scaladh i ndoras tí trí nó ceithre theach síos uainn. D'éirigh fear amach romhainn ar an gcosán, é ceann-nocht agus cóta fada geal air. Tháinig sé anuas an cosán inár dtreo agus d'aithin mé é. Ní as féin — bhí sé rósciobtha ag dul tharainn ar an tsráid — ach as a chóta. An cóta bánliath céanna a bhí ar an bhfear sna grianghraif. Ansin chuimhnigh mé ar ainm na háite agus bhí a fhios agam go rabhas glaoite i láthair an Rí.

Teach an Gharda

1.

Rinne mé codladh beag tar éis faire na hoíche agus nuair a dhúisigh mé don dara faire — ón meán lae go dtí a sé — bhí solas an lae ag scaladh isteach faoi bhun na gcuirtíní orm agus an Constábla ag scairteadh in airde an staighre ar Ghearóid, an fear nua. Ní raibh cor as siúd, ach é ag srannadh go ciúin sa leaba in aice liom. Gan aon iarracht a dhéanamh é a dhúiseacht, chaith mé orm go sciobtha, agus d'éalaigh amach idir an dá leaba, agus thar an tsráideog le balla mar a raibh an dara duine ina chnap codlata. Bhí an t-inneall ag casadh sa gcarr ar aghaidh an tí, an Constábla suite taobh thiar den roth agus speic a chaipín bhréidín anuas thar a bhaithis aige, Roibeard lena ais — iad beirt bearrtha sciúrtha agus boladh an chologne orthu — agus mise ag doirteadh isteach ar a gcúl, mo chóta faoi m'ascaill agam agus mo bharriallacha scaoilte.

Ag cúlú amach ar an mbóthar dó, labhair an Constábla as taobh a bhéil liom. Shíl mé, ar sé ina thuin bhog Ultach, gurbh é an stócach nua a bhí ar dualgas?

Tá slaghdán air, a deirimse, agus d'fháisc mé mo chóta go teann os cionn mo gheansaí. Ní raibh mé ach i mo leathdhúiseacht, agus cé go raibh muid i dtús mhí Lúnasa ní raibh oiread teasa sa ngrian agus a dhíbreodh taise an tí as mo chnámha. Rinne mé iarracht na cnaipí a dhúnadh suas faoi mo smig, ach bhí barr leathair tagtha ar mo mhéara agus b'éigean dom iad a fhuint is a fháscadh faoi m'ascaillí sula dtáinig an mothú ar ais iontu.

Trasna ón séipéal ar Bhóthar Mhuirfean sheasamar sa trácht le Volkswagen beag Golf an chéad fhaire a ligean amach, agus tharraing an Constábla isteach ina háit, an Ford Sierra glan snasta á pháirceáil go cruinn tomhaiste aige sa spás beag a bhí fágtha di. Shuíomar nóiméad inár dtost ag breathnú ar na coisithe ag deifriú thar dhoras oscailte an bhainc. Ba ann a bhí an Rí ag obair, i bhfoirgneamh beag nua a bhí tógtha i lagaithris ar an tsraith tithe seanbhrící dearga lena thaobh. Nuair a bhí mé sásta nach raibh tada as an gcoitiantacht ann, d'iarras cead an Chonstábla sular sheas mé amach ar an gcosán, agus d'imigh de choisíocht scafánta suas in aghaidh an aird nó gur airigh mé an fhuil ag cuisliú i mo chosa arís. Chasas ar mo sháil ansin agus tháinig mé ar ais anuas an tsráid. Maidin bhreá chroíúil a bhí inti, an ghrian ar mo leiceann agus na clabhtaí beaga bána ag seoladh amach thar an bhfarraige. Faoin am ar bhain mé an carr amach bhí duine den chéad fhaire tagtha ar ais chugainn, agus é cromtha ag fuinneog an chairr le tuairisc don Chonstábla, eolas a bhí againn sular fhág muid Teach an Gharda, bhí an Rí istigh ón naoi.

Roibeard a bhí ar a shála ag am lóin — an mhoing bearrtha de aige agus anorac air in áit chóta míleata an mhic léinn. Chaith sé leathuair ag léamh an pháipéir taobh amuigh de theach tábhairne cúpla céad slat ón mbanc, fad is a bhí an Rí taobh istigh ag ithe lóin, agus mé féin is an Constábla fanta sa gcarr ag éisteacht leis an raidió. Tar éis do Roibeard é a leanacht ar ais go dtí an banc bhí fanacht eile sa gcarr orainn go dtí thart ar leathuair tar éis a ceathair nuair a tháinig an Rí amach chomh fada le doras an bhainc agus é ag bolú den lá. Shocraigh sé a scaif faoina mhuineál, dhún na cnaipí ar a chóta, agus d'fháisc caipín beag olla anuas ar a mhullach catach dubh. Bhí mé tagtha amach as an gcarr agus mé i mo sheasamh ag stad an bhus roimhe, mé iompaithe soir sa treo as a dtiocfadh an bus, mar dhea, agus mé á fhaire thar mo leiceann go bhfeicfinn an gcasfadh sé soir nó siar. Dá gcasfadh sé siar bheadh orm é a leanacht agus bheadh ar Roibeard teacht as an gcarr agus mise a leanacht ar fhaitíos go n-imeodh sé ar bhus isteach go lár na cathrach. Sa gcás sin, ghabhfainnse ar an mbus in éineacht leis agus d'fhillfeadh Roibeard le scéala chuig an gConstábla. Agus, sa gcás nach raibh sé ach ag dul chomh fada leis an ollmhargadh, d'fhanfadh an bheirt againn taobh amuigh go mbeadh an tsiopadóireacht déanta aige. Ba ar thaobh na láimhe clé a chas sé an lá áirithe seo. Bhí sé ar a bhealach abhaile.

Soir leis i dtreo Bhaile an Bhóthair de chéimeanna móra oscartha. Ag Geataí Mhuirfean, d'imigh an Constábla is Roibeard soir tharainn sa gcarr agus, gan an bóthar a thrasnú, choinnigh mé tríocha slat eadrainn, agus mé ag teacht le teannadh ina dhiaidh.

Thaitníodh ár gcuid siúlóidí liom. A cúig nó a sé de bhabhtaí sa tseachtain, ag brath ar an róta, mé féin agus é féin ag teacht anoir le cósta ar maidin ar a bhealach chun na hoibre nó ag teacht ar ais an bóthar céanna sa tráthnóna. Bhí an bheirt againn ar comhairde — cúig troithe haon déag — agus, cé go mba aclaí éadroime eisean ná mise, bhíomar mórán ar an déanamh céanna, rud a d'fhág ag siúl ar comhchéim muid, mar a bheadh compánaigh ríoga ann, ag scáthánú a chéile ar dhá thaobh an bhóthair.

Ba gheall le cluiche eadrainn é, nó b'in a shíleas ag an am. Ag teacht óna chuid oibre dó, mura mbeadh sé rófhliuch nó rógharbh, thrasnaíodh sé an tsráid ag cumar Bhóthar Mhuirfean is Bhóthar na Trá le siúl ar thaobh na farraige den bhóthar, agus mise ar mo thaobhsa den bhóthar cúpla coisméig ar a chúl.

Cé go bhfanainn siar i gcónaí ionas nach bhfeicfeadh sé mé, tar éis cúpla seachtain den obair seo bhraitheas gur airigh sé ann mé. Le fírinne, agus in ainneoin rialacha an Gharda, b'fhada mé ag tnúth leis an lá go bhfeicfeadh sé mé. Tar éis an tsaoil, nach mba mise a ghiolla rí? Go deimhin, is mar sin a shamhlaigh mé mé féin sna huaireanta fada faire, i mo chompánach dílis, i mo Phatroclus, i mo Hephaestion agus, go deimhin, i mo Dhodéara. Níos mó ná aon uair amháin roimhe sin chuimhnigh mé ar mo phictiúr a sheoladh chuige ar an bpost ionas go mbeadh mo phictiúrsa aigeasan (mar a bhí a phictiúrsan i mo phóca agamsa), nó é a chaitheamh isteach bosca na litreach chuige san oíche nuair a bhínn ar dualgas taobh amuigh den teach. Ach bheadh baol ag baint leis sin agus, dar ndóigh, ní bheadh sé cuibhiúil. Ní raibh ionamsa, tar éis an tsaoil, ach a ghiolla. Ach ina dhiaidh sin féin b'fhada liom go bhfaighinn comhartha aitheantais éigin uaidh, focal nó féachaint a thabharfadh le fios gur aithin an rí a ghiolla, agus cén áit níos fearr lena fháil uaidh ná ar an mbóthar poiblí i measc a chuid sluaite?

Corrlá, ar an Aoine, abair, dá mbeadh deoch ólta aige an oíche roimhe sin, d'fhanfainn go bhfeicinn é ag seasamh sa siopa nuachtán ar a bhealach soir, agus thagadh sé amach agus buidéal lúcosaed á dhiúgadh aige. Ach ní fear mór óil a bhí ann, agus ba bheag oíche a chaitheadh sé sa teach tábhairne i rith na seachtaine. Ba mhinice é ag deifriú abhaile tar éis na hoibre le greim sciobtha a réiteach dó féin sula ngabhfadh sé amach ag traenáil, rud a rinne sé faoi dhó nó faoi thrí sa tseachtain — agus chaithinnse uair an chloig go leith ag breathnú air á théamh féin ar an bpáirc imeartha nó ag sodar i ndiaidh na caide i léine chorcra Chill Mochuda, nó sheasainn ar feadh uair an chloig taobh amuigh le balla fad is a bhíodh sé ag liúradh na liathróide i gcúirt leadóige faoi dhíon.

Ach ba bheag oíche a chaithfinn taobh amuigh den spórtlann nach n-éalóinn isteach le súil a chaitheamh air i nganfhios. Bhí na horduithe soiléir: Gan thú féin a thaispeáint don Rí ar fhaitíos go n-aithneodh sé arís thú agus go gcuirfí an Garda ar fad i mbaol. Sa gcás go dtarlódh sé sin — agus tharla — tharraingítí an té sin siar ó dhualgas Garda. Ina dhiaidh sin féin, cé gur iondúil go sásódh spléachadh sciobtha mé lena chinntiú dom féin gur ann a bhí sé, oíche amháin shleamhnaigh mé isteach sa spás féachana agus shuigh i measc an chúpla duine a bhí i láthair, a bhformhór ag fanacht lena seal féin sna pinniúir. Shuigh mé siar go maith ar chúl san áit nach bhfeicfeadh sé mé, agus d'fhan mé ag breathnú air agus é ar a bhionda ag iarraidh an ceann is fearr a fháil ar imreoir aclaí fionn a bhí ar aon mhéid is ar aon chumas leis féin. Gach uair a chaith sé súil i dtreo an lucht féachana taobh thiar den phána gloine ar a chúl las mé suas go sásta agus mé ag samhlú dom féin, ar bhealach éigin, gur airigh sé ann mé — agus mé mar a bheadh a charbadóir ann, á ghríosú chun gaisce. Ar deireadh, thug an fear fionn buille iomraill don liathróid agus d'iompaigh go ropánta i dtreo an bhalla, a chuid gruaige finne á slíocadh siar aige le teann déistine. Ag iompú óna pháirtí dó, bhreathnaigh an Rí amach i mo threosa, a dhraid nochta go sásta aige. D'éirigh mé le himeacht, agus mé lánchinnte de gur airigh sé ann mé agus gurbh é an gríosú ciúin discréideach sin uaimse a thiomáin chun gaisce é.

Dar ndóigh, ba bheag duine sa nGarda a raibh an aithne chéanna aige air is a bhí agamsa. In áit faire amháin sa ló — mar a dhéanadh a bhformhór — nó fiú péire, le súil go gcuirfinn aithne níos fearr air agus le teannadh níos gaire dó ba mhinic liom trí fhaire sé uair an chloig a dhéanamh in aon lá amháin. Cé go raibh an Constábla glan ina aghaidh, ba dheacair dó mé a eiteachtáil nuair a bhí líon an Gharda chomh híseal sna chéad seachtainí sin. Tharla go rabhas ag cur fúm i dTeach an Gharda ba bheag airgead a bhí uaim, i ndáiríre, agus d'éirigh mé as mo phost (le luí isteach ar an scríbhneoireacht, a dúirt mé leo sa leabharlann), rud a d'fhág saor mé i rith an lae nuair a bhí cuid mhór den Gharda ar obair. Ach fiú san oíche, bhídís gann ar an dara duine — sna chéad laethanta ní bhíodh sa gcarr ach beirt le linn na hoíche — agus ba mhinice ná a mhalairt an leaba á tréigean agam leis an oíche a chaitheamh ag snagarnaíl chodlata i gcúl an chairr.

Ar theacht chomh fada leis an seanstáisiún dearg traenach ar Bhóthar Mhuirfean dom, d'éirigh leoithne bhog ghaoithe isteach chugainn ón gcuan agus d'airigh mé an tuirse ag ardú díom. Sheas sé ar an gcosán taobh amuigh de bhloc oifigí agus carranna á ligean isteach aige, agus sheasas-sa ar mo thaobhsa den bhóthar fiche slat uaidh — eisean ina rí, beag beann ormsa, an giolla rí, agus é ag damhsa ó chois go cois go dtiocfadh lagan sa trácht sula scinnfeadh sé trasna an bhóthair. Ní raibh ann ach comhartha beag, a shíl mé. Casadh beag dá cheann amhail is go raibh duine éigin á chuardach aige ar an tsráid. D'iompaigh sé i mo threo agus thug leathfhéachaint orm — mar a dhéanfá le comharsa nach raibh ainm agat air — ansin d'fhill sé ar a rince beag mífhoighdeach ar cholbha an bhóthair. Bhí dhá chroí orm. Dhírigh mé suas ar mo chosa agus mé ag at le mórtas. Ar an taobh istigh den chosán chuaigh fear meánaosta tharam i gculaith teann dúghorm — duine dá chomhghleacaithe sa mbanc — agus thuig mé mo dhearmad. D'imigh mé liom soir de shiúl mall tromchosach.

Ba í an éiginnteacht ba mheasa. Gan a fhios agam an aithneodh sé mé nó an bhfeicfeadh sé amháin mé. Tharraing an carr deireanach isteach thairis agus d'imigh sé leis arís de ruaig. Tharla an Constábla is Roibeard bailithe soir chun tosaigh orainn, bhioraigh mé mo shúile agus bhreathnaigh amach romhainn ar dhá thaobh an bhóthair, féachaint an raibh an carr tarraingthe isteach ag an gConstábla san áit ina mbeadh feiceáil acu orainn ag dul thar bráid, ach ní raibh dé uirthi. Ba mhó an seans, a mheas mé, go raibh siad bailithe chomh fada le hAscaill Bhaile an Bhóthair, nó go deimhin chomh fada leis an tsráid ina raibh cónaí ar an Rí agus go bhfanfaidís ansin linn, mar ab iondúil leo a dhéanamh. Thapaigh mé mo dheis agus, in áit moilliú síos le ligean dó imeacht romham, ghéaraíos ar mo chois, agus soir liom lasta ar mo thaobhsa den bhóthar le hamharc a cheadú dó trí na línte tráchta orm agus mé ag casadh síos bóthar an chósta. Tar éis an tsaoil, a deirim liom féin, nach mar seo a dhéanann na póilíní é, ag leanacht ón tosach?

Mothúchán dingliseach a bhí ann, mo dhroim agus cúl mo chinn a nochtadh in aon turas don Rí, agus gan a fhios agam cé acu an raibh sé ag breathnú orm nó nach raibh.

Ar theacht chomh fada leis an soilse ag bun Ascaill Trimleston dom, sheasas le taitneamh a bhaint as an radharc amach thar an bhfarraige, mar dhea, agus thug féachaint siar le súil go bhfeicfinn do mo leanacht é. Rinne mé é sin go cúramach, ar fhaitíos go mbeadh sé ag breathnú orm. Ní raibh. Bhí a cheann cromtha aige agus é ar a dhícheall ag iarraidh a bhealach a dhéanamh trí shruth glórach gasúr a bhí tagtha amach ar an gcosán roimhe as garraí fiaileach ar thaobh an bhóthair. In ainneoin iarrachtaí glóracha na beirte múinteoirí a bhí ag iarraidh iad a mhaoirsiú, b'éigean dó maolú ar an gcoisíocht agus é ag déanamh a bhealaigh tríothu, mar a bheadh taistealaí ag cur a chosa roimhe go spadánta san áth. Choinnigh na gasúir ag plódú amach ar an gcosán agus iad ag imeacht de rith soir thairis nó gur imigh sé as amharc ar fad orm. Go diomúch, thosaigh mé ag siúl soir go mall athuair, agus mé ag caitheamh súile anonn ar chosán na farraige gach re nóiméad ag dréim le spléachadh éigin a fháil arís air. Ar deireadh, trí bhearna sa slua nocht sé é féin dom. Bhí sé ag géarú isteach ar an siúl agus an cosán glanta roimhe.

Ní raibh mé an uair dheireanach sin, shíleas, bailithe sách fada chun tosaigh chun go bhfeicfeadh sé i gceart mé. De bharr leithne an bhóthair, mura ngabhfainn fiche nó tríocha slat go maith chun tosaigh air ní móide go bhfeicfeadh sé ar chor ar bith mé. Bhreathnaigh mé amach romham arís agus dhá thaobh an bhóthair á ngrinniú agam. Ní raibh dé ar charr an Chonstábla. Ghéaraigh mé ar mo chois arís agus dhoirt chun chinn, ag cur deich slat eadrainn de chúpla soicind maith siúil. Fiche slat, fiche cúig, mo dhroim á thaispeáint go soiléir agam dó agus mé in ann é a aireachtáil ar mo chúl chomh cinnte agus dá mbeinn ag breathnú air ón taobh thiar — é á shamhlú agam ag imeacht roimhe thar bhean ag brú bugaí; malrach ar rothar beag á sheachaint aige; é ag géarú ar a chois agus é ag dul thar phlásóigín ghlas ina raibh beirt sheanbhan suite ar bhinse ag breathnú amach thar riasc Bhaile an Bhóthair agus thar an mbóthar iarainn, na lámha ar luascadh aige agus na faoileáin ag guairdeall os a chionn. Nuair a bhí fiche nó tríocha slat siúlta agam, thugas leathfhéachaint siar thar mo ghualainn go gcinnteoinn dom féin go raibh sé ann i gcónaí. Bhí sé ag siúl leis féin, an slua gasúr glanta aige. Chrom sé a cheann le breathnú ar a uaireadóir, ansin d'ardaigh sé a cheann arís agus thug a aghaidh soir orm. Fiú agus leathchéad slat eadrainn, mhionnóinn go bhfaca mé é ag tabhairt sméideadh dá cheann dom — húbras, a déarfainn ina dhiaidh sin. Ní raibh aon amhras orm ach go raibh giodam éigin ann an tráthnóna sin, agus bhí sé de dhánaíocht ionamsa a cheapadh gur liomsa a bhain sé sin. Ghluais mé romham go sásta agus ní rabhas tagtha chomh fada le hAscaill Bhaile an Bhóthair nuair a tháinig sé ag doirteadh. Níor mhaolaigh mé ar m'aire ach an fhad a thógfadh sé orm cnaipí mo chóta a dhúnadh agus mo chába a iompú aníos. Nuair a dhearc mé arís ní raibh in áit an Rí ach carr dearg ag tarraingt amach ar an mbóthar agus í ag imeacht uaim soir sa mbáisteach.

D'imigh mé chun scaoill amach ar an mbóthar, buinneáin á séideadh agus díoscán á bhaint as boinn agus mé ag imeacht de sciotar thar an oileán i lár an bhóthair agus trasna thar líne eile thráchta. Chuir rothaí rois mhallachtaí i mo dhiaidh agus mé ag imeacht soir thar an gcosán go bhfeicfinn an raibh sé gaibhte síos i dtreo an stáisiúin traenach.

Ní raibh dé air sa gcarrchlós ná ag an ngeata casta sa stáisiún.

D'iompaigh mé ar ais agus d'imigh de rúid chomh fada le balla na páirce poiblí — paiste glas a bhí ag síneadh siar le taobh an bhóthair mhóir. Sheas mé in airde ar an mballa íseal cloiche agus thug súil thar na mná is páistí a bhí ag siúl faoi na crainn seiceamair agus thar an lochán bréan riascach le taobh na líne traenach. D'fhill mé ar an mbóthar mór. Ar bhain timpiste dó? Fuadach? Gortú? Ar imigh sé sa gcarr dearg? An raibh mé imithe rófhada chun cinn air? Nó an ag cleasaíocht liom a bhí sé? Ag iarraidh breith orm agus mé á leanacht?

Níorbh fhéidir a fheiceáil cé acu an raibh sé sa gcarr nó nach raibh — nó go deimhin cé mhéad duine a bhí sa gcarr — agus le neart na díleann ní raibh deis agam uimhir an chairr a léamh, bíodh sé inti nó ná bíodh.

Dhúisigh gáir faoileáin as mo thámhnéalta mé. D'imigh seanfhear tharam agus é ag breathnú go grinn orm. Bhí lagan tagtha ar an mbáisteach agus an ghrian ag soilsiú as cúl scamaill. Thug mé súil amach ar an mbóthar mór arís. Ní raibh tásc ar an Rí. Ag breathnú sa treo as a dtáinig muid, chonaic mé scuaine carranna is tacsaithe ar a mbealach aniar. Agus mé i mo sheasamh go dearóil báite ar thaobh an bhóthair, thóg mé an fón póca i mo ghlac agus d'aimsigh mé uimhir an Chonstábla. Stop mé go gcuimhneoinn ar an rud a déarfainn leis. Ní raibh mé fiú in ann a rá go cinnte cé acu ar chas an carr dearg siar Ascaill Bhaile an Bhóthair nó ar choinnigh sí uirthi ó dheas. Dá n-inseoinn dó nach bhfaca mé ag imeacht é bhainfeadh sé den dualgas faire mé; agus dá ndéarfainn go bhfaca mé ag suí isteach i gcarr dearg é agus go dtiocfadh sé abhaile ansin i gcarr gorm nó i gcarr buí, nó dá dtarlódh rud éigin eile dó, bheadh an scéal níos tromchúisí fós. Cé go raibh mé ceaptha scéala a chur chuig an gConstábla sa gcás go gcaillfinn amharc ar an Rí, nuair nach raibh de leithscéal agam ach mo neamhairdeall féin ba bheag an mhaith a bheadh ann domsa glaoch air. Thosaigh an fón ag píobaireacht i mo láimh. Ba é an Constábla a bhí ann. Bheadh an Rí feicthe aige ag dul thairis sa gcarr dearg faoin am seo, a mheas mé, agus é ag déanamh iontais de nár chuala sé uaim. Gan an fón a fhreagairt shín mé amach mo lámh. Tharraing tacsaí isteach, chuir mé an fón ina thost agus shac i mo phóca é.

Dírithe aníos go hairdeallach ar an suíochán paisinéara, mo chroí i mo bhéal agam agus mo mhéara fáiscthe faoi mo cheathrúna, threoraigh mé an tiománaí siar Ascaill Bhaile an Bhóthair chomh fada leis an tsráid ina raibh cónaí ar an Rí — mé ag éirí níos amhrasaí gur ann a bhí a thriall ar chor ar bith, agus mé buíoch den fhear gorm le mo thaobh nár chráigh sé mé le ceisteanna mar a dhéanfadh seantiománaí Bleácliathach. D'airigh mé an fón ag preabarnaíl i mo phóca arís. B'fhéidir nach raibh an Rí tagtha an bealach seo ar chor ar bith, a shíl mé, agus go raibh an Constábla ag glaoch orm le fiafraí díom cén mhoill a bhí orainn. Le súil nach bhfeicfí mé, d'iompaigh mé chuig an tiománaí agus muid ag tiomáint thar charr an Chonstábla páirceáilte ar leataobh an bhóthair ar an mbealach isteach san eastát. Ní raibh amharc ar bith ar an gcarr dearg ar an tsráid amach ar aghaidh an tí. Shíl mé go raibh mo chnaipe déanta: bheadh an Rí feicthe ag duine éigin in áit éigin agus an Constábla ag fiafraí cá raibh mise nó céard a bhí ar siúl agam. Agus an tiománaí á threorú soir thar theach an Rí agam, an fón póca amuigh arís agus mo chroí ag bualadh i mo chliabhrach, chonaic mé carr dearg páirceáilte taobh istigh den gheata. Lig anáil asam. D'iarr mé ar an tiománaí coinneáil air leathchéad slat eile agus thuirling mé ag bun lána coisithe, san áit a mbeinn in ann mo bhealach a dhéanamh amach as an eastát gan dul ar ais thar Theach an Rí arís, agus mé ag guí gurb í an carr céanna a bhí inti. Nuair a tháinig mé chomh fada le carr an Chonstábla bhí an bháisteach stoptha agus a fhuinneog ligthe anuas aige.

Níl tú fliuch, an bhfuil? a deir sé agus é ag ligean iontais air féin. Bhí Roibeard lena thaobh agus é lúbtha faoi ag gáire.

Sular éirigh liom labhairt ar chor ar bith dúirt sé liom gan bacadh lena theacht ar ais ar dualgas, go ndéanfadh sé féin agus

Roibeard gnótha, ach pilleadh ar Theach an Gharda, mar a dúirt sé, chun mo chuid éadaigh a thriomú agus mo scíste a ligint.

Chas mé ar mo sháil, gan a fhios agam cén méid a bhí ar eolas aige, nó céard a bhí ráite aige leis an Seansailéir, agus rinne mé mo bhealach ar ais go tromchosach chuig Teach an Gharda i mo líbín báite agus an t-uisce ag plabarnach i mo bhróga.

Teach leathscoite liath trí sheomra codlata a bhí i dTeach an Gharda, ar shráid a bhí comhthreomhar le sráid an Rí. Ba é an Seansailéir, Oilivéar Ruiséal, a d'aimsigh an teach dúinn. Ligeadh amach é gan troscán. Choinnigh sé na cairpéid bharrchaite agus na páipéir bhalla tréigthe a bhí ag na seanúinéirí agus cheannaigh sé boird, cathaoireacha, agus leapacha i siopa athláimhe, mar a d'inis sé dom an chéad mhaidin agus radharc ar Theach an Rí á thaispeáint aige dom ón bhfuinneog i mo sheomra codlata thuas staighre. Ní raibh idir an dá theach ach aon bhóthar amháin is dhá líne tithe agus bhí cuid d'fhuinneog amháin i gcúl an tí le feiceáil, chomh maith le díon is simléar.

Do chéad fáilte, arsa an Brúnach ar theacht isteach sa gcisteanach dó an mhaidin sin. Fear mór buíchraicneach a bhí i mBreandán de Brún, é scór go leith bliain d'aois nó beagán le cois, agus a dhá shúil gaibhte in ainmhéid i bhfrámaí plaisteacha spéaclóirí a bhí ar aon dath lena chírín dubh gruaige. Fáilte go Teach an Gharda, croílár na Ríochta!

Sheas an Seansailéir ag éisteacht leis agus ubh á tógáil den fhriochtán aige. Le taobh an doirtil bhí plátaí is cupáin fágtha ar triomú ag dream a bhí ar dualgas sular éirigh muid. Leag sé dhá phláta uibheacha is fataí rósta ar an mbord romhainn — b'annamh a bhí sé d'acmhainn againn uibheacha a ithe, ní áirím feoil — agus bhain de an naprún. Leath cár mór gáire ar an mBrúnach. Le teann áibhéile is spraoi, chuimil sé a dhá bhois ar a chéile sular thosaigh sé ag placadh is ag mugailt leis go hamplach agus gach smeach as.

An chéad mhaidin sin, fad a bhí muid ag ithe faoi phortráid mhór an Rí, rinne an Seansailéir cur síos dom ar dhualgais an Gharda, thaispeáin sé an róta dom a bhí crochta ar bhalla na cisteanaí, na ceadúnais hacnaí agus an carr os comhair an tí. Agus tar éis bricfeasta, nuair a bhí na soithí nite carntha in airde ar an gclár silte againn d'fhágamar an phortráid inár ndiaidh sa gcisteanach, agus amach linn sa halla mar a raibh grianghraif den Rí agus dá chomhghleacaithe is cairde — iad greamaithe den bhalla ar airde na súl mar a bheadh pictiúir na n-amhrastach i mbeairic ghardaí — agus leanamar an collage ríoga thart le ballaí an tí, timpeall bhallaí oifig an Chonstábla in aice na cisteanaí, isteach sa halla, isteach sa leithreas beag faoin staighre (mar a raibh na pictiúir céanna a cuireadh chugam sa gclúdach litreach), timpeall an tseomra tosaigh (mar a raibh oifig an Bhrúnaigh), amach sa halla arís, suas an staighre, timpeall an léibhinn ar bharr an staighre, timpeall an dá sheomra codlata, an seomra folctha, agus iad ag teacht chun deiridh ag portráid mhór eile de in oifig is seomra codlata an tSeansailéara.

Seomra cosúil le hoifig an Bhrúnaigh thíos staighre a bhí in oifig an tSeansailéara. Ach in áit an dá chófra mhiotail, an dá dheasc is an dá chathaoir, agus an dá chlóscríobhán leictreacha ar an seandéanamh, ní raibh in oifig an tSeansailéara ach cathaoir is deasc amháin, clóscríobhán is cófra amháin, leaba bheag shingil agus portráid mhór den Rí os cionn na leapa. Bhí a anorac crochta ar chrúca balla agus péire bróg leagtha go néata faoina bhun; dhá chás faoin leaba aige, agus tuáille is bríste snámha fillte thar an radaitheoir. Cé gurb é an seomra ba mhó é, rinne mé iontas de gurb é an seomra a roghnaigh sé dó féin an t-aon seomra i mbarr an tí nach raibh feiceáil as ar Theach an Rí.

Croílár na Ríochta a thugann an Brúnach ar an teach, a deirimse go plámásach leis, mar sin is dóigh gurb é seo cuisle an chroí.

Is mar fháinne a fheicimse é, arsa an Seansailéir go ciúin.

Scrúdaigh sé a chuid lionsaí in aghaidh an tsolais. Nuair atá an fáinne láidir, ar sé, níl aon chall le tada ina lár.

Rí fiú?

Leath aoibh an gháire air. Cuma céard a tharlóidh don Rí fad is atá na fíréin ann mairfidh an Ríocht, ar sé. Mar a deir an file, Le roi ne meurt jamais. Ní éagann an rí choíche.

Luigh mo shúil arís ar an sean-chlóscríobhán leictreach ar a dheasc agus dúirt mé go dtabharfainn anuas mo ríomhaire glúine. Bhí sí fágtha sa seomra codlata agam in éineacht le mo chuid éadaigh.

Ná tabhair, ar sé. An chéad riail: ná húsáidtear ríomhaire.

Níor chreid mé ar dtús é.

An dara riail: ná húsáidtear an ríomhphost.

An tríú riail: ná húsáidtear an téacs ar an bhfón póca ar ghnóthaí na Ríochta, ach amháin ar dhualgas faire, nuair is gá. Aon rud a sheoltar go leictreonach beidh fáil acu air arís nuair a bheidh siad ag iarraidh faisnéis a chruinniú orainn.

Agus thuigeas an lá sin go raibh Muid agus Siad i gceist.

Chuimil mé an bháisteach de m'éadan le droim mo láimhe, sheas taobh istigh den chúldoras, agus bhaineas an dá bhróg díom. Chroitheas an t-uisce astu sular dhún mé an doras i mo dhiaidh. Ní raibh romham sa gcisteanach ach an citeal ag crónán agus an Brúnach le cloisteáil ag baint torann as an gclóscríobhán ina oifig sa seomra tosaigh. Ba léir go raibh lucht an dara faire bailithe leo amach cheana féin. Thuas staighre bhuail mé cnag ar dhoras dúnta an tSeansailéara sular oscail mé é. Ní raibh dé air. Mar ab iondúil leis, bhí a chuid fillteán is páipéar leagtha chomh néata sin ar a dheasc nach mbeadh a fhios agat cé acu an raibh sé istigh nó amuigh, murach an t-anorac liathghlas crochta ar chrúca agus an dá bhróg leagtha thíos faoi ar an urlár.

Duine amháin a bhí ina chodladh i mo sheomrasa — go hiondúil bhíodh duine nó beirt den Gharda sínte ar an dá leaba agus ar an tsráideog a bhí réitithe ar an urlár, ag ligean a dtuirse idir dhá fhaire. Ní raibh Gearóid ina leaba, ach bhí duine éigin eile faoi phluid na sráideoige, a chúl bearrtha le feiceáil ar an bpiliúr agus é ag srannadh go bog. D'éirigh monabhar bog cainte chugam ón oifig thíos staighre. Bhaineas díom. Ar thógáil mo chuid éadaigh dom as an mála gualainne a bhí leagtha ar an gcarn pluideanna ar mo leaba féin, chonaic mé go raibh creathán i mo mhéara — ní bhíodh an teas ar siúl ar chor ar bith an t-am sin den bhliain — agus b'éigean dom mé féin a thriomú go sciobtha le tuáille nach raibh róghlan, agus éadaí tirime a chur orm ar an bpointe. Gan aon chuimhne níos mó agam ar mo scíth a ligean ar an leaba, shac mé leathanaigh nuachtáin i mo dhá bhróg agus d'fhág ar triomú iad ar leac na fuinneoige, agus chuaigh ag cuardach mhála na n-éadaí salacha le mo chuid éadaigh fliuch a chur ann. Nuair nár tháinig mé air leag mé na héadaí ina gcarn ar an gcófra leapa. Sheas me os comhair na fuinneoige ansin, mo chuid gruaige á triomú agam, agus mé ag breathnú amach trí na braonta ar phána na fuinneoige, thar an luifearnach ar chúl an tí, thar an mballa lom blocanna idir muid agus gairdíní na sraithe tithe ar ár gcúl; agus siar, i measc na ndíonta idir an dá theach ar m'aghaidh amach, ar theach an Rí — dlaoi dheataigh ag éirí chun na spéire os cionn caróige a bhí suite go hairdeallach ar an tseanaeróg cham le taobh an tsimléir — agus an Rí, mar a shamhlaigh mé é ag an am, luite siar ar an tolg cois na tine, an teilifís ar bun, a phláta folamh leagtha ar an gcairpéad lena ais, agus é ina shuan.

Ghlaoigh m'fhón póca. Rico a bhí ann, agus scéal aige dom faoi chleas a d'imir sé ar dhuine dá chomhthionóntaí an oíche roimhe sin. Agus é ag déanamh cur síos ar an gcaoi ar thit sé amach bhí mé ag cuimhneamh fós ar an Rí sínte ar a tholg, íomhá a dhúisigh cuimhne ionam ar phictiúr den Rí ina chodladh faoin sliabh agus ghabh taom tobann aithreachais mé. Thugas súil fúm go bhfeicfinn an dá mhála plaisteach dhubha faoin leaba agus nuair nach bhfaca ceachtar acu chrom mé ar an urlár á gcuardach. Dúirt Rico go raibh an lóistéir nua ag socrú isteach go deas i m'áitse. Shín mé mo lámh isteach faoin leaba gur aimsigh mé le mo mhéara mála plaisteach i bhfad isteach le balla agus tharraing mé amach ar an urlár é. Trí na poill sa mála d'aithin mé clúdaigh dhonnbhuí na gcóipleabhar. Chrom mé leis an dara mála a tharraingt amach ach ní bhfuair mé ann ach stoca cruaite. Bhreathnaigh mé faoin dara leaba. Bhí Rico ag caint ar chíos. Bhí éarlais faighte aige ón lóistéir nua, agus trí chéad euro le tabhairt aige dom — scéal a mbeadh an-fháilte agam roimhe in am ar bith eile, tharla go raibh mé ag brath ar airgead Mhamó ó chaith mé an post sa leabharlann in aer, ach bhí oiread imní orm faoin tráth seo nár thug mé an leathchluas féin dó. Agus mo chroí ag preabadh i mo chliabhrach, chuaigh mé ag tarraingt as an dá chófra bheaga leapa agus ag ransú trí phluideanna is málaí leapa ar an dara leaba nó gur caitheadh thar thocht na leapa mé anuas ar an urlár. Ligeas glam asam le teann péine. Suite fúm, m'uillinn thinn á cuimilt agam agus gach ball éadaigh sa seomra caite tromach tramach thart timpeall orm, d'fhiafraigh Rico díom an raibh mé ceart go leor. Dúirt mé leis go raibh duine éigin ag an doras ach go mbuailfinn isteach chuige an tseachtain sin, agus d'fhág slán aige. Tháinig deireadh leis an srannadh agus thosaigh an suanaí faoin bpluid ag corraí go míshásta. Chuimhnigh mé arís ar mhála na n-éadaí salacha: Ní chuirfeadh duine ar bith an mála cóipleabhar isteach sa meaisín níocháin gan é a fholmhú ar dtús, an gcuirfeadh? Bhí an creathán fós i mo lámha agus preabán i mo shúil nuair a d'éirigh mé i mo sheasamh arís.

D'airigh mé cúldoras á dhúnadh agus glórtha aníos as an gcisteanach. Bhí deireadh tagtha leis an bhfaire. Ba ghearr go mbeadh Roibeard aníos — chodlódh Consaidín ina oifig féin, mura raibh sé ag fanacht lena dheirfiúr in iarthar na cathrach. Síos liom i mo chuid stocaí. Trí dhoras oscailte na hoifige chuala mé glórtha.

Tugann sé sin seachtain duit, a dúirt an Seansailéir. Iarrfaidh mé ort tuairisc a thabhairt dó ar obair na Comhairle nuair a thiocfaidh sé.

Labhair an Brúnach de ghlór piachánach, ag rá nár cheap sé go raibh sé in ann ag a leithéid, agus go raibh dream nua tagtha isteach agus go gcaithfeadh sé róta nua a shocrú.

Gheobhaidh mé cúnamh duit, arsa an Seansailéir go giorraisc.

Ar fhaitíos go gceapfaidís gur ag cúléisteacht a bhí mé, choinnigh mé orm isteach sa gcisteanach. Bhí Eilís is an Crúca is fear tanaí rua de chuid an Gharda istigh romham ag ól tae, chomh maith le duine nua a bhí ag fanacht go roinnfí cúraimí air. Ar an urlár in aice leis an inneall níocháin bhí ciseán éadaí salacha, pailéad adhmaid — ábhar tine a thug duine éigin ar ais chuig an teach — agus mála plaisteach dubh leagtha lena thaobh. Bhí sé folamh, agus bhí an meaisín féin folamh. Bhí an Crúca cromtha os cionn an doirtil ag glanadh meacan dearg, agus an fón póca leagtha lena ais aige. Séacla beag de Bhleáchliathach sna caogaidí a bhí sa gCrúca seo, fear a raibh tatú ar a láimh aige, lorg buí na dtoitíní ar a mhéara, agus folt liath ceangailte ar chúl a chinn — murab ionann agus na fir eile a raibh a gcuid gruaige lomtha go humhal acu i bhfaisean an Gharda. Gan a chloigeann a thógáil as na meacain lean sé air lena liodán clamhsáin.

Faire? ar sé. Tá cuid acu nach ndéanann lá faire.

Ach ní fheiceann siad an Rí, a d'fhreagair Eilís, bean a raibh gruaig chatach fhionn uirthi agus giall leathan cearnógach, agus a bhfaca mé ina dhiaidh sin í in éide maoir agus í ag cur ticéid pháirceála ar charr.

Chroch an fear rua a cheann nuair a chonaic sé mé agus chuir an duine nua in aithne dom. Ní dhearnadh mé ach mo chloigeann a chroitheadh. Bhí m'intinn ag rásaíocht idir an seomra codlata agus an bosca bruscair agus gach áit eile a bhféadfadh sé go raibh an mála ann.

Tá sé ródhian, arsa an Crúca. Tréimhsí sé uair an chloig, ar sé, ag sealaíocht ar a chéile i dtimpeall ar an Rí, chomh maith le dualgais hacnaí.

Ní dhearna obair fholláin aon dochar riamh, arsa Eilís go teann. Agus an chuid is mó againn ag obair i rith an lae, arsa an Crúca. Gach duine agus a chion féin le dhéanamh aige, arsa Eilís go sollúnta, mar a bheadh seanrá ón mBíobla á aithris aici.

Ba chóir an scéala a phoibliú, a deir an Crúca. D'fhéadfaí bileoga a leathadh, agus tosaí ag earcú daoine nua.

Cén scéala a phoibliú? a d'fhiafraigh an Seansailéir, agus é tagtha go ciúin isteach taobh thiar dínn i ndoras na cisteanaí. Ina ghóil bhí mála plaisteach dubh agus é lán. D'aithin mé mo mhála cóipleabhar. D'fhan sé ina sheasamh sa doras ina chuid slipéar, meangadh beag béasach air agus a mhalaí ardaithe go fiafraitheach aige. Go bhfuil rí rúnda i réim, an ea?

D'ísligh sé a shúile nuair a chonaic sé go raibh mé ag breathnú ar na cóipleabhair agus d'fhiafraigh sé an ceathrú riail díom.

Rúndacht? a d'fhreagair mise go héiginnte.

An ceathrú riail rúndacht, ar sé i mo dhiaidh. Ní earra ar díol atá sa Rí. Go discréideach, tabharfar cuireadh do dhaoine atá ar aon intinn linn umhlú don Rí, agus sin a bhfuil ann. Umhlaimís faoi rún, ar sé. Dúirt sé arís é go mall, Umhlaimís faoi rún, agus dúirt muid na focail ina dhiaidh.

Fuair mé iad seo leagtha isteach sa meaisín níocháin cúpla lá ó shin, ar sé liomsa. Is mór an mhaith nár casadh air é. Shín sé chugam an mála cóipleabhar. Deir an Constábla go bhfuair an Rí bealach abhaile inniu.

Fuair, a deirimse go héiginnte, agus an mála á fháscadh le mo chliabhrach agam.

Bhí an Rí sa mbaile sula bhfuair an Constábla scéala uait, arsa an Seansailéir. Cé nach raibh ann ach ráiteas simplí, gan cheist, gan bhreithiúnas, bhí a dhá shúil bioraithe aige agus é do mo ghrinniú go hamhrasach.

Ní raibh aon chomhartha agam ar an bhfón san áit ina raibh mé, arsa mise, agus iarracht á déanamh agam gan imní a léiriú.

Bhain sé de a chuid spéaclóirí agus chuimil sé iad le naipcín póca. Sa tost a thit ar an gcisteanach, d'airigh mé gach uile shúil orm. Ach nuair a bhreathnaigh mé i mo thimpeall ní raibh ag amharc orm ach an fear nua, agus é sin féin chúb sé a shúile uaim go míchompordach. Bhí an triúr eile cromtha os cionn a gcuid tae. Chuir sé air a chuid spéaclóirí. Tá mé ag iarraidh tuairisc uait, ar sé, ar mo dheasc taobh istigh de leathuair.

Ní dhearna mé aon mhoill. Bhí an Seansailéir ina shuí ag a dheasc ag fanacht liom. An tuairisc, a deirim agus mé ag iarraidh bheith gealgháireach agus, ag an am céanna, gan aon drochmheas a thaispeáint dó. Shín mé chuige an bhileog chlóscríofa. Bhí mé ar tí casadh is imeacht nuair a stop sé mé.

Fan ort, ar sé.

Gan focal, sheas mé ag a dheasc fad is a bhí sé á léamh. Bhí mé muiníneach as an méid a bhí scríofa agam. Bhí sé léite is athléite agam agus mé cinnte nach bhféadfaí mé a bhréagnú — mura raibh finné ar an láthair aige a chonaic gach uile shórt. Nuair a bhí sé léite aigesan bhreathnaigh sé in airde orm.

Oscail an doras le do thoil, ar sé, agus cuir glaoch ar Bhreandán.

Rinne mé mar a d'iarr sé.

Tá tuairisc le réiteach ag Breandán don Chomhairle, ar sé agus an Brúnach le cloisteáil ag teacht aníos an staighre chugainn.

Sheas an Brúnach isteach.

Beidh baill den Chomhairle ag teacht ar cuairt orainn i gceann seachtaine, arsa an Seansailéir liom. Agus, mar a bhí mé ag rá le Breandán níos túisce, caithfear tuairisc a thabhairt dóibh ar obair an Gharda. Bhreathnaigh sé ar an mBrúnach ansin. Tabharfaidh Jó lámh chúnta duit san oifig.

Sula bhfuair mé deis a mhíniú dó go raibh cúram faire orm,

tháinig an Brúnach romham. Bheadh an-fháilte roimh chúnamh, a chomrádaí, a scairt sé amach go meidhreach, agus a shúil á caochadh aige liom.

Tabharfaidh Breandán deasc duit agus cófra a bhfuil glas air, arsa an Seansailéir. Beidh tú in ann do chuid stuif a choinneáil go sábháilte ansin. Agus maidir le do chuid dualgais garda, ar sé, agus rinn an tsearbhais tagtha ar a theanga, cuirfidh mé Gearóid chuig an gConstábla i d'áit. Táim cinnte go mbeidh siad in ann déanamh de d'uireasa.

Thíos san oifig, fad is a bhí an Brúnach ag glanadh ceann de na deascanna dom rinne an Seansailéir cur síos dom ar mo chuid dualgas. D'fholaigh an Brúnach carn páipéar amach ar an urlár agus shín eochair bheag chugam. Taobh thiar den bheirt, sa bhfuinneog, bhí carr an Gharda le feiceáil ar an tsráid amach ar aghaidh an tí. Ó m'oifig nua, ní raibh fiú amharc agam ar Theach an Rí.

2.

Go deireanach sa tráthnóna, thugas dréacht den róta nua suas go hoifig an tSeansailéara. Nuair nach bhfaca mé a anorac ná a bhróga ann ghlac mé leis go raibh sé bailithe amach sa hacnaí, nó imithe ag snámh mar a dhéanadh sé scaití, agus leag mé an bhileog ar a dheasc. Ar ais san oifig, d'iarr mé ar an mBrúnach breathnú ar chóip de dom. Ní dhearna sé ach leathshúil a chaitheamh air sular leag sé uaidh é, ag rá go raibh sé go breá, agus chrom os cionn a chuid nótaí arís, a lámh á chuimilt go neirbhíseach dá chírín dubh aige.

Nuair nár chorraigh mé óna dheasc bhreathnaigh sé in airde go maolchluasach orm. D'iarr an Seansailéir orm an tuairisc a thabhairt do Mhac Alastair ó bhéal, ar sé, agus níl eolas ar bith agam ar an gcuid is mó de seo.

Do Mhac Alastair? a deirim, agus an dá chluais bioraithe agam.

Is é a bheas ag teacht thar ceann na Comhairle, arsa an Brúnach. Ní mé is fearr ag caint ag ócáidí ar an gcaoi sin.

Chroith mé mo cheann go tuisceanach, agus thóg mé an róta ar ais go dtí mo dheasc. Ní raibh Mac Alastair feicthe agam ó tháinig mé go Teach an Gharda — rud a chuir iontas orm agus, ní miste a admháil, beagán díomá — agus chuir sé le mo dhuthracht fios a bheith agam go raibh sé ag teacht ag maoirsiú na hoibre. Thóg mé fillteán comhad a bhí leagtha ar bharr an chófra agus d'osclaíos amach na leathanaigh ar a raibh cóipeanna de theastais leighis, billí teileafóin, tuairiscí ar chairde is ar chomhghleacaithe, admhálacha bialainne, duillíní tuarastail, agus shocraigh mé go gcaithfinn tabhairt go dóchasach faoin obair nua a bhí amach romham. Mura mbeinn i ngar don Rí, a dúirt mé liom féin, ar a laghad bhí deis agam eolas a chur air. Agus dá ndéanfainn mo chion go coinsiasach ar son na Comhairle, ba chinnte go bhfaighinn deis ar Gharda an Rí arís.

Sna laethanta dár gcionn, nuair nach mbínn ag coinneáil fillteán leis an mBrúnach nó sa tóir ar leathanaigh a bhí bailithe amú air, chuaigh mé in éadan na gcomhad. In iarracht meabhair éigin a bhaint as an bhfaisnéis ar fad bhreac mé síos mo chuid nótaí féin. Ag tosaí le tuairiscí an Gharda, rinne mé achoimre d'aon bhlúire nua eolais a bhí iontu. In ainneoin go rabhas-sa ag déanamh cuid mhaith den ghnáthobair a bhí aige, ba léir go raibh an tuairisc ag déanamh imní fós don Bhrúnach. Lena cheart a thabhairt dó, b'iondúil gur le cúrsaí amchláir is róta a bhíodh sé ag plé. Cé is moite den chúpla uair an chloig a chaitheadh sé ar dualgas garda ba bheag eolas a bhí aige ar an Rí. Tar éis tamall oibre a dhéanamh ar na comhaid, nuair ba léir óna chuid osnaíola go raibh ag teip air, thairg mé mo chuid nótaí féin dó.

Ní miste leat? ar sé, agus an dá shúil ag leathnú ina chuid lionsaí.

Breathnaigh, a deirim. Tá achoimre á dhéanamh agam ar na comhaid uilig. B'fhurasta dom mo chuid nótaí a athchóiriú i bhfoirm tuairisce. Ní bheidh ortsa ach iad a léamh amach dóibh.

An ndéanfá é sin?

Nach bhfuilim á dhéanamh ar aon nós? Scríobhfaidh mise é agus léifidh tusa é.

Leag mé an fillteán anuas ar mo dheasc, agus bhí mé fós ag gabháil de na comhaid i gciúnas na hoifige an oíche sin nuair a thosaigh an fón ag glaoch thuas staighre. Bhí an Brúnach cromtha os cionn a chuid páipéar. D'éirigh mé agus d'imigh mé liom de thruslóga in airde an staighre agus bhain an fón den cheap ar dheasc an tSeansailéara. Hacnaí, a dúras, mar a ordaíodh dúinn a dhéanamh. D'aithin mé glór toll Mhic Alastair agus, go sásta, d'insíos dó cé a bhí aige, agus go raibh mé ag obair i dTeach an Gharda anois. Bhí tost ar an taobh eile nó gur thug mé m'ainm dó arís — go héiginnte an uair seo.

A Jó, a scairt sé amach go róthobann agus go rómheidhreach, is maith san. Tréaslaím leat, a bhuachaill! Tréaslaím ó chroí leat! An abróidh tú le hOilivéar go mbuailfead isteach chuige maidin Dé Luain?

Ba léir nár aithin sé mé. Dúirt mé leis go dtabharfainn an teachtaireacht dó agus chuir mé síos an fón. D'fhág mé nóta ar an deasc don Seansailéir agus, go diomúch, d'fhill mé ar an oifig.

B'fhéidir go raibh sé míréasúnach agam a cheapadh go n-aithneodh sé mo ghlór ar an bhfón, a dúirt mé liom féin, agus mé ag suí ar ais chuig mo dheasc. D'inis mé don Bhrúnach gurbh é Mac Alastair a ghlaoigh agus chrom mé ar ais ar mo chuid oibre.

Ní raibh ach tús curtha agam le hathdhréachtú mo chuid nótaí an oíche sin nuair a ghlaoigh an Brúnach orm ón gcisteanach. Ar an gclog balla chonaic mé go raibh an meán oíche caite aige. Bhí deireadh tagtha leis an slíocadh neirbhíseach agus leis an osnaíl, agus é ag cuimilt a dhá bhois ar a chéile os cionn tae is brioscaí. Líon Eilís dhá mhuigín eile agus leag ar an mbord iad.

Tá aithne agat ar Mhac Alastair? a d'fhiafraigh sí díom. Cé go raibh an comhrá gutháin sin tar éis an ghaoth a bhaint as mo chuid seolta, dúirt mé go raibh, agus dúirt sí ansin gur thaitin a chuid filíochta léi.

Níl mórán di léite agam, a d'admhaigh mé. Tá mé ag ceapadh nach bhfuil tada scríofa aige le fada.

Ní hiontas, ar sí. Tá sé chomh gnóthach leis an gComhairle. Léigh mé sa bpáipéar go bhfuil cnuasach nua ag teacht amach leis go gairid. Eoin sa Phluais.

Chuimhnigh mé ar abairt a chuala mé ó Mhac Alastair faoi Eoin agus na hAspail agus d'fhiafraigh mé di arbh é Eoin an Bhíobla a bhí i gceist.

Ach cé acu? a deir an Brúnach, agus é ag teacht roimpi. Eoin Baiste? Eoin Soiscéalaí? Nach raibh beirt acu ann?

Bhí, agus Eoin na Croise, a deir Eilís.

Naomh eile?

Díthreabhach éigin sa bhfásach a bhí ráite san alt. Shín sí chugam an siúcra agus shuigh sí síos le m'ais agus líonadh an t-aer le boladh an labhandair. Tá siad ann fós, ar sí. Táimid ar ais in am an Bhíobla, nach bhfuil? Agus impireachtaí móra faoi bhagairt ag glórtha ón ngaineamhlach.

Cé hé Eoin na Croise? a d'fhiafraigh an Brúnach.

Misteach Críostaí, a deir Eilís, agus a fón póca á scrúdú aici. Todo y nada.

Todo y nada, arsa an Brúnach ina diaidh. Scannán craicinn as an Spáinn?

An uile ní agus tada, ar sí agus í ag gáire. Theagmhaigh ár gcuid súl os cionn an phota tae agus chualathas cling mhiotail faoin doirteal.

Tá an bainne géar, a deirim.

Ceann eile, arsa an Brúnach go sásta, agus d'oscail sé doras an chófra agus bhreathnaigh isteach.

Luchóg, a deir Eilís liomsa de chogar agus strainc uirthi le déistin. D'iontaigh sí chuig an mBrúnach. In ainm Dé, fág ann é, ar sí, go mbeidh mé críochnaithe le mo chuid tae.

Tá sé bailithe síos ar chúl, arsa an Brúnach. Ní fheicim ach a eireaball sa ngaiste.

Osclaíodh isteach an doras cúil, agus tháinig Gearóid isteach, é tagtha ón dualgas faire agus díocas air lena chuid nuachta a roinnt linn. Thairg an Brúnach tae dó.

Bhain Gearóid a chóta de agus chroch ar chúl na cathaoireach é. Ní chreidfeadh sibh é, ar sé, agus shín sé amach a lámh leis an muigín tae a thógáil. Ní chreidfidh sibh, ar sé arís. Taobh amuigh de bhialann i Raghnallach tháinig sé amach le gal a chaitheamh agus sheas sé díreach le hais an chairr.

Mac Alastair? a deirimse.

Ní hea, ach an Rí, arsa Gearóid go míshásta liom. An Rí féin ina steillbheatha! Ní fhaca mé é chomh gar sin dom cheana. Bhreathnaigh sé sa tsúil orm agus ba bheag nár shíothlaigh mé.

Tá sé ag caitheamh? a d'fhiafraigh mé de.

Níl. Bhí an fear a bhí leis ag caitheamh. Is dóigh go raibh sé ag coinneáil comhluadair leis. Ach, an bhfuil a fhios agat, ar sé, nuair a bhreathnaigh sé orm, sna cúpla soicind sin d'airigh mé gaol éigin eadrainn, amhail is gur aithin sé mé, agus rinne sé meangadh beag liom.

Tá súil agam gur inis tú don Chonstábla é, a deir Eilís go borb.

Baineadh siar as Gearóid.

Aithneoidh sé arís thú agus cuirfidh tú muid ar fad i mbaol, ar sí. D'aontaigh an Brúnach léi le croitheadh dá cheann.

Go leithscéalach, dúirt Gearóid nár bhreathnaigh an Rí ceart air ach gur bhreathnaigh sé ina threo, agus go raibh sé dorcha.

D'iompaigh Eilís uaidh. Ní bheidh mise i mo choinsias ag duine ar bith.

Tháinig beirt eile den Gharda isteach an doras cúil, d'ól mé siar mo chuid tae agus d'fhill mé ar mo dheasc.

Bhí an fonn oibre imithe díom. Go míshocair, thosaigh mé ag

cur ord ar rudaí a bhí curtha in ord agam roimhe sin. Ba ghearr go raibh pictiúir bheaga á mbreacadh ar chorr an leathanaigh agam agus mé éisteacht le hagóidí Eilíse agus an luch mharbh á tabhairt amach sa gclós ag an mBrúnach. Tháinig scéal Mhic Con agus na luiche chun cuimhne, agus an fear amháin sin sa scéal nach raibh ar a chumas umhlú go hiomlán. De réir an scéil, tar éis chath Cheann Abhraid, nuair a d'éalaigh Mac Con go hAlbain chun slua a chruinniú le filleadh ar Éirinn, thug sé an bhuíon bheag gaiscíoch a bhí aige go cúirt an rí agus níor inis siad d'aon duine cérbh iad féin. Bhí amhras ar rí Alban faoi na gaiscígh seo as Éirinn. Shíl sé gur phrionsaí a bhí iontu agus shocraigh sé teacht ar an bhfírinne. Thug sé cuireadh chun fleá dóibh, agus d'ordaigh dá ghiolla luch mharbh a leagan ar phláta roimh gach duine díbh, ansin d'ordaigh sé do na gaiscígh na lucha a ithe. Thuig Mac Con go raibh siad á dtástáil ag an rí, agus thóg sé an luchóg dá phláta agus d'alp siar í. Duine i ndiaidh a chéile, rinne na gaiscígh eile aithris air, nó gur tháinig sé chomh fada leis an duine deireanach. Shloig sé siúd an luch siar ina scornach, ach bhí sé ag aiseag agus é ag tabhairt eireaball na luiche aníos arís chun a bhéil. Claíomh thar do bhráid, arsa Mac Con leis; tá an luch le hithe go heireaball. Shloig an gaiscíoch eireaball na luiche. Nuair a chonaic an Rí na fir ar fad ag déanamh rud air, thuig sé gur prionsa a bhí sa gcéad ghaiscíoch, agus gur Mac Con a bhí aige.

Bhí an leathanach breac le lucha agam. Pangar, a deirim os ard. Cén fáth nach bhfaigheadh muid cat?

D'fhreagair Eilís ón gcisteanach mé. Tá an ghráin shíoraí agam orthu.

Ina Eoin i ndiaidh na nAspal, a deirim liom féin, nó ina Oisín i ndiaidh na Féinne. Leagas uaim mo pheann, thóg fillteán ón gcófra comhad, d'oscail é, agus lean orm d'obair na tuairisce.

Cúpla lá ina dhiaidh sin chuireas leathanaigh chlóscríofa na tuairisce i gclúdach litreach donn agus shíneas chuig an mBrúnach é, ag rá go mb'fhiú dó cóip a dhéanamh di i dtús báire. Las an dá shúil ann agus mhóidigh sé arís go gceannódh sé lón sa mbaile mór dom sular shuigh sé síos lena léamh.

Sa gcisteanach fuair mé Eilís romham ina seasamh i lár an urláir agus a gúna nua cóisire a thaispeáint aici don Chrúca is do Roibeard. Thug sí casadh i lár an urláir de gheáitse áiféiseach féin-chomhfhiosach nár cheil a colainn seang dea-chumtha, agus líonadh mo pholláirí arís le boladh an labhandair. Stop mé le hiontas — ní fhaca mé riamh roimhe sin uirthi ach jeans agus geansaithe móra olla — agus dúirt go raibh an gúna go hálainn uirthi. Dhearg sí, mar a dhéanadh duine nach raibh cleachtach ar mholadh a fháil. Lig Roibeard fead as, agus dúirt sí gur le haghaidh cóisire a cheannaigh sí é agus nár cheap sé gur fheil sé di ar aon nós agus nach raibh sí ach á thriail uirthi agus mar sin de. D'aithin mé ar a cúthaileacht liom gur thaitin mé léi.

Cóisir?

Cóisir an Rí. An bhfuil tú féin ag dul ann?

Ó, is dóigh go bhfuil, a deirimse go héiginnte.

Nach é do chara Mac Alastair atá á heagrú? ar sí.

Ní dhearna mé ach mo chloigeann a chroitheadh.

Bhain Roibeard ciall eile as mo mhíchompord, agus lig fead eile as. Chrom Eilís os cionn an chitil agus í chomh deargtha liom féin.

Ba é an Seansailéir a tháinig i gcabhair orainn. Bhí sé ina sheasamh sa doras agus bileog aige dom.

Tá cúpla ainm nua agam don dualgas Garda, ar sé.

Tá siad le cur leis an róta? a d'fhiafraigh mé de.

Beidh róta nua ag teastáil. Tá duine acu ar fáil san oíche agus duine eile nach bhfuil ar fáil ach ar an deireadh seachtaine.

Bhreathnaigh mé ar an mbileog. Mar a bhí ráite aige liom, bhí m'ainmse bainte den liosta agus ainm Ghearóid curtha i m'áit. Leis an dá ainm nua bhainfí cuid mhaith den ualach den Gharda.

Agus rud eile, arsa an Seansailéir, bhí Breandán ag rá liom gur chabhraigh tú go mór leis an tuairisc a scríobh.

Ní dhearna mé ach mo dhícheall, a deirimse.

Tóg briseadh ar maidin, tá sé saothraithe go maith agat. Ar aon nós, is beag obair a bheas duine ar bith in ann a dhéanamh anseo amárach. Beidh Breandán in ann aire a thabhairt do Mhac Alastair agus beidh sé féin ansin in ann briseadh a thógáil tar éis lóin nuair a thiocfaidh tusa ar ais isteach.

Go diomúch, d'fhill mé ar an oifig. Cé gur ghoill sé orm nár aithin Mac Alastair ar an nguthán mé, bhraith mé go raibh ócáid éigin thábhachtach á ceilt orm go héagórach. Ag a dheasc, bhí mo thuairisc amuigh ag an mBrúnach agus é cromtha os a cionn, a mhéara á gcuimilt dá chuid gruaige aige agus peann luaidhe á chnagadh idir a dhá dhraid. Cé go raibh sé buíoch díom as mo chúnamh, ba léir nach raibh aon fhonn air an tuairisc a thabhairt. Dhún mé an doras de phlab i mo dhiaidh agus dhearc sé aníos de gheit, an círín ina sheasamh ar a mhullach agus an dá shúil méadaithe ina chuid spéaclóirí mar a bheadh cuileog mhór scanraithe ann.

Maidin lá arna mhárach tháinig mé anuas an staighre mar a dhéanfainn maidin ar bith eile agus gan aon chuimhne agam fós ar an teach a fhágáil. Ar dheasc an Bhrúnaigh bhí clúdach litreach donn. Tharla cuid mhaith den oíche caite aige ag léamh is ag athléamh na tuairisce, d'fhág mé ina chodladh é. Thóg mé an clúdach i mo láimh, á láimhseáil go sásta, sular leagas ar ais ar an deasc é.

Sa leithreas beag faoin staighre, bhí pictiúir éagsúla greamaithe den bhalla faoi phictiúir dhubh is bán den Rí. Ceann acu, cárta poist de shluaite terracotta an impire Qín Sgi Huang agus iad cóirithe ina línte is ina ranganna catha ina thuama sa ngaineamhlach: ocht míle fear ar cóimhéid, ar comhairde is ar comhchosúil, agus iad ar dualgas le os cionn dhá mhíle bliain. Rinne mé iarracht an seasamh fada sin a shamhlú, agus is é an pictiúr a tháinig i mo cheann pictiúr díom féin i mo ghasúr sa séipéal in éineacht le Mamó Dé Domhnaigh agus mé ag corraí thart ar mo dhá ghlúin le teann míchompoird. Agus chuimhnigh mé ar shluaite na bhfíréan cromtha fúthu ar urlár an mhosc ar an Aoine, a gcuid mataí leata faoina nglúine acu. An umhlaíocht í seo? a deirim liom féin. Nó comhoiriúint? Daoine á gcur féin i bhfeiliúint dá chéile? Ní ag umhlú i measc línte is ranganna na gcoisithe a shamhlaigh mé Patroclus nó Hephaestion ach ar ghualainn an Rí. Fiú Iósaf, má rinne sé a chuid umhlaíochta faoi scáil sa gcúlra, ba i gcuideachta an Rí-Linbh a sheas sé i gcónaí.

Níl a fhios agam an ansin ar an bpointe boise a chuimhnigh mé air nó an smaoineamh a bhí ann a bhí ag borradh ionam le cúpla lá roimhe sin, ó thairg mé an tuairisc a scríobh, b'fhéidir. Nó nuair a chonaic mé an fhéachaint sna súile ar Ghearóid tar éis dó casadh leis an Rí. Nó b'fhéidir gurbh é neamhaird Mhic Alastair a chuir tine fúm. Nuair a tháinig mé amach as an leithreas bhí boladh láidir tósta dóite ann agus an Brúnach le cloisteáil agam thuas sa seomra folctha agus é ag portaireacht dó féin. Bhí an Crúca san oifig romham, carn adhmaid déanta aige le balla an tseomra agus é cromtha os cionn an teallaigh ag iarraidh tine a lasadh.

Is gearr go mbeidh beagán teasa as seo, ar sé, gan iompú óna chúram.

Tá sé fuar, a deirimse, agus dhún mé an doras taobh thiar díom.

Chroch mé liom an clúdach litreach, thóg mé leathanach amach as an gclúdach agus chonaic nárbh í an tuairisc a bhí ann, ach cóip de sheanróta. Chuir mé na leathanaigh ar ais sa gclúdach agus leag mé an clúdach ar ais ar an deasc. D'oscail mé an chéad tarraiceán agus chuala mé coiscéimeanna ar an staighre.

Lá mór inniu, arsa an Crúca.

Lá mór? a deirim.

Na maithe móra ag teacht ar cuairt.

Ó sea, a deirimse, agus clúdach eile á thógáil as an tarraiceán agam. Chroch mé liom an clúdach agus rug trasna go cófra na gcomhad é. Thóg mé na leathanaigh chlóscríofa amach as an gclúdach, agus chinntigh mé dom féin gurbh é an tuairisc a bhí ann sular leag mé isteach i measc na bhfillteán iad, in áit nach n-aimseodh an Brúnach go héasca. Dhún mé an tarraiceán ar chófra na gcomhad. Thug mé súil ar an gCrúca arís. Bhí sé cromtha os cionn an teallaigh agus é ag leagan cipíní anuas ar an tine. Chuaigh mé ag breathnú i dtarraiceán dheasc an Bhrúnaigh ansin go bhfeicfinn an raibh cóip déanta den tuairisc aige. Má bhí, a dúirt mé liom féin, bhí sí curtha i dtaisce go maith aige. Ar chloisteáil ghlórtha sa gcisteanach dom arís, dhún mé an tarraiceán agus tháinig an Brúnach isteach agus a mhuigín tae ina láimh aige, loinnir dhubh ina chuid gruaige, a chraiceann deargtha tar éis na ceatha agus boladh cumhra air. Gan breathnú fiú ar an tine bhreá a bhí ar lasadh le mo chúl, chrom sé os cionn na deisce. D'oscail sé tarraiceán. D'oscail tarraiceán eile.

An bhfaca duine ar bith agaibh an clúdach donn a bhí leagtha anseo agam? ar sé.

D'iompaigh mé mo dhroim leis ionas nach bhfeicfeadh sé clúdach na tuairisce á fhilleadh agam. D'fhill mé faoi thrí é agus shac go domhain síos i mo phóca é. Ba ansin a chonaic mé an dara clúdach litreach leagtha ar bharr an chófra comhad. Agus mo dhroim agam leis an mBrúnach, tharraing mé barr leathanaigh aníos as an gclúdach. Cóip eile den tuairisc a bhí ann. D'fhill mé an clúdach, agus sháigh síos i ngabhal mo bhríste é. Thóg mé mo chóta ó chúl na cathaoireach agus thosaigh á chur orm.

An tuairisc, a Jó, an bhfaca tú an tuairisc in áit ar bith? Bhí sí leagtha ansin ar an deasc agam.

Dúirt mé leis nach bhfaca, agus chuaigh sé ag ransú is ag cartadh sa gcófra faoina dheasc, agus é ag rá arís is arís eile gur leagtha ar bharr na deisce a bhí sí, agus é ag éirí níos imníche agus é á rá.

Níl cóip déanta agat di, an bhfuil? Chaithfeadh sé go bhfuil sí ansin in áit éigin.

Tá, ar sé, agus chuaigh sé chomh fada le cófra na gcomhad, ansin d'iompaigh sé go dóchasach chugam. Tá sé uilig ar eolas agat nach bhfuil? Chaithfeadh sé go bhfuil sé ar bharr do ghoib agat?

Tá, a d'fhreagair mé, ach níl an t-am ann í a scríobh amach arís. Bhí tost cúpla soicind eadrainn, a shúile méadaithe sna lionsaí agus é ag stánadh orm. Nuair a thuigeas nach dtiocfadh an t-iarratas uaidh féin, d'fhiafraigh mé de an raibh sé ag iarraidh orm féin an tuairisc a thabhairt. Tá sé de ghlanmheabhair agam, a deirim.

Déarfaidh mé go bhfuil muineál tinn orm, ar sé go maolchluasach. Cén bhrí, ar sé, agus é ag bisiú de bheagán, ach bhí an diabhal de rud ag teacht go maith liom aréir.

Más in é an scéal é, ba mhór an trua gan é a dhéanamh, a deirimse, agus mé ag baint taitnimh anois as mo ról sa dráma seo eadrainn. Chaithfeadh sé go bhfuil sí in áit éigin sa seomra seo, a deirimse, agus muca ar mo mhalaí agam. Má thosaíonn an bheirt againn ag cuardach, táim cinnte go dtiocfaimid uirthi.

Bhíog sé. B'fhéidir gur fearr go ndéanfása é, ar sé.

Chuaigh an Brúnach amach ag iarraidh gloine uisce dom fad is a bhí cúpla nóta á mbreacadh ar bhileog agam. Nuair a bhí nóiméad agam dom féin, thóg mé na bileoga aníos as mo ghabhal, dhírigh amach go cúramach iad, agus shac síos go domhain i bhfillteán iad sa gcófra comhad. Is í Eilís a tháinig leis an uisce chugam agus a súile ar lasadh go sásta.

D'inis Breandán dom, ar sí. Is mór an faoisimh dó é, beidh tú iontach. Déanfaidh tú an-jab.

Déanfaidh mé mo dhícheall, a deirimse go cúramach.

Bhí mo dhroim leis an bhfuinneog agam nuair a buaileadh an

cloigín, agus ní fhaca mé ag teacht é. Chuaigh mé ag fuaidreamh i measc mo chuid páipéar. Cé go raibh mé muiníneach as an tuairisc, bhí faitíos orm go mbéarfaí amuigh orm ar bhealach éigin agus bhí sé ag déanamh imní freisin dom go raibh mé ag dul in aghaidh ordú an tSeansailéara agus, ag an am céanna, bhí mé néirbhíseach faoi Mhac Alastair. Chrom sí thar an deasc chugam agus leag póg ar mo leiceann. Go n-éirí leat! Agus d'imigh sí amach ina púir labhandair. Leis an bpóg sin díbríodh mo chuid neirbhíse. Bhí an bhileog fillte i mo láimh agam nuair a d'airigh mé sa halla é.

Basilikoi hetairoi, arsa an glór toll ard.

Ná hinis dom, arsa an Seansailéir go bog. *Basil* an rí, nach ea? *Hetairos* compánach.

Sea, compánaigh an rí. Cosúil le cairde Alastair Mhóir i gCathair na hAithne, tráth. Is anso a mhaireann an hetairoi, na compánaigh.

Sheas sé i ndoras na hoifige ina chulaith mhór olla, a lámh á síneadh amach aige chuig Eilís agus chuig an gCrúca, agus Brídín lena thaobh, péire dungaraithe tréigthe uirthi agus scaif chadáis ar aon dath lena súile glasa snaidhmthe ina cúl. Bhí a chuid gruaige ligthe fada ag Mac Alastair agus é níos cosúla ná riamh le foghlaí mara. Tháinig an Seansailéir isteach sna sála orthu agus ainm an Bhrúnaigh á ghlaoch amach aige. Sheachain mé a shúil agus bheannaigh mé do Bhrídín le claonadh de mo cheann. Leath aoibh shásta uirthi ar m'fheiceáil di, agus d'éirigh mé ar mo chosa — go cúthaileach, tharla nach bhfaca mé Mac Alastair ón oíche sin sa gClub níor bhraitheas ar mo shuaimhneas leis agus, tar éis an chomhrá gutháin, bhí faitíos orm nach n-aithneodh sé amháin mé. Ní dhearna sé ach súil a thabhairt ina thimpeall, ansin a mhéar a shíneadh le fillteán mór ar mo dheasc a raibh an litir S air, fillteán an Rí.

Féach san anois, ar sé. An litir S. Cad a thug Giolla Bríde Ó hEoghasa air? Rí na gConsan. Táid na consain bhoga ann, ar sé, agus na consain chrua; consain gharbha, consain éadroma, agus consain theanna; ach is é an S atá ina rí orthu go léir. Tá sé ar fad ráite ag Giolla Bríde sna *Rudimenta*.

Nach ionann an litir S agus an tsaileach? arsa Brídín.

Is ionann, go deimhin, arsa Mac Alastair. Tosach meala a thugann Briathar-Ogham Chú Chulainn ar an tsail.

Tá go maith, a deir an Seansailéir, agus é ag iarraidh tús a chur leis an tuairisc. Agus a Bhreandáin, ar sé leis an mBrúnach, iarrfaidh mé ortsa tosach a chur le hobair Theach an Gharda a thaispeáint don bheirt seo, tharla, ar sé go milis, go bhfuil na rudimenta agus na fundamenta ar fad ar eolas agat.

Gan aon rian den aiféaltas, ghabh an Brúnach leithscéal leis, a rá go raibh a scornach tinn — agus rinne casacht bheag lena thaispeáint — ach go raibh mise réidh le seasamh isteach ina áit, agus go mb'fhearr i bhfad é sin mar gur mé a bhí ag plé leis na comhaid sin ar fad.

D'fhan mé i mo sheasamh, mo chuid nótaí i mo láimh agus súil an tSeansailéara á seachaint arís agam. Taobh thiar de Mhac Alastair is Bhrídín, bhí mé in ann Eilís a fheiceáil sa doras agus, ansin ag breathnú thar mo leiceann dom, chonaic mé an Brúnach ag cromadh faoi shúil mhíchéadfach an tSeansailéara — mar a samhlaíodh dom é. Ach sula raibh deis ag an Seansailéir tada a rá tháinig Mac Alastair roimhe agus a lámh sínte amach aige chugam.

A Sheosaimh, a scairt sé orm mar a bheadh seanchara aimsithe aige. Amhail is go raibh léamh déanta aige ar an teannas a bhí eadrainn, thóg sé mo lámh agus d'umhlaigh sé dom go cúirtéiseach. Gabhaim pardún agat fén oíche fé dheireadh. Jó a dúrais ar an nguthán, agus is Seosamh atá agamsa ort. Táim ró-litriúil, sin iad na filí duit! Ach is oth liom, ar sé ansin, go bhfuilimid do do choimeád ó do chuid cúramaí ríoga anso.

Cé nár chreideas go baileach é, ghlacas lena leithscéal go fonnmhar. Le fírinne, rinne sé scéal chomh mór den náire a bhí air gur tháinig náire orm féin as mo chuid amhrais ina leith agus, in ainneoin mo mhíchompoird ar dtús, le cabhair mo chuid nótaí lámhscríofa, nuair a thosaigh mé ag déanamh cur síos dóibh ar ár gcuid oibre ba ghearr go raibh sé ag éisteacht go cáiréiseach le gach focal as mo bhéal agus é, le hurraim an fhir mhóir, ag ligean dom é a threorú ó sheomra go seomra, agus a lámh faoi uillinn Bhrídín aige.

Nuair a thosaigh mé anseo, arsa mise leo, ní raibh d'eolas againn ar an Rí ach a ainm, a sheoladh baile, a sheoladh oibre, uimhir a ghutháin tí, uimhir a ghutháin oibre agus, dár ndóigh, an chuma a bhí air. Na grianghraif. An t-eolas ba bhunúsaí. Ansin de réir a chéile thosaigh an t-eolas á charnadh: cén t-am a d'fhágadh sé an teach ar maidin; cén chaoi a dtéadh sé chun na hoibre; cén uair a théadh sé ar sos lóin, cá dtéadh sé, agus cé leis a dtéadh sé ann; cén t-am a gcríochnaíodh sé sa tráthnóna agus cén chaoi a dtéadh sé abhaile; cá ndéanadh sé a chuid siopadóireachta; cá dtéadh sé chuig an dochtúir; cá ngabhadh sé san oíche; cén deoch a d'óladh sé, agus mar sin de. Agus ansin tá an t-eolas atá á bhailiú anois againn: a uimhir PSP, a thuarastal, a chuntas bainc, uimhir a ghutháin póca, ainmneacha agus seolta a mhuintire agus a chairde, a sheoladh ríomhphoist, a sheoladh ríomhphoist oibre, a chuid teachtaireachtaí ríomhphoist.

D'iontaigh mé an leathanach agus thosaigh Mac Alastair ag bualadh an dá bhois ar a chéile. Le comhartha láimhe chuir mé stop leis. Bhí tuilleadh ann. Chroch sé an dá mhala agus, le claonadh beag dá cheann, lig sé umhlaíocht air féin arís agus thug cead dom leanacht orm.

Tá na grianghraif á gcarnadh sna comhaid, a deirim, agus mar a fheiceann sibh tá cóipeanna greamaithe de na ballaí agus lipéadaithe againn. Caithfidh gach uile dhuine anseo bheith eolach ar lucht aitheantais an Rí.

Bhí súile Bhrídín greamaithe de na grianghraif a bhí brata ar an mballa os ár gcomhair amach. Chomh maith le grianghraif den Rí, faoin tráth seo bhí grianghraif lipéadaithe dá chomhthionóntaí agus dá chomhghleacaithe oibre ann, agus grianghraif dá mhuintir agus dá chairde. Dhírigh sí a méar ar ghrianghraf den rí ag teacht amach as carr, chlaon sí a cloigeann agus thug féachaint mheallfach orm.

An bhféadfá cóip den phictiúr sin a thabhairt dom? a d'fhiafraigh sí díom.

Bhain mé an grianghraf den bhalla — bhí a dhá shúil dúnta aige ann, amhail is gur ag éisteacht le ceol a bhí sé — agus bhreac mé síos an uimhir chomhdaithe a bhí ar a chúl. Ghreamaigh mé in airde arís é, agus dúirt go dtabharfainn chuici é.

Leanas orm. I gcaitheamh an ama, a deirim, tá tuilleadh eolais a bhailiú againn agus tá an fhaisnéis seo ar fad á scagadh againn chun próifíl a chur le chéile den Rí. Tá sé ar fad againn anseo, lá an Rí ón uair a gcuirfidh sé cois as an leaba ar maidin go leagfaidh sé a chluas ar an bpiliúr san oíche. Agus sin é an chuid is éasca de. Agus an chuid is bunúsaí. Nuair atá an méid sin ar eolas níl le déanamh ach é a choinneáil suas chun dáta. Ach is é an cineál eolais atá á chuardach anois againn ná cén chaoi a bhfuil a shláinte agus cé atá mór leis san oifig, cén chaoi a réitíonn sé lena chomhghleacaithe, céard air a bhreathnaíonn sé ar an teilifís, cé leis a labhraíonn sé ar an bhfón agus cé hiad na cairde a gcasann sé leo taobh amuigh d'uaireanta oibre; cá bhfuil cónaí orthu agus cé hiad a gcairde siúd — an cineál eolais a theastódh chun an Rí a chosaint agus a choinneáil slán.

An-mhaith, a deir Mac Alastair, agus é, ba léir, an-sásta leis an tuairisc.

Sea, a deir Brídín agus í ag déanamh miongháire liom, ach inis an méid seo dom, an bhfuil bean faighte againn don Rí?

Rinne mé gáire, ach thugas faoi deara gur fhan Mac Alastair ina thost agus gur tháinig cuma smaointeach air. Chonaic sé go rabhas ag breathnú air agus labhair sé. Tánn sibh ag gáire, ar sé, ach tiocfaidh an lá san fós. Féach, má fhaigheann sé bean dó féin an bhfanfaidh sé i mBaile an Bhóthair? Agus leanbh? Ar smaoinigh sibh air sin, ar smaoinigh? An mbeadh an leanbh seo ina phrionsa orainn nó ina pháistín raithní?

Agus má bhíonn beirt aige. Nó triúr? a deir Brídín le díocas. An é an duine is sine a thiocfaidh i gcoróin ina dhiaidh? Agus más iníon a bheidh aige? Nó má chailltear an Rí agus a oidhre ina pháiste?

Sea más ea, arsa Mac Alastair, agus d'iompaigh sé uaithi go mífhoighdeach. Ceisteanna iad san atá fós le freagairt.

Nuair a bhí Teach an Gharda taispeánta agam don bheirt fuaireas an Seansailéir ina sheasamh sa halla romhainn. Leag Mac Alastair lámh ar mo ghualainn. A Sheansailéir, ar sé, nach bhfuil teideal oifigiúil saothraithe ag an bhfear so? Cá mbeimis gan é?

Bailithe go teolaí faoina ascaill i gcumhracht olla is tobac, rinne mé iarracht mo cheann a chromadh go humhal. Tá mo theideal féin agam, a deirimse. Is mé an giolla rí.

D'fháisc sé chuige féin go teann mé. Níl aon dabht air, a bhuachaill. Níl aon dabht air, a deir sé. Is tú an giolla ríoga.

An giolla rí, a deirimse go diongbháilte leis. Ní hionann iad.

Sea más ea, ar sé arís. An giolla rí.

Tiocfaidh tú suas chuig an oifig liom, a d'fhiafraigh an Seansailéir de Mhac Alastair ansin agus, d'aon abairt amháin, bhíos gearrtha as an gcompántas ríoga.

Bhreathnaigh Mac Alastair ar Bhrídín agus, amhail is gur thuig sí mo mhíchompord, bhreathnaigh sí sin ormsa. Fanfaidh mise anseo i measc na hetairoi, ar sí de leathmhagadh, go ndéanfaidh an Giolla Rí cupán tae dom.

D'imigh an bheirt in airde an staighre go hoifig an tSeansailéara. Ar obair an Somatophylax, a deir an Seansailéir de gháir, agus thugas Brídín liom isteach sa gcisteanach. Ní raibh deis againn an cupán tae féin a ól sula dtáinig dream den Gharda isteach agus gur líon an áit. Shiúil Eilís isteach in éineacht le Roibeard ach nuair a chonaic sí mé féin is Brídín suite le chéile sa gcúinne chas sí ar a cois. Dhírigh mé aníos ar an gcathaoir ach bhí sí imithe amach arís sula bhfuair mé deis labhairt léi.

Bhí Mac Alastair an-tógtha leis an tuairisc, arsa Brídín.

An gceapann tú?

Aithním air é.

Agus céard a cheap tú féin?

Tá an fhaisnéis an-chruinn, ach tá rud éigin in easnamh. An bhfuil tú ag cur aithne ar an Rí?

Ag cur aithne air? Níor leag mé súil ar an Rí ó baineadh den dualgas garda mé coicís ó shin. Agus roimhe sin féin, cén aithne a bheadh agam air?

Airíonn tú uait an dualgas garda?

Ní dhearna mé ach mo ghuaillí a chroitheadh.

Tá an Seansailéir ag brath go mór ort. Bheadh sé deacair air thú a dhiúltú dá gcuirfeá cos i dtaca.

Stailc a chur suas, an ea?

Níor fhreagair sí mo cheist. I ndeireadh na cúise, ar sí, nach mar a chéile gach dualgas ach bheith ag freastal ar an Rí ar bhealach éigin? Nach meafar atá sa dualgas ar fad? Nach meafar atá sa Rí féin?

Bhain an chaint sin siar asam, ach sular fhéad mé an cheist a phlé léi chuala muid Mac Alastair ag teacht anuas an staighre agus d'éirigh Brídín le himeacht. Agus í ag dúnadh a cóta chrom sí chugam le haoibh an gháire agus bhronn póg ar an leiceann orm. Nuair a tháinig Mac Alastair isteach sa gcisteanach bhí cúigear nó seisear ann roimhe, agus beirt nó triúr eile ag teacht ina dhiaidh aniar. Ag ligean iontais air féin, rinne sé leathchasadh ar a chois chun go bhfeicfeadh sé gach duine, agus las meangadh na sástachta air — amhail is gur dó féin amháin a bhí siad cruinnithe.

Tá scéala ag an Seansailéir daoibh, ar sé, ach ba mhaith liom féin cúpla focal a rá ar dtús.

Lig an Brúnach gáir ó ursain an dorais.

Atáimid cruinnithe anseo ar chúis amháin, ar sé, an Rí. Thaispeáin Seosamh anso dom an obair éachtach atá déanta agaibh le cúpla mí anuas, agus tréaslaím daoibh é. Tá sé in am ceiliúrtha. Ceiliúraimis, ar sé os ard. Tá an rí básaithe!

Thit tost ar an gcomhluadar sular labhair sé arís. Agus go maire an rí go deo! Tá Alastar Mór ar lár, Conn Céadchathach agus Cormac mac Airt, agus na Stíobhardaigh féin. Ach maireann siad i gcónaí i bpearsa an Rí. *Le roi ne meurt jamais. Rex qui nunquam moritur*, nó an rí nach bhfaigheann bás choíche. Agus mairimidne, leis — mise, tusa, sinn uile a sheas le hAlastar Mór sa Hetairoi, le Conn agus le Cormac san Fhiann. Mar is muidne na fíréin. Ar an ábhar sin ceiliúraimis.

Chrom sé a cheann go sciobtha i gcomhartha urraime dóibh agus leag sé a lámh thar mo shlinneán. Tugadh bualadh bos dó. Nuair a scaoil sé díom shín sé a lámh amach chuig an Seansailéir. Tá cúpla focal, ar sé, ar mhaith leis an Seansailéir a rá libh.

Shéid an Seansailéir ar a chuid spéaclóirí agus chuaigh ag cuimilt ceirte díobh nó go bhfuair sé ciúnas. Tá tús á chur le feachtas nua, ar sé go ciúin tomhaiste, feachtas bolscaireachta an Rí.

Ba léir go raibh athmhachnamh déanta ar cheist na rúndachta.

Seachnaítear, ar sé, na meáin atá faoi smacht na n-údarás. Déantar an scéala a leathadh ar na seanbhealaí. Beidh bileoga nó cártaí beaga againn le síneadh chuig daoine in ollmhargaí, ag cluichí peile, i bpubanna. Áit ar bith ar féidir teacht is imeacht as gan cheist ná araoid. Caithfidh an teachtaireacht a bheith simplí, cúpla abairt ar a mhéid. Agus lean sé air mar sin, agus é ag cur síos go mion ar an gcaoi a n-eagródh muid muid féin don obair nua.

Chuaigh go leor den mhéid a dúirt sé amú orm. Ní hé amháin

go rabhas chomh corraithe ionam féin tar éis na tuairisce a thabhairt nach raibh aon fhonn éisteachta orm ach bhí sé ag cur isteach orm go raibh Eilís ina seasamh le taobh an Bhrúnaigh sa doras agus í ag stánadh go díreach roimpi de ghnúis dhorcha dhúnta.

Beidh an teachtaireacht clóbhuailte ar chártaí beaga, arsa an Seansailéir. Iad ar cóimhéid le cártaí gnó. Gabhfaidh siad isteach idir na leathanaigh i leabhair sa leabharlann áitiúil, nó faoi chuimilteoirí gaothscátha i gcarrchlóis ar fud an bhaile. Nó féadfaimid iad a shíneadh amach go sciobtha taobh amuigh d'ollmhargaí. Agus déanfaimid greamaitheoirí, ar sé. Beidh siad sin chomh beag, ar sé, nuair a ghreamófar iad de chlúdaigh dhlúthdhioscaí sna siopaí, nach mbacfaidh aon duine lena mbaint díobh. Ghreamófar de ghutháin phoiblí iad, agus de na fuinneoga ar bhusanna cathrach agus ar na tramanna. Greamófar d'fhuinneoga iad ar bhusanna tuaithe agus ar thraentacha. Agus leagfar amach an teachtaireacht seo ar na cártaí agus ar na greamaitheoirí gan seoladh ná uimhir teagmhála, ach ar a mbarr, a chomhartha — lógó beag atá déanta ag Brídín dó, an 'S' corónaithe.

Bhí tost gairid ann sular labhair Eilís. Ach ní thuigim, ar sí. Cén fáth a mbeadh muid á gcur seo amach gan uimhir theagmhála ná fiú seoladh ríomhphoist orthu?

Leath meangadh na féinsástachta ar éadan an tSeansailéara.

Ba í Brídín a thug freagra uirthi. Nach in é an pointe? ar sí. Caithfidh seirbhísigh an rí iad féin a chruthú ar dtús. Ar an gcaoi seo ní bhfaighidh an Rí ach na seirbhísigh is díograisí.

Las Eilís le náire. Thug Mac Alastair croitheadh dá cheann agus é ag aontú le Brídín agus, ar chomhartha uaidh, tugadh bualadh bos don Seansailéir agus rinne Mac Alastair ar an gcúldoras. Lean mé amach iad le slán a fhágáil leo. Tháinig lán na cisteanaí amach inár ndiaidh sa bpasáiste cúng coincréite ar thaobh an tí, agus dhoirteamar amach ar aghaidh an tí.

Rinne an Seansailéir a bhealach tríothu agus a shúile go neirbhíseach aige ar fhuinneoga thithe na gcomharsan. Níor thaitin sé leis oiread sin daoine bheith le feiceáil i dtimpeall an tí. Bhí seisear nó seachtar fós cruinnithe thart ar Mhac Alastair agus gan aon fhonn orthu ligean leis nuair a tháinig an Seansailéir chomh fada liom. Fad a bhí mo thuairisc á moladh aige thugas súil thar leiceann go bhfaca an Brúnach ina sheasamh sa doras i gcuideachta Eilíse. Bhuail náire mé ar a fheiceáil dom fágtha i leataobh agus mise i gcomhluadar Mhic Alastair is Bhrídín tharla gurb é féin a bhí ceaptha an tuairisc a thabhairt dóibh ó thús. Sméid mé anall air, agus é i gceist agam é a chur in aithne do Mhac Alastair mar chomhúdar na tuairisce, ach d'iompaigh sé a cheann agus chrom sé le cluas a thabhairt d'Eilís, agus ansin chonaic mé an clúdach donn agus na leathanaigh chlóscríofa ina láimh aige. Bhí Eilís ag breathnú i mo threo agus í ag labhairt as taobh a béil leis.

Theann an Seansailéir isteach liom. Caithfimid ról níos mó a thabhairt duit, ar sé. Bhí focal agam leis an gConstábla agus — beidh áthas ort a chloisteáil — beidh tú ag obair don Chomhairle feasta, anseo i dTeach an Gharda. Pléifimid é ag an gcruinniú ar ball.

D'aontaigh Mac Alastair leis le croitheadh dá cheann.

Go hamhrasach, ghlac mé buíochas leis an Seansailéir, agus d'fhiafraigh mé de an gciallódh sé sin nach mbeinn ar dualgas garda níos mó.

Ba léir gur aithin Mac Alastair an díomá orm, agus dúirt sé féin go raibh obair thábhachtach le déanamh don Chomhairle.

Tuigim é sin go maith, a deirimse go géilliúil leis, ach ba mhaith liom leanacht den dualgas garda chomh maith.

Sula bhfuair Mac Alastair deis freagra a thabhairt air sin, tháinig an Seansailéir roimhe. Tá faitíos orm, ar sé, agus é ag breathnú go diongbháilte ar Mhac Alastair, go bhfuil brú chomh mór sin orainn i dTeach an Gharda faoi láthair agus nach bhféadfadh muid Jó a spáráil.

Ní dhearna Mac Alastair ach a ghuaillí a chroitheadh liom.

Lean an Seansailéir air ag moladh mo chuid oibre, ach bhí aoibh an gháire glanta dá aghaidh.

Pléifimid é ag an gcóisir, a deir Mac Alastair liom agus toitín á dheargadh aige. Nuair a chonaic sé nár thuig mé é d'ardaigh sé a ghlór. Cóisir an Rí, beidh tú ann?

Beidh, arsa mise go héiginnte.

Cuirfead scéala chughat, ar sé, agus chroith sé lámh liom agus rinne comhghairdeachas liom arís sular fhág sé féin agus Brídín slán agam.

Nuair a dhearcas i dtreo an dorais arís bhí an Brúnach is Eilís bailithe leo isteach. Rinne mé moill sula ndeachaigh mé isteach ina ndiaidh. Bhí Roibeard i mbun an chitil, Eilís is duine den dream nua ag ní cupán dóibh féin, agus an Brúnach suite ag bord na cisteanaí le duine eile den dream nua. Chuaigh mé isteach tharstu, agus é i gceist agam aon ní a chuirfeadh an Brúnach i mo leith a shéanadh. Níor labhraíodh focal liom.

Bhí an oifig folamh romham, agus glórtha na cisteanaí le cloisteáil tríd an doras oscailte. Thóg mé píosa páipéir den urlár. Leathanach stróicthe i mo lámhscríbhneoireacht féin a bhí ann. Chuaigh mé timpeall na deisce. Bhí an cófra oscailte agus bileoga is cóipleabhair leata amach ar an gcairpéad. Bhí cúpla leathanach stróicthe. Ardaíodh glór Eilíse sa gcisteanach agus í ag rachtaíl gáire.

3.

Chuaigh mé ar mo ghlúine taobh thiar den deasc, deora le mo shúile agus an t-allas ag rith liom. Bhí an dá mhála dhubha ar an urlár agus iad leathlán, cóipleabhair is leathanaigh scaoilte doirte amach ar an gcairpéad lena dtaobh. Cé nach bhféadfainn a rá cé acu an raibh siad ar fad ann nó nach raibh, chuaigh mé ag bailiú cóipleabhar is bileog go fiabhrasach agus á sacadh isteach sa gcófra. Luigh mo shúil ar an nglas. Ní raibh an chuma uirthi gur baineadh di. Chuaigh mé chomh fada le deasc an Bhrúnaigh agus thriail mé a chófra a oscailt le m'eochair féin. Chas sí go héasca sa nglas, agus thuigeas ansin go raibh an glas céanna ar an dá chófra.

B'fhéidir, a deirim liom féin, gur dhoirt an Brúnach na cóipleabhair amach trí thimpiste agus an oifig á cur trí chéile aige ag cuardach na tuairisce. Chonaic mé ansin go raibh gach rud eile sa seomra ina áit féin agus nach raibh an chuma air go raibh aon chartadh fiáin déanta ann. Scrúdaigh mé an dá mhála, bhíodar chomh pollta sin nárbh fhéidir iad a úsáid arís. Agus creathán i mo lámha, chuimil mé an scamall deor as mo shúile.

Sa gcisteanach, bhí an Brúnach agus Eilís agus an chuid eile den chomhluadar ag fanacht ar an tae. Leanadar orthu ag caint amhail is nach bhfaca siad mé. Thóg mé dhá mhála phlaisteacha dhubha as an tarraiceán le taobh an doirtil agus d'fhill mé ar an oifig, deargtha suas le náire is le fearg. Chuir mé mála amháin taobh istigh den mhála eile agus chuir mé cóipleabhair ar fad síos ann, chuir orm mo chóta, chroch mé an mála thar mo ghualainn. Amach sa halla liom, agus in airde an staighre. Sa seomra codlata bhailigh mé le chéile an méid de mo chuid éadaigh a raibh mé in ann teacht orthu, á sacadh síos i mo mhála droma. Sheas mé ag bun an staighre agus chuardaigh mé an grianghraf a d'iarr Brídín, bhain den bhalla é agus, go cúramach, chuir mé síos i gceann de na cóipleabhar é sa mála plaisteach. Chroch mé an dá mhála in airde ar mo ghualainn arís, agus d'imigh liom amach an doras tosaigh.

Ní raibh mé imithe cúpla slat nuair a d'aithin mé Volkswagen Golf an tSeansailéara ag casadh isteach san eastát. Chrom mé mo cheann agus choinnigh mé orm. Chuaigh an carr siar tharam, stop sí, agus chúlaigh sí ar ais chugam. Ghéaraigh mé ar mo chois. Chuala mé an carr á casadh i lár an bhóthair. Bhí mé tagtha amach ar Ascaill Bhaile an Bhóthair nuair a tháinig sí chomh fada liom.

A Jó, a bhéic an Seansailéir. Bhí an fhuinneog phaisinéara thíos aige.

Sheas mé agus chrom mé go bhfeicfeadh sé mé.

Beidh cruinniú foirne againn anois ag a dó, ar sé. Tá sé tábhachtach go mbeifeá ann, tá sé i gceist agam thú a chur i gceannas ar an bhfeachtas nua.

Bhí tost ann sular labhair mé. Leag mé mo chuid málaí anuas ar an gcosán agus thug mé súil siar i dtreo an tí. Thug mé faoi deara go raibh mo lámha fós ag creathadh.

Ní bheidh mé ann, arsa mise. Féadfaidh tú mo leabasa a thabhairt do Ghearóid. Chroch mé an dá mhála in airde ar mo chruit, chrom mé mo cheann agus thosaigh mé orm arís ag siúl i ndiaidh mo mhullaigh.

Ar theacht chomh fada le Bóthar Mhuirfean dom, sheol mé téacs chuig Liam. Bhí áit ina theach tairgthe aige dom i bhfad roimhe sin, agus cé nach raibh mé sásta glacadh leis an tairiscint an uair sin — bhí Liam agus í féin an-mhór le chéile, agus ba é an rud deireanach a bhí uaim ag an am ná go mbeadh orm a mhíshásamh a fhulaingt agus mé faoi léigear aici siúd — bhraith mé go mbeadh sé sin uilig curtha dínn faoin am seo.

Tháinig teachtaireacht ar ais uaidh: Cinnte eokair agam duit sa leavarlann.

Am lóin a bhí ann agus mheas mé nach mbeadh mórán de mo shean-chomhghleacaithe ar dualgas, agus nach gcráifí mé le ceisteanna faoi mo chuid 'scríbhneoireachta' agus, cé nach raibh an dara rogha agam i ndáiríre, shocraigh mé go mbuailfinn isteach caol díreach chuige. Ní ar dualgas a bhí Liam an lá sin, ach go dtagadh sé isteach le hobair a dhéanamh ar a thráchtas ina oifig mar go gcinnfeadh sé air aon obair a dhéanamh sa teach.

Bhí sé ag a dheasc nuair a d'oscail mé an doras, a chuid spéaclóirí anuas ar a shrón agus é cromtha os cionn chlóscríbhinne. Dhírigh sé suas sa gcathaoir agus leath meangadh an gháire ar a aghaidh nuair a chonaic sé an t-ualach málaí a bhí ag teacht agam.

Ba léir go raibh sé chomh sáite sin ina chuid oibre sula dtáinig mé isteach go gcaithfinn a mheabhrú dó go raibh eochair don teach geallta aige dom. Lig mé mo chuid málaí anuas ar an urlár agus, fad is a bhí sé á cuardach, chuaigh mé ag póirseáil sna leabhair. D'aithin mé *Lughaidh Mac Con* ar an tseilf ar a chúl agus, gan smaoineamh, shín mé mo lámh amach leis an leabhar a thógáil.

Ná bac léi sin, ar sé, agus thóg sé clóscríbhinn faoi chumhdach gorm óna dheasc, á síneadh chugam. Dréacht de mo thráchtas, ar sé, agus é ag deargadh de bheagán.

Rinneas comhghairdeachas leis agus dúirt sé nach raibh ann ach dréacht.

Tá scéal sin Lughaidh mhic Con ann, ar sé, leagan den scéal céanna agus é athchóirithe ag file sa séú haois déag le bronnadh ar thaoiseach Thír Eoghain. Tá sé spéisiúil mar go bhfuil an-chosúlachtaí idir an seanscéal seo agus gnéithe de shaol an taoisigh áirithe sin.

An ealaín ag umhlú don saol?

Nó á cur in oiriúint dó.

Agus súil á caitheamh agam ar an gclóscríbhinn oscailte d'aithin mé ó leabhair staire an pictiúr d'Ó Néill á ghairm ina thaoiseach ar Leac na Rí i dTír Eoghain, é timpeallaithe ag a chuid uaisle, agus bróg crochta os a chionn ag duine acu. Ag casadh na leathanach dom, tháinig mé ar chóip de phortráid rómánsach nua-aimseartha a rinneadh d'Ó Néill, Seán Donnaíleach Ó Néill (c1530-1567); ansin cóip de líníocht nach bhfaca mé roimhe sin, pictiúr beag a tógadh as seanléarscáil, mar a míníodh sa tagairt faoina bhun. Bhí fear ar an talamh, a lámh crochta go hachainíoch aige, agus é timpeallaithe ag ceathrar fear, clogaid orthu, agus claíomh is pící acu. Ba chosúil go raibh fear an phíce tar éis é a shá. Scríofa faoina bhun i mBéarla bhí 'ONeal kild by the wild Scots'.

Tá tú ag rá gur chuir sé an scéal in oiriúint dá phátrún?

Gan an bunscéal a chur as a riocht, ar sé. Léigh é.

Tá mé ag súil go mór lena léamh, a deirimse, ach nach fearr duit greim a choinneáil air má tá sé i gceist agat é a chríochnú?

Shín sé chugam an eochair. Má mharcálann tú aon bhotún dom bheinn an-bhuíoch díot.

Agus an eochair á cur i dtaisce i mo thiachóg agam chrom sé lena chuid leabhar a bhailiú. Tá tionónta nua faighte againn, ar sé. Mar sin níl agam duit ach an tolg sa seomra suite. Ní mórán é, ach coinneoidh sé ag imeacht thú go ceann cúpla lá go bhfaighidh tú áit duit féin.

Cé nach ndeachaigh an tagairt do na cúpla lá amú orm, cheil mé mo dhíomá. Agus mé ag glacadh buíochais leis bhí mé ag cuimhneamh ar an bpráinn a bhí le háit de mo chuid féin a fháil.

Bhí tost ann ar feadh nóiméid agus an chlóscríbhinn á cur i mo mhála agam. Ag breathnú thar mo leiceann dom chonaic mé na spéaclóirí á mbrú suas ar a shrón aige agus é ag fáil faoi réir le rud éigin a rá. Ar deireadh scaoil sé leis an méid a bhí faoina bholg aige.

Níl tú sásta do shaoirse a thabhairt suas d'aon bhean, ar sé, ach tiocfaidh an lá agus déanfaidh tú é sin, agus beidh caitheamh agat ina dhiaidh.

Chrom mé os cionn mo mhála gan freagra a thabhairt air.

Breathnaigh, ar sé, amhail is go raibh sé ag iarraidh bheith foighdeach le gasúr trioblóideach. Tá a fhios agam nach bhfuil cloiste agamsa ach taobh amháin den scéal, agus gur dóigh go raibh tú féin chomh trína chéile is a bhí sise.

Dhún mé mo mhála. Chuala mé é ag iompú uaim, agus ag labhairt faoina anáil, beagnach. B'fhéidir go bhfuil an bheirt agaibh níos fearr as.

Gan casadh thart chuige, d'fhreagair mé go feargach é. Ó, níl, ab ea? Agus cé agaibh atá a rá sin, tusa nó ise?

Ní raibh mé ach á rá, ar sé arís le mo chúl, agus níor chríochnaigh sé an abairt. Seo, ar sé ar deireadh, tabharfaidh mé ceann de na málaí sin abhaile duit.

Choinnigh mé mo theanga i mo phluc agus, gan deis a thabhairt dó leanacht den chomhrá sin, ghlac mé buíochas leis, d'fhág mé an mála droma ar an urlár, chroch mé mála na gcóipleabhar ar mo dhroim, agus dúirt mé leis go bhfeicfinn sa teach é.

Cé go raibh mo sheomra tugtha suas agam roinnt seachtainí roimhe sin, bhí mo chuid éadaigh is braillíní coinnithe ag Rico dom i gcúpla bosca faoin staighre. Go deimhin, bheidís tógtha as an teach agam i bhfad roimhe sin dá mbeadh áit ar bith agam lena gcur ann agus, dár ndóigh, in ainneoin a ndúirt Rico liom, shamhlaigh mé í féin ann agus an cat crochta sa teach aici romham, nó í ar patról ar an tsráid taobh amuigh.

Bhí an teach ina thost nuair a lig mé mé féin isteach. Bhí doras mo sheanseomra ar oscailt, bhreathnaigh mé isteach. Bhí cuilt gheal nua ar an leaba agus boladh an chumhráin bhearrtha san aer. Ba le duine éigin eile anois é, agus a chuid féin déanta aige den spás. Thíos faoin staighre chuaigh mé ag tarraingt amach mo chuid boscaí. I measc mo chuid stuif bhí mála droma fillte go néata. D'oscail mé amach é agus thosaigh mé á líonadh le braillíní, éadaí, agus leabhair — cúpla leabhar léi féin ina measc. An méid a bhí fanta, nó an méid nach ngabhfadh sa mála, chuir mé isteach i mála dubh bruscair iad, agus leag an mála ar ais faoin staighre. Nuair a bhí sé sin déanta agam sheas mé le m'anáil a tharraingt. Ar an bhfuinneog, os cionn an doirtil, d'aithin mé cloch bheag dhubh a thóg sí den chladach i Rinn Mhaoile — cloch a bhíodh le taobh na leapa againn sular fhág mé an teach.

Chuala mé an eochair á casadh sa doras tosaigh. Tháinig Rico isteach, agus bheannaigh mé dó ó dhoras na cisteanaí.

A Jó, ar sé, an bhfuil tú ag teacht nó ag imeacht?

D'inis sé dom ansin go raibh sé sa mbaile ón obair le slaghdán, ansin rinne sé gáire nuair a chuimhnigh sé arís ar an gcúis a bhí le m'imeacht. Bhí sí anseo cúpla seachtain ó shin, ar sé. Thóg sí gach

uile shórt a bhain léi féin as an teach agus d'fhág sí an eochair ar
bhord na cisteanaí.

Ní raibh deifir ar bith uirthi, a deirimse.

Ní raibh. Meas tú an raibh cúis éigin aici lena cuid stuif a
thabhairt as? Fear eile, b'fhéidir?

Thug sé súil thar leiceann orm ach níor thug mé aon fhreagra
air. Rinne sé cupán tae ansin dom. Ghlac mé go fonnmhar leis agus
d'ith leathphaicéad brioscaí go hamplach. Lemsip a d'ól sé féin.
Thairg sé glaoch ar thacsaí dom nuair a bheadh an tae ólta agam
ach dúirt mé leis go raibh fonn siúil orm.

Agus ná déan dearmad air seo, ar sé, agus shín sé clúdach ina
raibh na trí chéad euro chugam. Thóg sé leathanach mór fillte ó
bharr an drisiúir. D'fhág tú é seo i do dhiaidh, bhí sé greamaithe ar
bhalla an tseomra. Shíl mé go mbeadh sé uait.

Thóg mé an páipéar agus d'oscail amach é. Léarscáil a bhí ann.
Agus é oscailte agam ar an áit a raibh líne dhearg ag gearradh trí
shráideanna na cathrach gríobháin, thuig mé gur ceann den dá
léarscáil a bhí crochta sa seomra a bhí ann. Dhún mé arís é agus
shac síos i measc mo chuid stuif é.

Coinnigh leis an scríbhneoireacht, ar sé. Bhí Rico lánchinnte de
gur ag scríobh úrscéil a bhí mé, agus chinn sé orm a mhalairt a chur
ar a shúile dó. Agus bí cinnte go n-inseoidh tú dom nuair a bheas
an leabhar sna siopaí!

Shín mé an eochair chuige agus gheall mé go bhfanfainn i
dteagmháil leis. Nuair a chas sé thart lena cur in airde sa drisiúr,
thóg mé an chloch de leac na fuinneoige, agus shac síos i mo phóca
í. Agus na málaí á gcrochadh ar mo dhroim agam d'fhág mé slán
aige agus d'imigh liom amach.

I dteach Liam — teach níba lú, i gceantar níba bhoichte ach a bhí
níba ghaire de Bhaile an Bhóthair — ní dhearna mé ach na málaí a
chaitheamh i gcúinne sa seomra suite, mar a d'iarr Liam orm a

dhéanamh (ba léir nach raibh sé i gceist go bhfanfainn i bhfad ann), agus mé féin a chaitheamh siar ar an tolg. Chuimhnigh mé ar thosaí ag athscríobh, agus na cóipleabhair ar fad a chur suas ar mo ríomhaire glúine mar a bhí i gceist agam a dhéanamh le fada, ach ba ghearr gur airigh mé mo shúile ag dúnadh le tuirse. Sínte siar ar an tolg, ar feadh soicind fuair mé boladh sin an chlóibh is an chainéil ar an aer agus shín amach mo lámh, ansin d'iompaigh mé ar mo thaobh agus dhíbir an smaoineamh as mo cheann. Ní raibh uaim ach cúpla nóiméad suaimhnis, ach bhí an ghrian ag dul siar nuair a dhúisigh mé, agus guthán ag fógairt sa gcisteanach. Choinnigh sé air ag glaoch gan fhreagairt agus mé ag samhlú teachtaireachtaí buile uaithi, nó gur chuimhnigh mé cé chomh hamaideach is a bhí sé sin — ní raibh uimhir ghutháin an tí agam féin, fiú amháin. Nuair a stop an guthán d'airigh mé tost an tí ar dtús, ansin fuaim na gcarranna agus glórtha coisithe ar an tsráid taobh amuigh. Cé go raibh codladh breá déanta agam d'airigh mé níba thraochta ná mar a bhí mé sular shín mé mé féin siar. Chodlóinn tuilleadh, ach cé gur mheas mé go mbeadh an teach agam dom féin nó go bhfillfeadh Liam agus a chomhthionóntaí tar éis na hoibre, ní rabhas istigh liom féin, mar a déarfadh an Muimhneach. Cé go mba faoiseamh de shórt a bhí ann gan a bheith ag íoc cíosa nó go dtiocfainn ar obair éigin, tharla nach raibh mé i mo lóistéir ceart ann ní áit a bhí ann a d'fhanfainn nó a d'oibreoinn ar mo chompord. Cé is moite de Liam féin ní raibh aithne ar bith agam ar mhuintir an tí, rud a cuireadh ar mo shúile dom gan mhoill, nuair a d'airigh mé eochair á casadh sa bpríomhdhoras. Osclaíodh doras an tseomra agus sádh mullach catach dubh isteach. Shuigh mé aníos le beannú don tionónta ach bhí sé imithe agus raidió ag fógairt go hard sa gcisteanach.

D'éirigh mé agus pianta i mo chnámha. Mheas mé go mbeadh comhthionóntaí eile Liam ag críochnú ina gcuid oibre agus níor theastaigh uaim bheith rompu nuair a thagaidís isteach. Agus mé do mo réiteach féin le himeacht luigh mo shúil ar an gcanna folamh beorach agus ar an luaithreadán ar an matal lán nutaí beaga toitíní agus píosaí stróicthe cartchláir. Sheiceáil mé an fón. Bhí an dara glaoch tagtha ó Theach an Gharda. Thóg mé an grianghraf as an mála, d'fhill mé i mbileog páipéir é agus chuir i bpóca mo bhrollaigh é. Leag mé mo chuid málaí éadaigh go cúramach sa gcúinne ansin, agus d'imigh.

Sleachta as na Cóipleabhair I

I bpluais ar Shliabh Pelion sa Teasáil a mhair Círon, rí na gceinteár. Thug an rí Peleus a mhac Aichill agus a chompánach siúd, Patroclus, chuige. D'fhág sé an bheirt ógánach faoina chúram agus d'iarr sé air oiliúint a chur orthu. Bheathaigh Círon an bheirt ar ionathair an leoin, ar mhuca alta agus ar smior an mhic tíre baininn. Mhúin sé dóibh leis an tsleá a chaitheamh, leis an gcláirseach a chasadh, agus le marcaíocht ar a dhroim.

Nuair a sheol cabhlach an rí Agaiméamnón as Boeotia sa nGréig, bhí Aichill agus a chuid gaiscíoch, na Mirimideanaigh, ar an slua a thug an rí leis chun cathair na Traí a threascairt i ndíoltas as fuadach an bhanphrionsa Héilin. Deich mbliana a chaith sluaite Agaiméamnóin in iomshuí thart ar bhallaí na cathrach.

I mbliain dheireanach an chogaidh, d'éirigh idir Aichill agus an rí, agus dhiúltaigh Aichill páirt a ghlacadh sa gcogadh in aghaidh na Traí. D'fhan sé féin is na Mirimideanaigh ina bpuball cois trá fad a bhí an cath á throid. Ach nuair a thosaigh taoide an chatha ag casadh in aghaidh shluaite Agaiméamnóin, agus na Traígh ag teannadh leis na longa ar an trá, tháinig a chompánach Patroclus chuig Aichill ag iarraidh go gceadódh sé do na Mirimideanaigh dul i gcabhair ar a gcairde, agus d'iarr sé cead culaith ghaisce Aichill féin a chaitheamh chun na Mirimideanaigh a ghríosú agus a threorú sa gcath. Thug

Aichill a chead dó, ach d'ordaigh sé dó gan leanacht den troid nuair a bheadh na longa saor ó bhaol.

Mar go raibh Aichill is Patroclus ar cóimhéid agus ar comhdhéanamh, nuair a chuir Patroclus culaith ghaisce Aichill air féin shíl daoine gurbh é Aichill féin a bhí ann. Gléasta i gculaith Aichill, threoraigh sé na Mirimideanaigh isteach sa gcath agus tiomáineadh siar na Traígh, ach ina dhíocas chun troda, ruaig Patroclus na Traígh soir chomh fada le geataí na cathrach féin. Ar deireadh, agus Patroclus créachta agus traochta, tháinig Eachtar mac Rí na Traí amach roimhe agus, ag ceapadh dó gurbh é Aichill féin a bhí os a chomhair amach, throid siad comhrac aonair agus thit Patroclus le hEachtar.

Bhí sé sa tairngireacht ag an draoi Meirlín go marófaí rí na mBriotanach, Uther Pendragon. Chun mac an rí, an leanbh Artúr, a choinneáil slán, thug Meirlín leis é chuig an ridire Antor agus, i nganfhios do naimhde Uther, thóg Antor an leanbh ar altramas. Maraíodh Uther, mar a thuar Meirlín, agus nuair a bhí Artúr ina ghlas-stócach thug Antor leis go Londain é, áit a ndéanfaí rí d'Artúr.

In aois a chúig bliana déag dó, nuair a bhí Alastar mac rí na Macadóine ar oiliúint ag Arastatal i Mieza, tagraítear don phrionsa óg agus é amuigh ag siúl lena chompánach Hephaestion. Cairde buana a bhí iontu agus, níos deireanaí, nuair a bheadh Alastar ina rí ar an Macadóin agus, ina dhiaidh sin arís, agus é ina chathréim san Áise, ba é Hephaestion an compánach ba dhílse dá raibh aige.

I ndeisceart na Tuirce, i dtús ionradh na nGréagach ar an Áise, nuair a fuair Alastar Mór agus na Gréagaigh an bua ar na Peirsigh i gcath Issus, theith an tImpire Darius, agus tógadh rítheaghlach na Peirse ina bpríosúnaigh. Tar éis an chatha thug Alastar agus a chompánach Hephaestion cuairt ar an teaghlach ríoga. Mar go raibh Hephaestion níos airde ná Alastar agus go raibh an cineál céanna éadaigh á chaitheamh acu, shíl an bhanríon gurbh é Hephaestion

Alastar agus chuaigh sí ar a glúine roimhe, ag iarraidh trócaire.

Nuair a cailleadh Hephaestion sa bPeirs, chaith Alastar é féin anuas ar chorp a chara agus d'fhan sé ann an lá ar fad ag sileadh na ndeor, agus dhiúltaigh sé scaradh leis nó gur tharraing a chuid compánach uaidh é leis an láimh láidir.

Nuair a d'oscail Brídín doras an árasáin dom ní raibh an mullach mór rua uirthi níos mó, ach a cuid gruaige bearrtha go néata mar a bheadh ar bhuachaill. Níor bhain sé a dhath dá slacht. A mhalairt, shíl mé. Bhí dánaíocht ag baint leis an stíl nua a fuair freagairt ina súile glasa ábhailleacha.

Tá mé ag dul chuig dráma anocht, ar sí nuair a chuir mé caidéis ann.

Ina seomra árasáin ar an gcéad urlár, shín mé bileog fhillte chuici ina raibh an chóip a d'iarr sí den ghrianghraf den Rí, agus ghlac sí leis go buíoch. Shuigh muid ar chúisíní móra urláir de dhéantús Arabach nó Turcach agus bord íseal caife eadrainn ar a raibh pláta brioscaí sinséir leagtha romham aici. Leag sí dhá chupán arda chuanna gan chluas ar an mbord agus líon sí le tae iad.

An-Mheánmharach, a deirimse, cé nach raibh mé ar mo chompord ag iarraidh mo chupán a láimhseáil agus an cúisín ag corraí go míshocair fúm. Mhothaigh mé an fón ag preabarnaíl le mo cheathrú, agus mhúch mé é gan é a thógáil as mo phóca.

Cupáin Fhrancacha iad, ar sí. Mazagrans a thugtar orthu.

Bhlais mé den tae, agus thóg mé grianghraf i bhfráma ón mbord éadain le mo thaobh, pictiúr de Bhrídín agus fear beag buí a raibh folt ciardhubh gruaige air agus spéaclóirí móra faiseanta. Bhí casóg ghorm á caitheamh aige agus cnaipí geala práis uirthi.

Henri, Francach agus scoláire antrapeolaíochta, a dúirt sí nuair a chonaic sí mé á leagan ar ais. Is leis-sean an chuid is mó de seo uilig. Shín sí amach a lámh leis an troscán a thaispeáint dom.

Shíl mé nach rabhadar i dTuaisceart na hAfraice níos mó, a deirimse, agus d'fhreagair sí mé a rá go raibh staidéar á dhéanamh aige ar pholaitíocht na dtíortha Arabacha.

Ar an leabhragán faoin tseilf, bhí cúpla leabhar faoi chumhdaigh chrua, féilscríbhinní ollscoile agus leabhar ar an ríochas le Mac Cana.

Le hÉamonn iad sin, arsa Brídín. Thug sé ar iasacht dom iad. Ba chóir duit iad a léamh. An bhfuil a fhios agat, ar sí, go ndéanadh na seanfhilí imeartas focal idir an laith — nó beoir sa Meán-Ghaeilge — agus an fhlaith?

Thug mé croitheadh do mo ghuaillí.

Beoir an fhlaithis? Nach cuimhin leat? Do bhíomar ag caint fé sin an oíche fé dheireadh Tigh Mhurchú? ar sí, agus í ag aithris ar Mhac Alastair. Sa seana-scéal tugtar dearglaith i gcorn óir do Chonn Céadchathach? Agus tugadh an laith don Ardrí Art roimh Chath Mhá Mucraime? Nach bhfuileann sé ana-spéisiúil?

Rinneas gáire, agus thóg pictiúrleabhar a bhí leagtha faoin mbord caife. Ar an leathanach a d'oscail mé bhí grianghraf d'fhir in éide Turcach nó Arabach suite thart ar bhoird ísle i bpuball. Thaispeáin mé an pictiúr do Bhrídín agus rinne sí féin gáire. D'oscail mé leabhar eile ina raibh pictiúir dhubh is bán d'fhir thuaithe i dteach tábhairne Éireannach.

Theann sí isteach níba ghaire dom agus thóg spúnóg uaim lena cuid siúcra a mheascadh sa gcupán, agus líonadh an t-aer i mo thimpeall le cumhracht ghiofógach bláthola is spíosraí agus le beirgeamat an tae.

Nuair a bhí ár gcuid tae ólta againn, d'iarr mé a cuid pictiúr a fheiceáil. I seomra eile, in airde an staighre agus faoi dhíon an tí, a bhí a stiúideo. Ar na cheithre bhalla, in íochtar, bhí canbháis leagtha in aghaidh a chéile, agus os a gcionn bhí gach orlach brata le líníochtaí beaga. I measc na bpictiúr nua bhí sceitsí pinn luaidhe ar pháipéar den rí agus, rud a chuir iontas orm, pictiúr beag ola de

Mhac Alastair. Rinne sí gáire nuair a chonaic mé é. Coimisiún, a dúirt sí, dá leabhar nua.

Eoin na Pluaise, ab ea?

I mBéal na Pluaise. Dúirt sí go raibh sé le foilsiú go gairid, agus d'fhiafraigh mé di an raibh aon chaint aici féin ar thaispeántas.

Tá, ar sí. Ach nach taispeántas ar fad é?

Mac Alastair a dúirt, a deirimse. Ní maith leat an chaint seo a bhíonn aige faoin rí agus an bandia? a d'fhiafraigh mé di.

Thug sí croitheadh dá guaillí.

Nach rud banúil atá san ealaín i ndeireadh na cúise? Baineann na fir a gciall féin aisti.

Baineann an té a cheannaíonn í a chiall féin aisti, ar sise go docht.

Thóg sí clóscríbhinn agus chuaigh ag cuardach sna leathanaigh gur aimsigh sí an rud a bhí uaithi, líne as dán 'Fear na Pluaise agus an Dá Eoin'. Léigh sí amach sliocht a chríochnaigh le *Bristear bainc, díshealbhaítear pobail, cuirtear uachtaráin dá gcois.*

Mac Alastair dár ndóigh, a deirimse. Glór mór as an bhfásach.

Cheartaigh sí mé: Glór mór fir as an bhfásach.

Buaileadh cloigín an dorais thíos staighre. Silvia, ar sí, agus d'fhág sí leis na pictiúir mé fad is a chuaigh sí ag oscailt an dorais. Thóg mé an chlóscríbhinn a bhí leagtha ar an deasc oibre aici. Dánta Mhic Alastair. Bhí sí oscailte ar leathanach an réamhrá agus luigh mo shúil ar an gcéad abairt: Cuirim romham anseo miotais nua a chruthú don Ré Nua. D'airigh mé coiscéimeanna ar an staighre, agus d'fhill mé ar na pictiúir. Le balla, tháinig mé ar leathdhosaen canbhás ó sheantaispeántas, 2007. Taephotaí gorma ar chúlra buí; gráinneoga gorma ar chanbhás eile. Ansin, ar a gcúl, bhí cúpla pictiúr eile. Pictiúir péinteáilte ar chollage páipéir greamaithe ar chairtchláir chrua. Chrom mé lena scrúdú. Leathanaigh as cóipleabhair scoile a bhí sa bpáipéar, ba chosúil. Faoin screamh péinte, bhí mé in ann comharthaí matamaitice a dhéanamh amach, agus lámhscríbhneoireacht mhór mhístuama. I nGearmáinis a bhí an scríobh. Chuaigh mé ag cuardach tuilleadh den obair sin agus tháinig mé ar fhillteáin ina raibh cóip de léirmheas ar thaispeántas léi, agus ar fhillteán eile ina raibh sceitsí de Mhac Alastair. Bhí sceitse nó dhó de a rinneadh, ba léir, sa seomra ina raibh mé, agus é ina chraiceann — nó ina pheilt, ba chirte a rá, óir bhí clúmh dubh óna ghabhal aníos go húll na scornaí air. Agus mé ag breathnú air shíl mé gur aithin mé a ghlór thíos staighre agus bhíog mé i mo sheasamh. Tháinig Brídín aníos an staighre chugam.

Cara liom a bhí ansin, tá sí imithe anois. Agus ghlaoigh Silvia, tá sí ar an mbealach.

Bhí muid tagtha anuas go dtí an seomra suite nuair a tháinig Silvia isteach, riteoga dorcha uirthi agus a gúna bán banaltrachta ag gobadh amach faoi fháithim a cóta. Sheas sí agus bhreathnaigh sí faoina malaí orm nuair a tháinig sí isteach sa seomra, do mo scrúdú ó bhonn go baithis.

Tá sé ina rucstaí, ar sí le Brídín nuair a tháinig sí ar ais isteach sa seomra. Bhí an Rí agus duine de na lóistéirí sa teach aige ag troid faoi chúrsaí tí, agus tá an Rí tar éis siúl amach as an teach ina thoirneach.

Cé acu?

Eddie.

D'aithin mé cé a bhí i gceist; fear óg ciúin a bhí ag obair i dteach ósta.

Inniu a tharla an argóint eatarthu, ar sí, Eddie seo ag rá gur cuma céard a bhí socraithe eatarthu roimhe sin nach raibh sé sásta déileáil le fear an tí, agus an Rí á bhrú ar an bpointe sin, ag rá gur aontaigh sé roimh ré go gcuirfí ar chrainnte é. Dúirt an Rí leis gur airsean a thit an cúram, ach ní raibh aon mhaith ann.

D'inis Silvia dúinn gur lean Eilís isteach sa mbaile mór é, agus go mb'éigean di dul ar an traein in éineacht leis. Chuaigh sé ag ól, ar sí, agus d'imigh sé as radharc orainn i nDún Laoghaire.

Céard faoina chuid oibre? a d'fhiafraigh mé di.

Inniu Dé Sathairn, a dúirt sí. Muna dtiocfaidh sé abhaile ní chífimid arís é go maidin Dé Luain. Ó d'éirigh tú as an dualgas garda níl a fhios agat cén lá den tseachtain é a thuilleadh.

Rinne mé gáire léi, ach níor lua mé léi go rabhas tar éis éirí as obair na Comhairle ar fad.

Agus céard a tharlódh dá bhfágfadh an Rí an teach? a d'fhiafraigh Brídín. Bheadh sé deacair slándáil chomh maith a chur ar fáil dó i dteach eile.

D'fhéadfadh sé go mbeadh orainn bogadh amach as Baile an Bhóthair, arsa Silvia, agus teacht ar theach nua níos cóngaraí dó.

D'fhéadfadh sé bheith ar ais sa teach amárach, a deirimse, agus mé ag iarraidh caint ar an Rí agus ar Theach an Gharda a sheachaint. Tá tú ar do bhealach abhaile tar éis na hoibre? a d'fhiafraigh mé de Shilvia.

Ar mo shlí isteach go dtí an coláiste, ar sí. Táim ag dul ag staidéar.

Bhí muid ag caint ar Mhac Alastair agus an bandia, arsa Brídín.

Ó, arsa Silvia, agus d'oscail leabhar a bhí leagtha ar an mbord caife. Chonaic mé go raibh pictiúrleabhar oscailte amach aici ar ghrianghraf de mhná ag caoineadh. Bean óg timpeallaithe ag mná níos sine, iad ar fad gléasta in éadaí dubha, agus cailleacha ar na mná is sine, an bhean óg agus a cuid gruaige in aimhréidh, a lámh sínte amach go hachainíoch agus a béal ar leathadh i racht chaointe agus, ar chúis éigin, chuimhnigh mé ar an malrach sáinnithe faoin sliabh. D'iompaigh sí chugam agus chuir ceist go díreach orm. An gcreideann tusa inti?

Sa mbandia? Bandia na talún atá i gceist agat? a deirimse go héiginnte. Is dóigh nach bhfuil inti ach ainm eile ar an nádúr agus gur cuma céard a thugaimid uirthi, táimid chomh mór ina tuilleamaí inniu is a bhí riamh. Nach in atá sé a rá?

Níl a fhios agam, arsa Silvia go borb. D'fhiafraigh mé díot cad a cheap tusa.

Ach nach in é arís é? arsa Brídín os ard. Céard a thugaimid uirthi. An bhean curtha i riocht neamhshaolta le sásamh saolta a thabhairt do na fir.

D'fhiafraigh mé di céard a bhí i gceist aici.

Bronn an neamhshaol agus an t-osnádúr ar an mbean, ar sí, agus fágann sé sin smacht ar an saol agus ar an nádúr ag an bhfear.

Mar sin, a deirim, ní aontaíonn tú leis seo?

Is í Silvia a d'fhreagair. Ach tá an bandia múinte mánla so atá ag na fearaibh scoite ón nádúr. Léiriú leamh é a rinneadar le teann faitís roimh an bhfíor-bhandia.

Méabh Chruachain? arsa Brídín.

Méabh? a deirimse. Deir cara liom — staraí atá ann — go bhfuil gaol ag an ainm Méabh le mil is neachtar agus leis an deoch meá.

Sea sea sea, arsa Silvia go mífhoighdeach liom. De m'ainneoin, chúb mé siar uaithi de bheagán. Chuir sí an bob as a súile, bhreathnaigh go dána san éadan orm agus labhair mar a bheadh líne á haithris ar stáitse aici: Bean a chuireann meisce ar fhearaibh, a dhéanann cairdeas sliasta le ríthe is le laochra, agus nach raibh riamh gan fir ar scáth a chéile aici. Bean mhéith chuarach cholpach shúmhar spreacúil bheo.

Ní bréag a rá gur baineadh siar asam agus, ar fheiceáil mo mhíchompoird do Shilvia, rinne sí gáire agus leag a lámh ar mo ghlúin. Líne as dán le hÉamonn, ar sí.

Caithfidh mé é a léamh, a deirimse go múinte.

Thóg sí a lámh agus dúirt go dtabharfadh sí an leabhar ar iasacht dom.

Bhuel, tá coinne ag an mbandia seo anocht, arsa Brídín agus d'éirigh sí ina seasamh.

Bhreathnaigh mé go héiginnte uirthi.

Henri, ar sí. Caithfidh mé mé féin a réiteach le dul chuig dráma.

D'éirigh mé i mo sheasamh. Agus slán á fhágáil agam aici thug mé moladh di as na pictiúir a bhí feicthe sa stiúideo agam. Na collages, a deirim. Tá siad an-spéisiúil. Céard atá scríofa ar na leathanaigh?

Collage? ar sí. Ó, iad sin. Ní cuimhin liom. Seanchóipleabhair a fuair mé ó chara liom nuair a bhí mé i mBeirlín. Níor bhreathnaíos riamh orthu. Bhí sé i gceist agam na pictiúir a thabhairt mar bhronntanas d'Henri.

Thosaigh an fón póca ag preabarnaíl arís. D'aithin mé an uimhir. An Seansailéir, a deirim de gháire.

Freagair é, arsa Silvia, agus abair leis ná fuileann tú ar fáil.

Ní raibh mé sásta aghaidh a thabhairt ar an Seansailéir os comhair Shilvia. Chiúnaigh mé an fón agus chuir ar ais i mo phóca é.

Chuir sí strainc uirthi féin. Tánn tú ana-dháiríre féna bheith gar don Rí, ná fuil?

Go leithscéalach, dúirt mé léi nach raibh ann ach siombail nó meafar i ndáiríre.

Sular fhéad mé níos mó a rá tháinig sí romham go giorraisc. Tánn tú ag labhairt cosúil le Brídín anois, ar sí, agus iarraidh den déistin ar a glór.

Bhreathnaíos ar Bhrídín agus rinne sí gáire.

Ach sula bhféadfainn freagra a thabhairt ar Shilvia bhí sí ina seasamh sa doras oscailte agus a cóta dúnta uirthi. Chrom mé le mo chóta a thógáil ón tolg agus é i gceist agam í a leanacht amach, ach bhí a lámh crochta i mbeannú aici dom agus an doras á dhúnadh aici ina diaidh.

Bhí sé deireanach go maith nuair a bhain mé an teach amach agus dordán an cheoil le cloisteáil faoin mbáisteach taobh amuigh. Tar éis scaithimh mhaith ag bualadh ar bhoschrann práis an dorais agus ar phána na fuinneoige ligeadh isteach mé, agus mhínigh mé don strainséir a d'oscail an doras — duine de lóistéirí an tí — cé mé féin. Fuair mé boladh an channabais sa halla. Chuir sé fáilte romham, sheol isteach sa seomra suite mé mar a raibh ochtar nó naonúr fear is ban óg sínte ar an tolg is ar shuíocháin is ar chathaoireacha agus fiú ar an urlár, iad ag caitheamh raithní agus gan mórán spéise acu sna cannaí beorach a bhí oscailte ar an mbord íseal idir an tolg agus gráta folamh na tine.

Go caoithiúil, ghlacas leis an nuta te báite a shíneadh chugam agus bhain gal as sular shín mé chuig an gcailín ba ghaire dom é, mo shúile ag cuardach i mo thimpeall go dtáinig mé ar mo dhá mhála carntha i gcúinne an tseomra in aice leis an seinnteoir dlúthdhioscaí. Chaith mé mé féin siar orthu agus, tar éis scaithimh, nuair nach raibh aon mhaolú ag teacht ar an gceol, dhún mé mo shúile agus lig orm féin go raibh mé i mo chodladh.

In ainneoin mo thuirse, ní raibh mé in ann codladh, ach na ceisteanna céanna á gcur thart i mo chloigeann agam. Tharla go raibh ardú céime faighte agam ní bheinn ar dualgas garda níba mhó agus ní móide go bhfeicfinn an Rí go rómhinic. Ní raibh Mac Alastair feicthe ach aon uair amháin agam ó chuaigh mé i dTeach an Gharda. Ní móide, ach oiread, go mbeadh deis agam mórán oibre a dhéanamh ar na cóipleabhair. Go deimhin, cé gurbh í an Ríocht a thug deis dom an Rí a fheiceáil i gcéaduair, ba í an Ríocht chéanna a bhí do mo choinneáil uaidh. Ach cé go raibh mé imithe as an Ríocht, ní raibh de leaba anois agam ach mo mhála leabhar is éadaigh agus, fiú nuair a tháinig deireadh leis an gceol, b'éigean dom éisteacht le fuaimeanna cúplála ar an tolg ar feadh leath na hoíche. Bhí sé in am agam áit a chuardach dom féin. Ba ag cuimhneamh ar Eilís a bhí mé nuair thit mo chodladh orm.

Nuair a dhúisigh mé bhí Liam suite ar an gcathaoir uillinn, an cuirtín oscailte aige ar lá gruama liath, muigín tae ina ghlac aige agus é ag léamh as ceann de mo chuid cóipleabhar.

Beagán de chóisir anseo aréir, ar sé. Ar choinnigh siad i do dhúiseacht thú?

D'fhan mé i mo chnap ar an urlár, agus dúirt mé nár choinnigh.

Leag sé uaidh an cóipleabhar go tuirseach. Chríost, tá áthas orm nach bhfuilim ag múineadh.

Níos deireanaí, ar mo bhealach amach, d'fhiafraigh sé díom an mbeadh spéis agam teacht ar thuras seandálaíochta leis go Tír Eoghain. Bheadh deis againn cúpla deoch a ól ina dhiaidh. Agus ní bheidh sí féin ann, ar sé ansin, agus é ag breathnú thar a leiceann orm.

Dúirt mé leis go dtiocfainn ann, agus d'fhág mé mar sin é.

Sheiceáil mé an fón arís, ach ní raibh aon ghlaoch tagtha ón Seansailéir.

Dhá lá ina dhiaidh sin, i dteach in eastát tithíochta sa taobh ó thuaidh den Chabrach agus an dá chos ag lúbadh fúm, thaispeáin bean mhórchnámhach mheánaosta garáiste athchóirithe dom. Bhí a folt fada liathghorm á shocrú ar mhullach a cinn le fáisceáin aici agus í ag casadh timpeall ar a sála i lár an bhedsit. Níorbh éigean an dara háit a thaispeáint dom. B'fhada liom go n-imeodh sí le go sínfinn mé féin siar ar an tolg-leaba smolchaite a bhí brúite suas in aghaidh dhoras sleamhnaithe an tseomra folctha, idir an citeal is an barr oighinn a raibh cisteanach baiste aici air agus an stól is bord ar a dtug sí an limistéir só. D'fhan mé go raibh an cíos agus iarlais ceithre chéad euro comhairthe ag Bean Mhic Oireachtaigh, comhairle curtha aici orm athuair i dtaobh an téitheora aibhléise, agus go raibh an doras tarraingthe ina diaidh, sular leath mé mo chuid braillíní ar a leaba, shín mé mé féin siar faoin gcuilt agus thit mo chodladh orm.

Dhúisigh mé sa dorchadas i mo leaba bheag chaol, an phluid tite díom agus crónán ag teacht ón gcuisneoir. Nuair a thuig mé cá raibh mé, tharraing mé aníos an phluid orm féin arís. Bhí mé chomh sásta go raibh mé i mo theachín féin gur thóg mé mo fón i mo ghlac, ach nuair nach raibh mé in ann cuimhneamh ar aon duine leis an scéal a roinnt leis, leag mé uaim arís é.

Tar éis dom an cuisneoir a líonadh agus mo mhála éadaigh a thabhairt liom as teach Liam ba é an chéad rud a rinne mé an lá dár gcionn áit a dhéanamh do mo chuid beart cóipleabhar is páipéar is leabhar le hais na leapa. Bhí boladh ar na leathanaigh, agus cuid acu ag greamú dá chéile, agus níor mhiste iad a chóipeáil gan mhoill. D'fhan mo chuid éadaigh gur réitigh mé spás don ríomhaire ar an mbord ar dtús, agus gur ghreamaigh mé an léarscáil ar an mballa os a chionn. Ní dheachaigh mé amach go ceann seachtaine ina dhiaidh sin ach amháin san oíche, mar a bheadh ainmhí ann, chun seilg a dhéanamh ar arán, ar bhainne, ar bhrioscaí is ar earraí reoite sa siopa beag ar bharr na sráide. Chaith mé na laethanta ag léamh, ag athscríobh, agus ag breacadh nótaí.

Cosúil leis an bpiúratánach dúr fad-bhreathnaitheach a choinníonn a chuid púdair tirim ach a bhíonn in éad leis an gcaivilír caithréimeach sráide a mhaireann ar ala na huaire, cé go santaímse freisin in amanna an comhluadar, le fírinne ní raibh mé riamh chomh sásta agus a bhím agus mé dúnta isteach liom féin is mo chuid leabhar is mo chuid nótaí, agus mé ag breacadh fúm is tharam.

Sleachta as na Cóipleabhair II

De réir cuntais, i ndeireadh na 19ú hAoise bhí seict sna tíortha Slavónacha a thug adhradh don Impire Napoléon. Dar leo, níor cailleadh riamh é, ach go bhfuil sé in Ircúsc sa tSibéir ar cheann airm ollmhóir agus é réidh arís leis an domhan a chur faoi smacht.

Ba i ndeisceart na Tuirce le linn an tríú crosáid a bádh an tImpire Feardorcha Barbarossa. Níor chreid a chuid géillsinach sa nGearmáin go raibh sé caillte, agus bhí súil i gcónaí lena theacht ar ais.

Deirtear faoin Impire gur i bpluais i sliabh Kyffhäuser in Thuringia atá sé, suite ag bord cloiche agus a cheann anuas ar a láimh aige. Cosúil leis an Rí Séarlas V i Wodenesberg, tá a fhéasóg ag fás timpeall ar an mbord. *Tá an bord timpeallaithe faoi dhó ag an bhféasóg agus nuair a bheidh sí timpeall air den tríú huair dúiseoidh sé. Tiocfaidh sé amach as an bpluais ansin, crochfaidh sé a sciath ar chrann feoite agus tiocfaidh an crann faoi dhuilliúr.*

Tháinig aoire chuig an bpluais lá agus an phíb á seinm aige. Dhúisigh an tImpire agus d'fhiafraigh sé de an raibh na fiacha dubha fós ag eitilt timpeall an tsléibhe? Tá, a d'fhreagair an t-aoire. Más ea, a dúirt an tImpire, caithfidh mé codladh ar feadh céad bliain eile.

I gcath Chamlainne d'fhulaing Artúr rí na mBriotanach goin bháis, agus tugadh i mbád é go hAbhalloileán, nó oileán na gcrann úll. Beidh sé ansin nó go gcuirfear fios arís air.

Tar éis cúpla lá, bhraith mé go raibh caoi á cur agam ar na cóipleabhair. Ar an ríomhaire bhí a bhformhór anois agus iad athscríofa agus curtha in eagar agam. I siopa ar Bhóthar na gCloch phriontáil mé cóip den mhéid a bhí déanta agam. B'fhéidir go raibh an ceart ag Rico, a dúirt mé liom féin agus an chlóscríbhinn á meá i mo lámha agam. Bhí cuma an úrscéil uirthi. Ego agus bród, a dúirt mé ansin agus an cual páipéir á leagan uaim agam. D'fhill mé ar an ríomhaire.

Sleachta as na Cóipleabhair III

Nuair a d'fhógair na Trí Ríthe gur saolaíodh Rí na nGiúdach i mBeithil, chuir Héaród a chuid saighdiúirí amach chun gach naíonán fir i gcomharsanacht an bhaile sin a mharú. Is é Iósaf a thug Muire agus Íosa slán leis as Beithil go dtí an Éigipt.

In Legenda Aurea *Jacobus de Voragine, nuair a bhí fear céile á roghnú don Mhaighdean Muire, iarradh ar na baintreacha a gcuid maidí siúil a leagan ar an altóir. Nuair a leag Iósaf a mhaide siúd ann tháinig sé faoi bhláth.*

Dar le Soiscéal Naoimh Lúcás, col ceathrar leis an Maighdean Muire ab ea Eilís, máthair Eoin Baiste. Chuaigh Eoin Baiste ag seanmóireacht ar bhruach na hIordáine, dar leis an Soiscéalaí, mar réamhtheachtaí Íosa Críost. Ar ordú Héaród, Teatrarc na Gailílé, cuireadh Eoin Baiste chun báis. Chuaigh Íosa Críost ag seanmóireacht i measc na nGiúdach agus cúpla bliain ina dhiaidh sin ghabh Héaród é, bhronn sé an teideal Rí na nGiúdach air agus chuir sé chun báis é.

Creideann Críostaithe go ndeachaigh Íosa sna Flaithis ach go dtiocfaidh sé ar ais ar Lá an Luain chun breithiúnas a thabhairt ar bheo agus ar mhairbh. Creideann Moslamaigh nach bhfuair sé bás ar an gcros, ach gur tugadh in airde chun na Flaithis é agus go dtiocfaidh sé ar ais chun an tAinchríost a mharú agus chun pobail an Bhíobla a aontú.

Cúig bliana d'aois a bhí Muhammad el-Mahdi nuair a cailleadh a athair, an t-aonú iomám déag. Agus a athair á chur, deirtear gur thosaigh a uncail ar na paidreacha cois na huaighe, ach gur tháinig Muhammad amach os comhair an tslua agus go ndúirt sé lena uncail seasamh i leataobh, mar gur faoin iomám an phaidir a rá. B'ansin a d'imigh Muhammad el-Mahdi, an dara hiomám déag, as amharc. Ní caillte a bhí sé, dar lena lucht leanúna, ach faoi cheilt, mar atá ó shin.

Is beag a scríobhadh faoi Iósaf, leasathair Íosa. Ní dhéanann Naomh Pól ná na soiscéalaithe Marcas agus Maitiú aon tagairt dó. Agus níl na soiscéalaithe Lúcás agus Eoin ar aon fhocal faoina shinsear ná faoina bhaile dúchais. Níl tagairt in áit ar bith dá bhás.

Fiú i bpictiúir den Teaghlach Naofa is sa gcúlra a léirítear Iósaf.

Le bualadh chlog an aláraim, tar éis cuid mhaith den oíche a chaitheamh ag plé leis na cóipleabhair, tharraing mé mé féin den tolgleaba mar ar chodail mé i mo chuid éadaigh. Líon mé mo dhá bhos le huisce fuar ag an doirteal agus fhliuch mé m'éadan chun an codladh a bhaint as mo shúile agus, go doicheallach, thug aghaidh ar stad na mbusanna. Tar éis uair an chloig go leith ar an mbóthar i gcomhluadar Liam agus chumann seandálaíochta na hollscoile, chuamar ag siúl ar chosán trí gharranta ar sheanláthair catha taobh ó dheas d'Ard Mhacha agus fear beag fiarshúileach ár dtreorú tríd an bhféar, cóta éadrom báistí air os cionn a chulaithe is a charbhait. Tháinig glaoch ón Seansailéir. Níor fhreagair mé é. Cúig nóiméad ina dhiaidh sin tháinig glaoch ó Bhrídín. Bhí an Rí ar iarraidh ó d'fhág sé an teach cúpla lá roimhe sin. Bhí saoire cúpla lá tógtha aige ón obair agus gan duine ar bith in ann teacht air.

D'fhiafraigh mé di cá bhféadfadh sé a bheith.

Níl tuairim againn. Ach fan go gcloisfidh tú. Tá Eddie sin — duine de na buachaillí atá ag roinnt tí leis — san ospidéal agus a dhá chos briste aige i dtimpiste bóthair. Leag carr é inniu agus é ar a bhealach abhaile óna chuid oibre.

Tá síocháin déanta mar sin? a d'fhiafraigh mé di. Ach ní féidir a bheith cinnte go bhfanfaidh sé sa teach sin i bhfad eile.

Ní dóigh liom go bhfuil an t-airgead aige áit nua a chuardach, ar sí. Thaispeáin an Seansailéir cóip de bhille ón gCáin Ioncaim dom inniu, ceithre mhíle euro. Ní bheidh sé ag cuardach tí dó féin go ceann píosa, cheapfainn.

An bhfuil sé gann ar airgead?

Tá sé níos fearr as ná mar atá go leor eile. Ach, dár ndóigh, cé againn a bheadh in ann ceithre mhíle euro a íoc amach ar iompú do bhoise?

Fós féin, níl sibh in ann teacht air?

B'fhéidir nach am maith é seo le stailc a chur suas.

B'fhéidir gurb é an t-am is fearr é.

Tar éis ceapaire a ithe ar an mbus ag am lóin, thuirlingíomar ar an mbóthar taobh amuigh de theach feirme i lár Thír Eoghain. Ní raibh glaoch ná teachtaireacht tagtha ón Seansailéir ó mhaidin, agus rith sé liom go mb'fhéidir nach rabhadar ag brath orm leath chomh mór is a shíl Brídín is Silvia.

Ón mbóthar ag an Tulach Óg, thaispeáin an treoraí ionad oirnithe Uí Néill dúinn. Ba é an rud ba shuntasaí faoin tulach ar a raibh Leac na Rí chomh beag is a bhí sí. Murach na crainn a bhí ina gcoróin ar a mhullach ba bheag a cheapfadh nach raibh ann ach cnocán beag i measc na gcnocán beag eile sa tír fheirmeoireachta seo gona tithe aolbhána dhá stór, a cuid fálta sceiche, iothlainneacha is tarracóirí. Bhí sé tar éis am lóin nuair a sheas muid ar an mbrat duilleog órdhonn taobh istigh den ráth, agus fuaim bhog na gaoithe sna géaga loma darach os ár gcionn. Shiúil muid ar an gcosán a bhí ar an móta thart timpeall ar an ráth, agus chruinníomar le chéile le go gcloisfeadh muid ár dtreoraí. Bhí an fearín beag fiarshúileach ar borradh le díocas is le bród as fearann a shinsir, mar a mhaígh sé dúinn níos luaithe ar an mbus. Anseo, ar an láthair seo, ar sé agus a lámh a shíneadh ina thimpeall aige, a sheas Ó Néill agus é á ghairm ina thaoiseach ag Ó hÁgáin is Ó Catháin; a chuid feidhmeannach is constáblaí, chomh maith le gallóglaigh agus ceithearnaigh an Lucht Tí ar dualgas; ríshliocht Uí Néill agus taoisigh Thír Eoghain i bhfáinne thart timpeall orthu; agus thart timpeall orthu sin arís bhí slua an taoisigh. Is anseo, le ceithre chéad bliain, a cuireadh an tslat i láimh an taoisigh agus a crochadh an bhróg os a chionn.

Bhí mo cheann crochta sna crainn darach agam, agus na scórtha caróg ag guairneán go glórach os cionn na gcrann. Trí na géaga loma chonaic mé an teach bán feirme arís, agus fear i gcóta mór dorcha ag seasamh amach ar an mbóthar le hais an tí, agus maide ina láimh. Dhreap gasúr in airde ar gheata iarainn agus d'oscail isteach sa bpáirc é. Tar éis nóiméid nó dhó tháinig an chéad bhó amach an geata go spadánta agus líne beithíoch ag teacht go malltrialach ina diaidh. Chrom mé faoi dhair le píosa bruscair a thógáil den talamh. Stoca beag bán a shíl mé a bhí ann, ansin chonaic mé an ribín ceangail uirthi agus d'aithin mé gur bhróg naíonáin a bhí ann.

Rinne Liam gáire. Do chéad iarsma seandálaíochta, ar sé. Tá sí craptha le haois más í an bhróigín chéanna í a chroch an

Cathánach os cionn Uí Néill agus é á ghairm.

Is dóigh gur fearr í ná pláta briste, a deirimse.

Chuir mé an bhróigín i mo phóca agus é i gceist agam í a chaitheamh sa mála bruscair nuair a d'fhillfinn ar an mbus. Ghlaoigh an fón i mo phóca agus mhúch mé é.

Ag breathnú uaim chonaic mé clabhtaí dubha ar a mbealach aniar, agus bus turasóirí ag teacht chugainn ar an mbóthar. Rinneamar an timpeall arís agus nuair a tháinig sé ina dhoirteadh báistí sheasamar isteach faoi chrann darach.

Bhfuil tú cinnte go bhfuil tú ceart go leor, a Jó? ar sé.

Ceart go leor?

Tá mé ag déanamh imní fút.

Breathnaigh, más fúithi féin é seo níl mé ag iarraidh é a chloisteáil.

Ní hea, níl ann ach.

Níor lig mé dó an abairt a chríochnú. Níl mé ag iarraidh é a chloisteáil, a deirim.

Faoin am ar bhain muid an bus amach bhí an bháisteach stoptha agus an ghrian ag scairteadh as cúl scamaill. Shuigh mé liom féin i gcúl an bhus mar a fuair mé amharc deireadh ar an doirín darach os cionn na tulaí agus coróin eile — coróin caróg an uair seo — ar foluain san aer os cionn na gcrann, agus chuir mé mo lámh i mo phóca gur mhothaigh mé an bhróigín olla.

Níos deireanaí, agus muid ag teacht isteach ar na céanna chonaic mé 'S' corónaithe ar bhinn shráide agus thíos faoi an focal: Umhlaígí. Agus mé ag tuirlingt den bhus taobh amuigh de Stáisiún an Phiarsaigh, síneadh amach bileoga, sheas uachtarán an chumainn agus léigh amach fógra faoi thuras seandálaíochta go dtí an Tuirc a bhí beartaithe acu. Gan focal le Liam, thug mé aghaidh ar Shráid Ghrafton.

D'aimsigh mé binse dom féin ar phlásóigín chúlráideach i bhFaiche

Stiabhna agus chuaigh mé ag léamh an pháipéir agus ceapaire á phlacadh faoi shásamh agam. Ar an dara nó an tríú leathanach luigh mo shúil ar thagairt do Shliabh Altaí na Sibéire — a raibh Liam ag caint air, tráth — ar theideal ailt faoi pholaiteoirí Rúiseacha a maraíodh i dtimpiste héileacaptair agus iad ag seilg go mídhleathach. Trasna ón alt gearr sin bhí grianghraf de bheirt fhear á dtionlacan as teach cúirte ag an nGarda Síochána. Bhí an fear rua ar dhuine acu, agus é cúisithe as robáil armáilte ar oifig poist. Léas agus d'athléas an t-alt agus scrúdaíos an pictiúr go mion gan teacht ar aon eolas breise, cé is moite dá ainm is dá sheoladh, agus leag uaim an páipéar. Ba ansin a chonaic mé na madraí chugam, dhá mhadra mhóra dubha ar iall agus cúigear nó seisear fear is ban óg a raibh a gcloigne bearrtha chun tosaigh orthu agus an folt ligthe ar chúl, a gcuid éadaigh scaoilte agus a gcneas buí ar taispeáint. Bhí duine amháin níos sine ina measc, fear a bhí chomh buí leis an gcuid eile díobh ach go raibh a chraiceann an-roicneach, agus dhá shúil an-ghorm ag lasadh ina cheann lombhearrtha. Ba deacair aois a chur air. Bhí mé scaitheamh á mbreathnú sular iompaigh duine acu i mo threo, bean óg shlachtmhar, agus í ag áitiú orm toitín a thabhairt di. Bhí mullach a cinn bearrtha, fáinne mór óir ina cluas agus súgáin fhada ghruaige ligthe anuas lena droim. Stán sí orm amhail is gur aithin sí mé. Bhí mé cinnte nach bhfaca mé cheana í.

Toitín, ar sí arís. Agus nuair nach raibh ceann agam di thug sí baincéir orm. Is dóigh gur duine de na baincéirí sin thú atá tar éis an tír a ligean go gaineamh rua.

Baincéir? a deirimse, agus iontas orm. Ní raibh bóna ar mo léine, gan trácht ar charbhat. Rith sé liom go raibh mé tar éis codladh sna héadaí a bhí orm le cúpla oíche agus chuimhnigh mé arís ar an méid a dúirt Liam liom.

Ba ansin a chonaic mé é. An Rí, agus é ag siúl tharainn i dtreo gheata Shráid Ghrafton. Bhí sé díreach mar a d'fheicinn i mBaile an Bhóthair é, anorac éadrom air agus caipín cadáis dingthe anuas ar a cheann, agus é ag imeacht roimhe de shiúl tréan scafánta.

Forbróir, a dúirt an bhean óg le gangaid, agus thug mé an tuin Sasanach faoi deara. Ar an bplásóg taobh thiar di, bhí a cuid compánach doirte amach ar bhféar agus iad ag macnas leis na madraí, cé is moite de bheirt nó triúr, mo dhála féin, a bhí ag breathnú ar an Rí agus é ag siúl tharstu. D'fhág duine acu a chuid comrádaithe agus tháinig anall chomh fada léi, é ag stánadh go feargach orm agus a dhoirne dúnta aige. Cosúil leis an gcailín, bhí a mhullach bearrtha agus a chúl ligthe anuas thar a mhuineál.

D'éirigh mé agus shiúil mé i ndiaidh an rí agus an Sasanach mná ag cur mallachtaí i mo dhiaidh. Lean mé amach as an bPáirc é agus na geataí á ndúnadh ag na maoir don oíche, mé ag teacht le teannadh ina dhiaidh agus mo dhorn fáiscthe go feargach agus mé ag cur díom os ard faoi chrusties agus faoi dhaoine fiosracha.

Ar Shráid Ghrafton chas sé go tobann isteach i siopa mór éadaigh. Bhí mé in ann é a fheiceáil ag déanamh a bhealach trí na pasáistí idir seastáin léinte nuair a sheas fear slándála amach romham, gaireas fóin faoina chluais aige agus gnúis chrua dúnta air.

Gabh mo leithscéal, ar sé. Tá faitíos orm nach féidir leat teacht isteach anseo.

Baineadh an chaint díom.

Dúirt sé arís é.

Cén fáth? a deirim, agus mé ag iarraidh an scéal a thuiscint.

Tá sé de cheart ag an mbainisteoireacht cead a dhiúltú duit.

Ón bhféachaint a thug sé ó bhonn go baithis orm thuig mé gur ag tagairt don chuma a bhí orm a bhí sé — nó an é go raibh mé ag caint liom féin os ard? Thugas súil i mo thimpeall go bhfeicfinn an raibh scáthán i ngar dom. Thar na seastáin éadaigh bhí mé in ann an Rí a fheiceáil ina sheasamh ag caint le fear óg fionn, comhaois leis féin. Rinne an fear fionn gáire, sheas siar uaidh agus shlíoc sé a lámh trína chuid gruaige. Bhí an dara fear slándála tagtha ar an láthair anois, an chulaith chéanna air is a bhí ar an gcéad fhear, agus é ina sheasamh idir muid agus na custaiméirí eile a bhí ag dul isteach is amach tharainn.

Tá brón orm, ach caithfidh mé iarraidh ort imeacht.

Gan focal, chas mé ar mo chois agus shiúil amach.

Bhíos croite go maith faoin am ar bhaineas an teach amach agus, lom láithreach, chuir mé an t-uisce á théamh — bhí faitíos orm nach ligfí ar an mbus ar an mbealach abhaile mé, nó go stopfadh an Garda Síochána mé, agus d'éalaigh mé isteach sa mbedsit le súil nach bhfeicfeadh Bean Mhic Oireachtaigh mé. Fad is a bhí mé ag fanacht go dtéifí an t-uisce chuir mé síos an citeal agus chuaigh mé ag ransú trí mo chuid éadaigh. Bhí plátaí is muigíní salacha leagtha os cionn leabhair is páipéir. Ba bheag a bhí agam nach raibh salach. Bhí an péire deinim ba ghlaine a bhí agam stróicthe ar a bhun agus crústáilte le bia. Fiú mo bhróga, bhí puiteach cruaite orthu. Baineadh preab asam nuair a bhreathnaíos sa scáthán. Bhí cluimhreach seachtaine ar mo ghialla, mo shúile dearg le tuirse, agus glib ghréisceach anuas thar mo bhaithis.

Chuir mé braon te as an gciteal i mbáisín a fuair mé faoin doirteal, agus dhoirt mé braon fuar ann. D'éirigh liom púdar níocháin a bhaint as tóin bhosca cairtchláir a d'aimsigh mé in éineacht leis an mbáisín, agus chuir san uisce é. Bhain mé díom mo thí-léine agus chuir ar maos í, ansin chuaigh á fuineadh sa sobal. Faoin am a raibh dhá phéire stocaí agus dhá fhobhriste fáiscthe agus crochta ar triomú agam, agus tí-léine crochta in aice an fholcadáin le súil go mbainfeadh an ghal na filltíní aisti, bhí mé i mo sheasamh lom nocht ar urlár an bhedsit. Sular shuigh mé isteach sa bhfolcadán, chuaigh mé ag cuardach chlóscríbhinn an tráchtais.

Nótaí ar thráchtas Liam Uí Bhriain:

Is le cur síos gearr ar scéal Mhic Con, nó scéal Lughaidh Mhic Con (bunaithe ar na leaganacha foilsithe den scéal sin), a thosaíonn tráchtas Uí Bhriain. Mac le rí Chorca Loídhe in iardheisceart na

Mumhan agus le Sorcha iníon an Ardrí Conn Céadchathach ab ea Mac Con. Tar éis bhás a athar, phós a mháthair Ailill rí Mumhan agus ba i dteach Ailealla in éineacht lena chlann siúd a tógadh Mac Con. Tháinig idir Mac Con agus a leasdeartháir, Eoghan Mór, lá, agus thaobhaigh Ailill lena mhac féin. D'imigh Mac Con uathu le stuaic, agus gan de chuideachta aige ach a chompánach dílis Dodéara agus a *aite* nó a athair altrama, an seanghaiscíoch Lughaidh Lágha. Bhailigh sé slua i measc a mhuintire féin i gCorca Loídhe agus d'fhill sé le cogadh a fhearadh ar Ailill Mumhan agus a chlann mhac. Ag Ceann Abhraid (i Sliabh Riabhach, taobh thoir de Ráth Loirc) casadh an dá shlua ar a chéile agus, nuair a bhí idirghabháil ar bun idir Mac Con agus Ailill, rinneadh ionsaí fealltach ar shlua Mhic Con agus briseadh orthu.

Le linn na maidhme, tháinig a chompánach Dodéara chuig Mac Con agus d'iarr sé ar Mhac Con an choróin a bhí á caitheamh aige a bhaint de, ionas nach n-aithneodh a chuid naimhde é, agus í a chur air féin. Rinne Mac Con rud air. Tháinig Eoghan Mór sa tóir ar Mhac Con agus chuaigh sé chun troda le Dodéara, ag ceapadh dó gurbh é Mac Con féin a bhí roimhe. Sháigh Dodéara a shleá in Eoghan Mór sa gcomhrac, á ghoineadh, ach mharaigh Eoghan Mór é agus bhain an ceann de.

D'imigh Mac Con is Lughaidh Lágha ar a dteitheadh go hAlbain, agus chruinnigh siad slua gaiscíoch ann le filleadh ar Éirinn. Ar theacht go hÉirinn dóibh, d'fhear Mac Con cath ar Ailill agus ar an Ardrí Art Aonfhear mac Coinn Chéadchathaigh i Má Mucraimhe (in Eachréidh na Gaillimhe), briseadh ar Ailill, agus maraíodh an tArdrí. Le linn an chatha, osclaíodh seanchréacht a bhí ar Eoghan Mór — gortú a bhain dó de bharr a sháite ag Dodéara i gCeann Abhraid — agus fuair sé bás da bharr. Tar éis an chatha rinneadh ardrí de Mhac Con i dTeamhair.

Achoimre atá ansin ar 'Scéal Catha Chinn Abraid', scéal a thóg an tAth Máirtín Verling síos san 18ú haois ó lámhscríbhinn (nach maireann) le Ruaidhrí Ó hEachaidhéin. Tá lámhscríbhinn Verling anois in Ollscoil na hÉireann, Baile Átha Cliath. Tá roinnt difríochtaí suntasacha idir leagan Verling den scéal agus na heagráin fhoilsithe eile. Ní hionann agus leagan Verling, sna heagráin eile — tá leaganacha ar fáil i Leabhar Buí Leacain 'Aiged Meic Con' (Máirín Uí Dhálaigh, 1975), i lámhscríbhinn Laud 610 'Aillil Aulom, Mac Con and Find ua Báiscne' (Kuno Meyer, 1910), agus in Foras Feasa ar Éirinn (Pádraig Ó Duinín, 1905) — maraíonn Eoghan Mór Dodéara i gCath Cheann Abhraid, ach ní ghoineann Dodéara Eoghan Mór, agus i gCath Mhá Mucraimhe is é Lughaidh Lágha a mharaíonn Eoghan Mór.

Difríocht eile idir an leagan den scéal a scríobh Ruaidhrí Ó hEachaidhéin agus na heagráin fhoilsithe, iontu sin ar fad nuair a bhristear cath ar shlua Mhic Con, tógann Dodéara an chóróin uaidh, cuireann ar a cheann féin í, teitheann Mac Con ón gcath agus caitear sleá leis agus leontar é. I leagan Uí Eachaidhéin níl aon chur síos ar a theitheadh ná ar a leonadh sa gcois.

Ní hionann agus na heagráin eile, tagann deireadh le scéal Ruaidhrí Uí Eachaidhéin agus Mac Con ag imeacht go hAlbain ag iarraidh cúnaimh ó rí Alban agus, go hachomair, deir Ó hEachaidhéin gur fhill Mac Con ar Éirinn chun Ailill agus Eoghan Mór a threascairt ag Cath Mhá Mucraimhe agus ceannas na Teamhrach a bhaint d'Art Aonfhear. Níl aon chur síos aige ar fhlaitheas ná ar bhás Mhic Con.

San anailís ar na difríochtaí idir na leaganacha éagsúla den scéal, is é a áitíonn an tráchtas orainn gur mhéadaigh Ruaidhrí Ó hEachaidhéin ar thábhacht Dhodéara ina leagan siúd, agus gur thaispeáin sé Mac Con féin ar bhealach níos báúla. In iarracht teacht ar mhíniú ar na difríochtaí sin, filleann Liam ar lámhscríbhinn an Athar Verling. De réir na ndátaí agus fhianaise na sleachta eile atá sa lámhscríbhinn is féidir a dhearbhú gur i dtús an 18ú hAois a scríobhadh an lámhscríbhinn féin agus gur cóip atá sa gcéad chuid di de lámhscríbhinn níos sine. Dánta diaganta is mó atá sa scríbhinn sin, agus níl ach scéal próis amháin eile inti, 'Bodach an Chóta Lachtna'. Maidir leis an gcuid tosaigh den lámhscríbhinn (ina bhfuil 'Scéal Catha Chinn Abraid'), tugann an tAth Verling le fios gur cóip atá ann de lámhscríbhinn níos sine a scríobh Ruaidhrí Ó hEachaidhéin do Sheán mac Cuinn Uí Néill.

Díríonn an tráchtas ansin ar an scríobhaí agus a phatrún. Bhí an t-ainm agus an sloinne Ruaidhrí Ó hEachaidhéin ar chúpla duine d'fhilí oirthear Chúige Uladh sa tréimhse 1400-1700 agus, mar sin, ní thugann sé sin dáta dúinn don scríobhaí áirithe seo.

Ach, maidir leis an bpátrún, cé gur tugadh Seán mac Cuinn Uí Néill ar chúpla duine sa tréimhse chéanna sin, ó fhianaise sa scéal féin áitítear orainn gur don duine ba cháiliúla díbh sin, do thaoiseach Thír Eoghain, Seán Donnaíleach mac Coinn Bhacaigh mhic Coinn Mhóir Uí Néill (†1567), a scríobhadh an leagan seo den scéal agus gur mar gheall ar chosúlachtaí áirithe idir a shaol siúd agus scéal Mhic Con a roghnaíodh an scéal áirithe sin. Dar le Liam Ó Briain, rinne an scríobhaí athruithe ar an scéal, agus léiríonn na hathruithe sin gur do Sheán Donnaíleach Ó Néill a scríobhadh an scéal, agus go bhfuil eolas i mbeathaisnéis Sheáin Dhonnaíligh — is ar shaothair Chiaran Brady (1996) agus Hiram Morgan (1993) atá Liam ag brath ina chur síos ar Sheán Donnaíleach — a threisíonn leis na fianaisí seo.

Sa gcás gurbh é Seán Donnaíleach Ó Néill an Seán mac Cuinn Uí Néill a luaitear sa lámhscríbhinn, thiocfadh a réim siúd le réim an scríobhaí Ruaidhrí mac Lughaidh Uí Eachaidhéin (fl. 1571), scríobhaí de chuid mhuintir Eachaín ó Thrian Chonghail i gCúige Uladh, agus scríobhaí an scéil seo, dar le Liam Ó Briain.

Tá Seán Ó Néill ar dhuine de na taoisigh is mó a sheasann amach i stair na hÉireann. I meamraim agus i dtaifid stáit léiríonn ceannairí Shasana in Éirinn fuath ar leith dó, agus tá cur síos ag staraithe Shasana air mar mheisceoir meata agus mar bhrúid bharbartha fhealltach. Ina dhiaidh sin féin, fuair sé an ceann is fearr ar na Sasanaigh agus ar a gcomhghuaillithe ar feadh sé bliana déag, agus níorbh iad féin ach Dálaigh Thír Chonaill agus Clann Dónaill na hAlban ba shiocair lena bhriseadh ar deireadh.

Thart ar an mbliain 1530 a rugadh Seán, mac do Chonn Bacach Ó Néill taoiseach Thír Eoghain (†1559). Bhí a athair thart ar leathchéad bliain d'aois ag an am agus, tharla go raibh deartháireacha ag Seán a bhí i bhfad níos sine ná é, glacadh leis nach é a bheadh ina thaoiseach i ndiaidh a athar. Nuair a bhí sé ina pháiste tógadh ó phríomháras Uí Néill i nDún Geanainn é agus tugadh ar altramas é — de réir ghnás na haimsire — d'Ó Donnaíle, marascal Uí Néill agus taoiseach de chuid an Lucht Tí (mar a tugadh ar na teaghlaigh i bhfearann boird Uí Néill), agus tógadh i measc a chlainne siúd é i mBaile Uí Dhonnaíle, áit a raibh teach agus crannóg ag an taoiseach cúpla míle siar ó Dhún Geanainn.

Deartháir altrama leis ab ea an Dualtach Ó Donnaíle (†1567) agus Toirealach Déan Ardeaglais Ard Mhacha (†1585). D'fhás sé suas in éindí leo agus bhí dlúthcheangal i gcaitheamh a shaoil idir é agus na Donnaíligh, agus idir é agus an Dualtach, ach go háirithe. Ba uathu a fuair sé a leasainm .i. Seán Donnaíleach.

Le linn óige Sheáin, ba é a athair, Conn Bacach, a bhí ina thaoiseach ar Thír Eoghain. Ach tar éis bhás an duine ba shine de chlann mhac Choinn Bhacaigh, Féilimidh Caoch, i 1542, d'éirigh achrann sa teaghlach maidir le cé acu a bheadh ina thaoiseach ina dhiaidh. Mar gheall ar a óige is a bhí Seán Donnaíleach ag an am, níor ghlac sé páirt ghníomhach san aighneas. Ach thart faoin mbliain 1550 thosaigh sé ag cur ar a shon féin agus d'fhear sé cogadh fíochmhar in aghaidh a chuid deartháireacha. Bhí an Dualtach agus a mhuintir ina gcrann taca ag a ndeartháir altrama sna cogaí, agus ba lena gcabhair a bhain Seán Donnaíleach an chraobh óna chuid deartháireacha agus a ghabh sé ceannas Thír Eoghain i 1551. Seacht mbliana ina dhiaidh sin, tar éis bhás a athar, ba le cabhair an Dualtaigh féin a maraíodh leasdeartháir Sheáin, an Fear Dorcha Ó Néill Barún Dún Geanainn (1524-1558), agus a osclaíodh an bealach do Sheán chun go ndéanfaí é a ghairm ina thaoiseach ar Leac na Rí ar an Tulach Óg.

Lean muintir Uí Dhonnaíle lena dtacaíocht do Sheán i gcaitheamh a réimis, cathréim a tháinig chun deireadh sé bliana déag ina dhiaidh sin nuair a briseadh arm Uí Néill i gcath in aghaidh Uí Dhónaill agus Chlann tSuibhne i bhFearsaid Súilí i 1567. Maraíodh an Dualtach sa gcath agus d'éalaigh Seán.

Tar éis an chatha, thug Seán a aghaidh soir chun cúnamh a iarraidh ar na hAlbanaigh in oirthear an Chúige. Bhí Alastar Óg Mac Dónaill, duine de Chlann Dónaill Alban — teaghlach ar bhris Ó Néill cath orthu trí bliana roimhe sin — tar éis teacht i dtír i gCúige Uladh ar cheann cúpla céad Albanach. Chaith Ó Néill agus Alastar Óg dhá lá i mbun cainte i mBun Abhainn Doinne agus nuair a chinn orthu teacht ar réiteach, ar an dara lá de Mheitheamh mharaigh na hAlbanaigh Ó Néill go fealltach.

Aithníonn an tráchtas cosúlachtaí móra idir scéal Mhic Con agus beathaisnéis Sheáin Uí Néill. Ar thaobh amháin, tá aighneas ann idir Mac Con agus a leasdeartháir, Eoghan Mór; agus ar an taobh eile tá aighneas idir Seán agus a leasdeartháir siúd, an Fear Dorcha Ó Néill. Ag tacú le Mac Con tá a athair altrama, Lughaidh Lágha; agus ag tacú le Seán tá a mhuintir altrama siúd, muintir Dhonnaíle. Maraítear Dodéara, compánach Mhic Con, i gCath Cheann Abhraid; maraítear an Dualtach, compánach Sheáin, i gCath Fearsaid Súilí. Téann Mac Con go hAlbain ag iarraidh cúnaimh; agus téann Seán ag iarraidh cúnaimh ó na hAlbanaigh in Éirinn.

Ach i leagan Uí Eachaidhéin den scéal tá difríocht shuntasach amháin ann nach bhfuil in aon leagan eile den scéal, agus a réitíonn leis na fíricí staire atá ar eolas againn faoi Sheán Ó Néill. Sa leagan sin amháin is é Dodéara, compánach Mhic Con, a mharaíonn leasdeartháir Mhic Con, Eoghan Mór, rud a réitíonn leis na tuairiscí a deir gurbh é an Dualtach, compánach Sheáin, a mharaigh a leasdeartháir siúd, an Fear Dorcha.

Mar gheall ar na cosúlachtaí idir an leagan seo den scéal agus beathaisnéis Sheáin Dhonnaíligh mhic Coinn Bhacaigh Uí Néill, áitíonn an tráchtas orainn gurb é siúd an 'Seán mac Cuinn' ar dó a thiomnaigh an scríobhaí an scéal.

Ar an mbonn sin, dhealródh sé gur sna laethanta beaga sin idir bás an Dualtaigh ar an 8 Bealtaine agus scéala bháis Uí Néill a chloisteáil i dtús an Mheithimh, a shocraigh Ruaidhrí Ó hEachaidhéin scéal a chur le lámhscríbhinn a bhí á scríobh aige, agus í a bhronnadh ar Ó Néill.

Roghnaigh sé scéal ar aithin sé féin go raibh cosúlachtaí idir é agus saol an taoisigh. Ba chuige sin a roghnaigh sé scéal Mhic Con agus go ndearna sé athruithe air a threiseodh leis na cosúlachtaí idir Dodéara agus an Dualtach, agus a dhéanfadh móradh ar an taoiseach, agus bás a chompánaigh a chásamh leis.

Is cinnte gur ar mhaithe le hÓ Néill a mhóradh a d'fhág Ruaidhrí Ó hEachaidhéin ar lár an tagairt do Mhac Con ag teitheadh ó Cheann Abhraid ina leagan féin den scéal, agus ba ar mhaithe le ceangal níos mó a dhéanamh idir scéal Dhodéara agus scéal an Dualtaigh a dtugann Dodéara goin bháis d'Eoghan Mór mac Ailealla sa gcath, rud a mheabhródh páirt an Dualtaigh i marú leasdearthár Sheáin, an Fear Dorcha Ó Néill, dá phátrún. Ionas nach dtiocfadh an leasú sin ar scéal Dhodéara salach ar an stair a bhí ar eolas go coitianta (gur i gCath Mhá Mucraimhe a maraíodh Eoghan Mór), tháinig Ruaidhrí Ó hEachaidhéin ar an réiteach gur thug Dodéara goin bháis d'Eoghan Mór i gcath Cheann Abhraid agus gurbh é an ghoin sin ba thrúig bhráis dó níos deireanaí i gCath Mhá Mucraimhe.

Cuireann Ó hEachaidhéin deireadh leis an scéal agus Mac Con ar a bhealach go hAlbain ag iarraidh cúnaimh chun Ailill a threascairt agus ríocht na Teamhrach a bhaint amach, rud a léireodh an cás a raibh Ó Néill ann in am a scríofa — ar a bhealach soir chuig Clann Dónaill Alban lena gcabhair a iarraidh chun a chuid naimhde a threascairt.

Dhealródh sé, mar sin, gur in am éigin tar éis bhás an Dualtaigh (8 Bealtaine) agus roimh bhás Uí Néill (2 Meitheamh) nó roimh theacht scéala a bháis go Tír Eoghain go gairid ina dhiaidh sin, a scríobh Ruaidhrí Ó hEachaidhéin an scéal, agus go raibh Ó Néill fuar marbh sular éirigh leis an scríobhaí mí-ámharach a lámhscríbhinn a bhronnadh air.

Nílim dall ar na himpleachtaí atá ansin do mo thráchtas féin, agus ar mo thuiscint ar an nGiolla Rí. Má chonaic file de chuid mhuintir Eachaidhéin an chosúlacht a bhí idir cairdeas Uí Néill leis an Dualtach Ó Donnaíle agus an cairdeas a bhí idir Mac Con agus Dodéara, an bhfaca Ó Néill féin é? Agus ar thuig an Dualtach féin, agus Dodéara, ról an Ghiolla Rí? Agus ardaíonn sé sin an cheist mhór i mo chás féin: an feidhm chomhfhiosach atá sa Ghiolla Rí, agus an feasach don Rí cé hé an Giolla Rí? Agus, más feasach dó é, cén fáth gur strainséir dó mise i gcónaí?

Bhí os cionn trí ceathrú uaire caite san uisce agam, braon te á dhoirteadh agam ann de réir mar a theastaigh sé, agus na leathanaigh taise á gcasadh le teann spéise. Ar deireadh nuair a bhí an t-uisce ag fuarú sa sconna, leag mé uaim an chlóscríbhinn ar an stól in aice an fholcadáin, agus dhírigh mé aníos san uisce. Ar snámh le mo thaobh bhí ribe fada dorcha. Chuimhnigh mé ar Bhean Mhic

Oireachtaigh agus a folt fada liath cuachta ar bharr a cinn aici agus, le teann déistine, rug mé air idir ordóg is corrmhéar agus d'ardaigh mé as an uisce é. Ní raibh deireadh ar bith leis. Leis an láimh eile d'ardaigh mé an ribe fada gruaige aníos as an sobal, agus mé ag iarraidh a f had a thomhais. Leis sin, d'airigh mé tarraingt bheag ar pholl mo thóna. Scaoil mé leis an ribe agus shuigh mé aníos de gheit. Cuireadh scéal uafásach sin Mhic Con is na luch i gcuimhne dom. Go cúramach, rug mé ar an ribe arís, á fhilleadh timpeall ar mo dhorn, agus tharraing arís. Mhothaigh mé an tarraingt arís ar mo thóin. Tháinig íomhá an eireabaill chugam arís, agus scaoil mé leis an ribe amhail mar a bheadh rud beo ann. D'fhan mé cúpla soicind sular rug mé air den tríú huair. D'airigh mé an tarraingt ar mo thóin arís agus an ribe ag teacht liom go réidh. Go mall, agus mé ag cuimhneamh ar an ribe i bhfostú i mo chuid ionathar istigh, tharraing mé air nó gur phreab mo lámh in airde agus é ar fad agam. D'éirigh mé i mo sheasamh sa bhfolcadán agus é á thomhais agam. Dhá throigh go leith ar fhad, agus é lasta le gile na ruaichte.

Nadín.

Nuair a bhí mé do mo thriomú féin ghlaoigh an fón. Ba bheag nár thit mé ar an urlár sleamhain ag iarraidh teacht air. Uimhir Theach an Gharda a bhí ann. Sheas mé ag breathnú ar an bhfón sular thóg mé i mo láimh é. Mac Alastair a labhair.

Sleachta as na Cóipleabhair IV

Nuair a bhí Art Aonfhear ina ardrí rug Achtan iníon Oilc Acha mac dó, Cormac. Sular saolaíodh an leanbh, mharaigh an rí Muimhneach Mac Con an tArdrí, agus ghabh sé flaitheas na hÉireann ina áit.

D'fhuadaigh mac tíre an leanbh óna mháthair. Le linn don leanbh a bheith á bheathú ag an mac tíre, tháinig sealgaire air sa gcoill lá, agus thug sé ar ais chuig a mháthair é, ach le faitíos roimh Mhac Con, thug a mháthair ó thuaidh é chuig Fiachra Casán, athair altrama Airt. D'fhan Cormac ar choimirce Fhiacra Chasáin go raibh sé réidh le flaitheas na hÉireann a bhaint de Mhac Con.

Le linn réimis Choinn Chéadchathaigh, saolaíodh mac don rífhéinní Cumhall. Maraíodh an rífhéinní i gCath Chnuca agus thug a bhean Muirne an leanbh faoin gcoill lena cheilt ar a chuid naimhde.

Thug sí an mac go Sliabh Bladhma ansin, agus chuir ar choimirce an bhanghaiscígh Bodhmall agus an ghaiscígh Fiacail é. Chuir Bodhmall agus Fiacail oiliúint air, agus nuair a bhí sé seacht mbliana d'aois thug sé aghaidh ar Theamhair chun seilbh a ghlacadh ar fhlaitheas na Féinne.

Sa mbliain 1531 tagraíonn na hAnnála d'ionsaí a rinneadh ar Bhaile Uí Dhonnaíle i dTír Eoghain agus ar fhuadach mhac Uí Néill, Seán, páiste a bhí ar altramas ag taoiseach na háite, Ó Donnaíle. Níos deireanaí, nuair a ghairfí Seán ina thaoiseach, bhainfeadh sé féin agus a dheartháir altrama is a dhlúthchara, an Dualtach Ó Donnaíle, cáil amach. Ní mhaireann ainm athar altrama Uí Néill, an Donnaíleach, in aon cháipéis.

Aonfhear ba dílse agus ba rogha leis sa mbith, an cur síos a dhéanann na hannála ar an ngean a bhí ag Ó Néill ar a dheartháir altrama.

Chuir Tomás an Dara hIarla Deasumhan a mhac Gearóid ar altramas ag Mac Cárthaigh. D'fhás Gearóid suas in éineacht le Diarmaid, mac an Chárthaigh, agus bhíodar ina ndlúthchairde ina dhiaidh sin agus Gearóid ina iarla.

Nuair a maraíodh Diarmaid i gcath in aghaidh na Mathúnach, chum Gearóid an dán:

> *A Dhiarmaid, níor scarais-se*
> *liom riamh, 'fhir mhiochair mhaorga,*
> *gur cuireadh thar th'aghaidh-se*
> *úir theampaill Ghiolla Aodha.*

Níor bhásaigh Gearóid, ach chuaigh chun suain i bpluais faoi Loch Gair. Deirtear go dtagann sé aníos ó am go chéile ag marcaíocht ar chapall a bhfuil crúite airgid uirthi.

Deich nóiméad tar éis a sé, bhí Mac Alastair fós taobh amuigh den Phalace ag fanacht liom. Táimid ag dul chuig dráma roimh an gcóisir, ar sé go gealgháireach groí, ach íosfaimid greim tapaidh ar dtús. Lean mé é gan cheist. Ba sa bProject a bhí an dráma, Macbeth. Shiúlamar suas trí na baiclí turasóirí chomh fada le Sráid Essex, agus d'itheamar pancóg leis an mbarr a bhaint den ocras sular thug muid aghaidh ar an amharclann. Bhí scuaine ag an gcuntar, ach thóg sé clúdach litreach donn as póca brollaigh a chóta, agus chroith dhá thicéad os comhair mo dhá shúil agus é ag siúl isteach thar an líne daoine ag an doras. Istigh, sa bhfoyer, bhí fir is mná ina seasamh thart ina mbeirteanna ag fanacht go n-osclófaí an doras.

Ní dóigh liom go bhfuil sé an-mhaith, ar sé.

Macbeth?

An léiriú so.

Thug mé féachaint faoi mo mhalaí air, ach ní dhearna sé ach a cheann a chlaonadh i dtreo an dorais dhúbailte a bhí á oscailt dúinn ag doirseoir mór i gcóta leathair, agus lean mé isteach é.

D'fhág mé an lorgaireacht aige féin, agus lig mé dó na suíocháin a aimsiú dúinn. Bhí díomá orm go raibh siad chomh fada sin siar — is beag nach raibh muid ar chúl an halla uilig — ach mar a bheadh léamh déanta aige ar mo chuid smaointe nocht sé draid gháire agus dúirt go mbeadh 'radharc níos fearr againn anso'.

Tharla gan clár ceannaithe againn ná fiú bileog tugtha linn againn, agus Mac Alastair i dtiúin chomhrá le duine éigin sa suíochán ar mo chúl, chaitheas deich nóiméad ag grinndearcadh an lucht féachana agus iad ag teacht isteach — an scrúdú imníoch ar uimhreacha na línte suíochán agus an cuardach leithscéalach sna suíocháin sula suífidís. Bhí an t-auditorium beagnach lán, agus b'éigean dúinn seasamh faoi thrí nó faoi cheathair le daoine a ligean isteach tharainn, ansin d'éirigh Mac Alastair ar a chosa agus d'fhan sé ina sheasamh. Thugas súil ar thaobh na láimhe clé go bhfeicinn cé a bhí chugainn ach ní raibh duine ar bith ag iarraidh a dhul isteach tharainn. Bhreathnaigh mé air féin. Bhí sé ag féachaint ar dheis ar na daoine a bhí fós ag teacht isteach tríd an doras oscailte. Fearacht Mhic Alastair, bhí ceathrar nó cúigear eile ina seasamh. Thug sé féachaint mhífhoighdeach orm, agus nuair a chonaic mé go raibh lán an tí ar a gcosa, nach mór, d'éiríos féin i mo sheasamh. Ar mo lámh dheas sheas triúr eile go héiginnte. D'aithníos Rico ag éirí ar a chosa leath bealaigh síos an auditorium, rud a chuir iontas orm. Chaitheas súil ar dheis arís, go bhfeicfinn an raibh an t-uachtarán nó duine de na maithe móra ar cuairt. Ba ansin a d'aithin mé é ina chóta maith liathbhán, a cheann cromtha agus é ag iarraidh na litreacha ar na ranganna suíochán a léamh. Stop sé arís agus chroch sé a cheann. Le taobh an Rí, ar feadh soicind nó dhó, chonaic mé bean a shín amach a méar chun a gcuid suíochán a thaispeáint dó. Ba deacair iad a fheiceáil ina dhiaidh sin mar bhí an teach ar fad ina seasamh, gach uile dhuine beo, agus monabhar cainte an lucht féachana ag ardú. D'fhanas-sa i mo sheasamh go lúcháireach, cár mór gáire orm nárbh fhéidir a cheilt, nó go bhfaca go raibh an Rí agus an bhean suite ina n-áit, ansin shuigh mé féin is Mac Alastair agus, diaidh ar ndiaidh, shuigh gach uile dhuine san amharclann.

Bhaineas taitneamh as an dráma, mar a dúras le Mac Alastair ina dhiaidh, ach le fírinne ba mhinice nach ar an stáitse a bhí mo shúile ach ar mo Rí féin. Fiú nuair a bhí Donncha na hAlban á mharú ina leaba ag Mac Bheatha ba ag breathnú idir na daoine os mo chomhair amach ar chluas chlé an Rí a bhí mise. Tar éis chloigeann Mhic Bheatha a thabhairt ar stáitse agus dhúnadh na gcuirtíní, d'fhanamar go raibh an Rí agus a bhean chuideachta ar a gcosa agus, mar a rinne formhór na ndaoine sa teach, níor fhágamar ár gcuid suíochán nó go raibh an bheirt ar a mbealach amach as an auditorium. Leanas Mac Alastair amach go sciobtha thar Eilís, agus í ar dualgas garda amuigh ar an tsráid, agus rinneamar ár mbealach trí shluaite Bharra an Teampaill. D'fhiafraigh Mac Alastair díom arís céard a cheap mé den dráma agus, ar fhaitíos go gceapfadh sé nach raibh mé buíoch de, luaigh mé feabhas na haisteoireachta leis.

Agus an dráma féin?

An-dráma. Scéal morálta. Rí-ghail agus ciontaíl. Tógann Mac Bheatha áit an rí, ach íocann sé go daor as.

Rí gan húbras ab ea Mac Bheatha, arsa Mac Alastair. Rí nár chreid ann féin mar rí. Is í a bhean a chreid ann, agus is í a bhean a thiomáin chun cinn é.

Nach minic an scéal amhlaidh?

Loic sí air sa deireadh.

Ceacht an scéil, a deirimse: Fan i d'áit féin, ná déan iarracht áit an rí oirnithe — nó áit na banríona, i gcás Shakespeare — a thógáil, ná an status quo a thiontú bunoscionn.

Nach in é go díreach? arsa Mac Alastair agus muid ag fanacht ar ár bpiontaí sa bPalace. Scéal eiseamláireach atá ann. Ceacht don té a smaoineodh ar easumhlaíocht. Ach ní mhothaím in aon chor gur rí oirnithe é rí seo Shakespeare; níl sé coisricthe ag Dia mar a bhíonn na ríthe feodacha nó pósta leis an talamh mar a bhíonn ríthe na nGael. Go deimhin, fanann a dhá chos ar an talamh; ní thugann sé dúshlán na ndéithe agus, dá bharr sin, ní thugann an bandia toradh dó. D'fháisc Mac Alastair greim ar mo ghualainn. Nuair a ghairtear fíor-rí, ar sé, tugtar dúshlán na ndéithe agus téitear i ngleic leis an gcosmas — óir is é an gníomh is mó é gur féidir leis an daonnaí bocht a dhéanamh sa chosmas — níos mó ná an dúnmharú féin — is é sin éileamh a dhéanamh go ngéillfeadh an talamh féin don rí. Éilítear láir bhán na talún dó, cairdeas sliasta an bhandé, agus beoir dhearg an fhlaithis. Is dána an mhaise é do dhuine áit i leaba an bhandé a éileamh dó féin, óir is go míthrócaireach a chaitheann na déithe leis an mac dásachtach ná fuil ina inmhe.

Ach nach bhfuil grá ar leith ag na déithe don laoch a ghabhfadh sa bhfiontar? a deirimse.

Don laoch, tá. Cad é sin a dúirt Cú Chulainn?

Is buaine bládh ná saol?

Is cuma liom mura mairfidh mé ach lá agus oíche ach go mairfeadh mo scéala i mo dhiaidh.

Chroitheas mo cheann.

Ach ní thaispeántar trócaire ar bith don té a mhíshásaíonn na déithe. Samhlaigh é, ar sé, agus mo ghualainn á fáscadh arís aige. An solas do do chaochadh agus tú do do tharraingt as do chró folaigh; ionathar do chlainne ag triomú fén ngréin; an scian á ropadh i bpoll do thóna agus an gad á theannadh le do scornach.

Nuair a leagadh an dá dheoch os ár gcomhair, labhraíos leis faoi Mhac Con, rí a raibh smeadar éigin eolais aige air agus, gan mo spéis i nDodéara nó sa Dualtach a ligean leis, d'inis mé dó faoin gcomparáid a rinne Liam idir é agus Seán Donnaíleach. Níorbh é an ceangal idir an dá scéal a mhúscail a spéis ar chor ar bith, ach an húbras arís. Ábhar dráma eile, ar sé. Is breá linn dánaíocht an ghaiscígh a thugann a ndúshlán, a bheireann an chraobh as an dairbhre agus a ritheann léi, an táinrith chun a mharaithe — Alastar Mór, Caesar, Brian Bóraimhe, Napoléon.

Hitler?

Hitler agus Ghengis Khan. Gach duine acu ag rith chun a bháis, agus é mar chaitheamh aimsire do na déithe. Ar aon nós, ar sé, ní hé siúd atá ag déanamh imní dom, ach bean an Rí, cuireann sí sin le castacht an scéil.

Bean an Rí? a deirimse de gheit. Í sin a bhí ina chuideachta anocht? Ní fhaca mé i gceart í.

Ní hí a bhí ansan. Sin í a dheirfiúr.

Dhearg mé le náire. Ba chóir go n-aithneoinn an deirfiúr, tharla gur mé a chroch a cuid pictiúr ar bhalla an staighre, ach le fírinne ba bheag feiceáil a bhí agam uirthi san amharclann.

Is cosúil go bhfuair sé an bheith istigh in áit éigin agus go bhfuil sé ag bualadh leathair ó shin. Níl a fhios againn cé hí féin, agus ní bheadh faic ar eolas againn murach gur chualamar duine des na buachaillí sa tigh ag magadh fé.

Chuimhnigh mé ar an bhféachaint imníoch a tháinig ar Mhac Alastair i dTeach an Gharda nuair a luaigh Brídín go gcaithfí bean a fháil don rí, agus d'fhiafraigh mé de cén chaoi a n-athródh sé sin cúrsaí linn, agus dúirt sé nach raibh a fhios aige.

Caithfimid teacht ar an mbean seo, ar sé, ach níl a fhios againn an bhfuileann siad le chéile, fiú. Pé scéal é, ar sé, agus é ag breathnú thar a leiceann orm, tá atheagar á chur againn ar an nGarda agus teastaíonn gach éinne ar bord.

Gach éinne? a deirim, agus dúirt mé go bhfaca mé go raibh an fear rua caillte acu. Nuair a mhínigh mé dó faoin alt sa bpáipéar dúirt sé gur chuala sé nach raibh aon fhianaise ina choinne agus gur ligeadh saor é. Pé scéal é, ar sé, ní fhacas le fada é.

Is trua, a deirimse, tá mé cinnte nach ngabhfadh an t-airgead amú. Chuir mé ceist ar faoi bhille cánach an Rí agus dúirt sé go raibh sé sin ar fad réitithe ag an Seansailéir, agus ná raibh ann ar fad ach dearúd oifige.

Nuair a chonaic sé an fhéachaint amhrasach a thug mé ar ais air, chrom sé isteach in aice liom. Féach, ar sé. Tá rudaí athraithe. Ó d'fhág tú an Garda tá rudaí tar éis sleamhnú. Cuirim an milleán orm féin, ní rabhas i láthair sách minic. Táim níos gníomhaí ann anois. Ach ní leor sin, ba mhaith liom tú a bheith ar ais i mbun oibre.

San oifig arís?

Tar chuig an gcóisir. Beidh Oilivéar ann. Labhróimid ansan.

Dhúisigh mé le solas an lae, mé sínte ar charn piliúr ar an urlár agus fear nár aithin mé cromtha os mo chionn. Óna shúile dearga agus ón gcaoi a raibh a chuid gruaige in aimhréidh bhí a fhios agam go raibh sé siúd chomh dona liom féin.

An-rí, ar sé go gealgháireach, nó b'in a shíl mé. D'ardaigh mé féin aníos ar m'uillinn go bhfeicfinn cá raibh mé. Ba é an boladh túise is bláthola a d'aithin mé ar dtús, ansin an bord íseal le taobh an toilg agus na grianghraif ar an leabhragán le balla. D'aithin mé Henri óna thuairisc, agus ón ngrianghraf a thaispeáin Brídín dom — cé gur geansaí muineál póló a bhí air in áit an bhléasair a bhí air sa bpictiúr. Leag sé pláta tósta is muigín caife ar an mbord. Shíleamar, ar sé, go mb'fhearr thú a thabhairt anseo aréir — ní rabhamar in ann thú a dhúiseacht.

Rinne mé gnúsacht éigin leis sin agus mé ag iarraidh an oíche roimhe sin a thabhairt chun cuimhne.

Bhí tú in an-ghiúmar, ar sé agus é ag gáire leis féin.

Cé go raibh mo chloigeann ag scoilteadh, chroch mé mo cheann mar fhreagra air agus chuir mé gnúsacht eile asam.

Ach cé hí Janín?

Janín?

Bhí tú i do sheasamh amuigh ar an tsráid sa dorchadas, ar sé, agus tú ag béicíl in airde ar Janín. Bhfuil tú a rá liom nach bhfuil cuimhne ar bith agat air? Ar rud ar bith a tharla aréir? Ní rabhamar in ann thú a mhealladh ar ais sa gcarr. Bhíomar ag iarraidh a rá leat nach raibh sí istigh, ach ní raibh aon mhaith ann. Bhí tú ag bualadh is ag bualadh ar an doras nó gur glaodh ar na Gardaí. B'éigean dom féin is Roibeard thú a chaitheamh isteach sa gcarr agus thú a thabhairt linn.

Ghlaoigh sí ar na Gardaí?

Janín? Ní raibh Janín ar bith ann. Seanlánúin éigin. Tháinig an fear amach ag an bhfuinneog agus é ag fógairt an dlí ort. Nach taobh amuigh de theach eile ar fad a bhí tú! Pé ar bith cén fíbín a tháinig ort shocraigh tú go raibh Janín nó Sabín éigin ina cónaí sa teach áirithe sin, agus b'in é é. Ní raibh aon mhaith a mhalairt a rá leat. Níorbh fhéidir tada a inseacht duit. Dúirt tú go raibh tú ag iarraidh bolú di. Bolú di!

Lig mé iontas orm féin.

Sin é a dúirt tú. Sheas tú faoi fhuinneog éigin agus tú ag béicíl in airde sa dorchadas: Boladh amháin de do chuid gruaige. Boladh amháin de do chuid gruaige agus imeoidh mé. Bhí Roibeard le ceangal. Thriail mise thú a mhealladh isteach sa gcarr ar dtús, ansin ar deireadh b'éigean don bheirt againn thú a chrochadh isteach inti. Bhí obair an diabhail agam. Dúirt mé leat go dtabharfadh muid chuig Janín thú. Bhí tú i do chodladh sular bhaineamar an teach seo amach.

An raibh Brídín ann aréir? a d'fhiafraigh mé de agus náire ag teacht orm.

Ní raibh. Tá taispeántas aici i Sligeach. Ní bheidh sí ar ais go tráthnóna.

Agus Mac Alastair?

Sa gClub? ar sé. Ní raibh. Is é atá ag oscailt an taispeántais di. Bhí an ceann eile sin ann, Consaidín.

An Constábla? a deirim, gan cuimhneamh orm féin.

Constábla? arsa Henri de gháir. Ní cheapfainn é. An fear seo, shamhlóinn é ina chuid buataisí feirme in airde ar thrucail tarracóra, agus héileacaptar á leagan as an spéir aige le diúracán.

Rinne mé gáire. Sin é Consaidín, ceart go leor.

Rinneamar gáire arís agus chaitheamar an mhaidin ag ithe tósta is ag ól cóc.

4.

In árasán Mhic Alastair a bhí an chóisir, os cionn scór againn ag ceiliúradh bhreithlá an rí. Bhí ceann de na hárasáin nua sin aige — cistineach bheag bhrúite agus seomra suite nach bhféadfá cat a luascadh ann, ach balcóin mhór ar dheisiúr na cathrach. Amuigh ar an mbalcóin, bhí mé i mo sheasamh sa dorchadas in éindí le Brídín agus beirt eile. Fear a d'aithin mé ó Theach an Gharda a bhí i nduine acu, agus séacla mílítheach a raibh muineál fada tanaí air agus lionsaí móra tiubha ar a chuid spéaclóirí a d'fhág cuma an scoláire air a bhí sa duine eile. Bhain an ceathrar againn lán na súl as an radharc amach thar iardheisceart na cathrach. Thíos fúinn ar an taobh eile den tsráid bhí feiceáil againn ar sheomra soilsithe ina raibh ochtar nó naonúr ban cromtha fúthu ar an urlár. Ar dtús, shíl mé gur ag paidreoireacht a bhí siad, ar a nglúine ag tabhairt adhradh do dhia éigin, nó gur thosaigh siad á lúbadh is á searradh féin in éineacht. Nuair a d'éirigh duine acu chun an cuirtín a dhúnadh léirigh mé mo mhíshásamh. Rinne Brídín gáire fúm. Pilates, ar sí.

Ba ghearr gur líonadh an bhalcóin. Tugadh amach buidéil champagne, d'iarr Mac Alastair ciúnas agus, ar bhuille an dó dhéag, ligeamar búir in éineacht agus phléasc tinte ealaíne thiar os cionn Tamhlachta. Scaoileadh coirc agus, nuair a stopamar den bhúireach, chualamar aláraim á mbualadh sna sráideanna mórthimpeall orainn. Phléasc urchar gunna in áit éigin, nó píopa sceite cairr. Chroch fear óg buabhall thar ráille na balcóine, í chomh mór le starrfhiacail eilifinte, agus bhain dordán mall sollúnta aisti. Go lúcháireach d'fhógair Brídín go raibh sé mar a bheadh urú gréine ann i gcathair éigin sa Domhan Thoir. Trasna na sráide uainn tháinig fir óga amach ar bhalcóin, léinte peile orthu agus cannaí beorach ina lámha acu, agus tosaíodh ar an mbúireach agus ar an mbladhrach agus ar an séideadh athuair agus ansin, tar éis nóiméid nó dhó, lasadh na soilse arís. Bhí Brídín ag breathnú in airde ar an réaltaí a bhí le feiceáil in ainneoin soilse na cathrach. Tháinig grágaíl slóchtach chugainn sa dorchadas.

Sheas Mac Alastair sa doras gloine agus dhá ghloine fholmha ina láimh. Sin iad na préacháin sna crainn sa pháirc phoiblí thíos fúinn, ar sé. Dá gcloisfeadh sibh an clampar a dheinid le dul fé na gréine!

An gceapann tú go bhfuil faitíos orthu roimh an dorchadas?

Nó faitíos roimh mhúchadh an tsolais?

Shílfeá go mbeadh an néandartálach féin in ann cuimhneamh siar ar sholas an lae roimhe sin.

Nuair a chuimhníonn tú go bhfuil an solas ó na réaltaí cúpla míle bliain d'aois, tharlódh sé go mbeidís múchta i nganfhios dúinn.

Bhrúigh Mac Alastair é féin amach ar an mbalcóin agus sheas le mo thaobh. Fiú má chailltear rí nó má mhúchtar an ghrian féin, ar sé, má tá creideamh againn agus dílseacht ní baol dúinn.

Ag paidreoireacht in aghaidh an dorchadais, an ea?

Chroith Mac Alastair a cheann. Ag paidreoireacht in aghaidh na díchuimhne, ar sé. An pláinéad a chasann timpeall ar réalta dorcha, tá sé lasta ag solas na cuimhne.

Ach cén fhad a chothódh an chuimhne muid? arsa Brídín go mífhoighdeach.

Tá creidimh mhóra an fhásaigh ar fad bunaithe ar dhílseacht an phobail don chuimhne.

Chuaigh mé ar thóir buidéil eile sa gcisteanach agus lean an Seansailéir isteach mé. Bheannaigh muid dá chéile agus líon sé mo ghloine dom ar bhord na cisteanaí.

Trí dhoras oscailte na balcóine bhí Mac Alastair le cloisteáil. D'imigh sé faoi cheilt, ar sé, os cionn míle dhá chéad bliain ó shin agus d'fhan mar sin agus gan de theagmháil aige leis na fíréin ach na teachtaireachtaí a sheol sé chucu trína chuid teachtaí. Al-Ghā'ib a thugtar air, an Té nach gCítear; nó al-Muntadhar, an Té lena bhFuiltear ag Feitheamh. Inniu fós, os cionn míle dhá chéad bliain ina dhiaidh sin, ar sé, tá na fíréin dílis dó san Iaráin agus san Iaráic, sa Tuirc, san Albáin agus sa tSiria. Agus go deimhin, anso féin i mBaile Átha Cliath.

Lucht leanúna an iomáim atá i gceist aige? arsa an Seansailéir, agus é ag iompú i dtreo dhoras oscailte na balcóine.

Sea, a deirimse. Na géillsinigh shíoraí.

Chuaigh tú féin agus Mac Alastair chuig dráma an oíche cheana?

Macbeth, a deirimse, gan géilleadh do thuin cháinteach na ceiste.

Nach tráthúil? ar sé. Tá córas le cosaint againne freisin, a Jó, díreach mar a bhí ag scríbhneoir Mhacbeth agus ag teaghlach an iomáim. Agus tá daoine inár measc a cheapann gur tábhachtaí iad féin ná an córas. Stop sé den chaint agus an scoláire tanaí ag teacht chomh fada le doras na balcóine. Tá sé tábhachtach, ar sé de ghlór íslithe, nach ligfeadh muid do lucht an ego smacht a ghabháil ar an ríocht. Cheana féin, tá siad ag iarraidh breith ar an gcumhacht. Tá obair mhór déanta agatsa ar son na ríochta. Is maith liom thú a fheiceáil ar ais i mbun na hoibre sin. Ach, tá mé ag cur fainice ort, ar sé, is contúirt é an fear sin.

Níor thug mé aon fhreagra air. Trí cheo an Champagne mhothaigh mé inlíocht is beartaíocht na beirte i mo thimpeall. Bhí an scoláire fós ina sheasamh sa doras, agus Mac Alastair le cloisteáil ag cur de go paiseanta. Chonaic an Seansailéir an fhéachaint amhrasach a thug mé i dtreo an scoláire agus chuir cogar i mo chluais. An protégé is nuaí aige.

Thug sé leis a ghloine chomh fada leis an seinnteoir ceoil agus chomharthaigh dom é a leanacht. Rinne mé rud air.

Deir Mac Alastair go bhfuil tú ag iarraidh teacht ar ais chugainn.

Ar dualgas Garda.

Tá sé socraithe agam thú a chur i gceannas ar an dara faire, ar sé. Tá an taithí agat.

D'imigh na cúpla lá sin go sciobtha. Cuireadh i gceannas ar fhaire an tráthnóna mé, rud a d'fhág spíonta mé. Má bhí mé i ngar don Rí féin, bhí m'aird chomh mór ar mhaoirsiú na faire gur beag am a bhí agam don Rí. Cé nach mbeinn ar dualgas go dtí an tráthnóna, bhí an lá caite ag ceadú róta, ag bailiú tuairiscí, ag deimhniú cairr is foirne. Agus cé gur fhan Eilís glan orm, ní mba léir go raibh aon doicheall ar an mBrúnach romham, ach é chomh gealgháireach cúirtéiseach liom is a bhí le gach duine eile i dTeach an Gharda.

Tráthnóna, tar éis seachtain a chaitheamh ar ais i mbun dualgais, taobh thiar de charr dearg a bhí páirceáilte ar thaobh an chosáin leathchéad slat ó Theach an Rí, tháinig mé ar charr an gharda agus beirt inti. Shuigh mé isteach ar chúl. Chomh luath is a d'airigh mé an teas agus an t-aer trom d'ísligh mé an fhuinneog.

Chomh dona sin? a deir Roibeard agus é ag gáire.

Cé atá istigh leis?

Cara leis. Jimí Ó hAodha. Comhghleacaí. Tá sé ann le leathuair.

Bhí an teas sa gcarr ag cur múisiam orm agus bhí compánach Roibeaird ag clamhsán faoin bhfuacht.

Is fada liom go mbeidh an faire leictreonach seo ar bun, a deir Roibeard agus é ag méanfach.

Má tharlaíonn sé sin, a deir an fear eile.

Ní bheidh aon chall leatsa anseo, arsa Roibeard. Beidh tú sa teach ag breathnú ar scáileáin.

Agus céard a dhéanfas tusa, mar sin?

Rinne Roibeard gáire. Beidh mise ag scáileán eile ag faire ortsa, is dócha.

Agus é ag tuirsiú den chomhrá sin, thosaigh an fear eile ag clamhsán faoin bhfuacht arís.

Dhún mé an fhuinneog, d'oscail mé an doras agus d'éirigh mé amach as an gcarr. Go sínfidh mé mo chnámha, a dúirt mé.

Ní móide go gcorróidh sé amach.

D'fhág mé Roibeard i gceannas, thrasnaigh mé an bóthar agus shiúil i dtreo an tí agus é i gceist agam a dhul soir thairis agus teacht ar ais timpeall an eastáit go dtí an carr arís. Ní raibh mé ach imithe ón gcarr nuair a chuala mé glórtha ag teacht chugam ó cheann de na tithe amach romham. In áit casadh ar ais ghéaraigh mé ar mo chois. Dá mba é an Rí a bhí ann, nó duine dá chomhluadar, mheas mé go bhféadfainn a bheith imithe thar gheata an tí sula dtiocfadh sé amach ar an gcosán. Tháinig deireadh leis an gcaint agus dúnadh doras de phlab. Bhí fear tagtha amach ar an gcosán romham. Bhí an oíche dorcha; an solas bainte den lampa sráide taobh amuigh den teach againn — ach faoin solas lag ón lampa ar bhun na sráide shíl mé gur aithin mé an cóta liathbhán. Ag geata tí, sheas mé isteach agus chuir mo dhroim le fál dorcha duilleogach an ghairdín tosaigh, agus é i gceist agam é a ligean tharam. Agus a choiscéimeanna ag teacht chugam san oíche bhí mé in ann an bheirt sa gcarr a shamhlú agus iad ag faire ar gach cor a chuir mé díom. Cúpla soicind eile agus bheadh sé imithe tharam, agus bheinn in ann dul ar ais chuig an gcarr. Dhún mé mo mhéara ar chraobh bhog ghrisilinia, agus chuimhnigh mé ar Mhac Alastair agus é sa bPalace ag caint ar an rílaoch ag rith i dtreo na cinniúna agus an chraobh ina láimh aige. D'fháisc mé ar an gcraobh, á lúbadh is á briseadh, agus sheas amach ar an gcosán arís. Bhí sé ag teacht chugam ina chóta liathbhán de shiúl mear muiníneach. Thosaigh mé ag siúl ina threo arís, an chraobh fáiscthe i mo dhorn agam. B'fhéidir, a shíl mé, agus an croí ag bualadh i mo chliabhrach, go n-aithneodh sé mé ó na siúlóidí ar Bhóthar na Trá. Agus mura n-aithneodh, ní bheadh le déanamh agam ach siúl thairis agus gan tada a rá. Déarfainn leis an mbeirt sa gcarr gur osclaíodh doras an tí agus go mb'éigean dom imeacht as an ngairdín. Agus, ina dhiaidh sin arís, dá n-aithneodh sé mé réiteofaí gach rud. Theannfadh sé chuige a ghéillsineach dílis agus chuirfeadh sé fáilte roimhe mar sheanchompánach. Sheasfainn os a chomhair agus chromfainn mo cheann dó. Ghéaraigh mé ar mo chois. Bhíos ag teacht i mo tháinrith chuige, gan eadrainn ach cúpla troigh nuair a thuig mé mo dhearmad. Siúl eile ar fad a bhí faoin bhfear seo. Mhaolaigh mé ar mo chois, chrom mé mo cheann, agus bhí mé ar tí casadh amach ar chorr an chosáin lena ligean tharam ar an taobh istigh, nuair a sheas sé amach romham. Stop mé, soicind, ionas nach mbuailfeadh muid in aghaidh a chéile, agus d'ardaigh mé mo shúile. Fear óg a bhí ann, comhaoiseach leis an rí, é gléasta i gcóta fada éadrom cosúil le cóta an Rí — murab é cóta an Rí féin a bhí ann — agus a fholt cíortha siar i bhfaisean na gcaogaidí. Sheas sé ag stánadh sa tsúil orm amhail is gur aithin sé mé agus, ar feadh soicind, mheas mé gur duine éigin ar m'eolas a bhí ann agus rinne mé iarracht cuimhneamh ar leithscéal éigin a mhíneodh mo chuairt ar an tsráid seo dó, ach níorbh é an muintearas a d'airigh mé ina shúile ar m'aghaidh amach sa dorchadas ach an bhagairt. Gan focal, sheas mé amach ar an mbóthar. Agus mé ag siúl thairis shlíoc sé siar a ghruaig lena dheasóg agus d'aithin mé compánach an Rí ón siopa éadaigh ar Shráid Ghrafton.

Fan glan uirthi, ar sé.

Níor lig mé tada orm féin, ach choinnigh orm ag siúl, mo chroí ag bualadh agus mo chluasa bioraithe agam.

Ghlaoigh sé i mo dhiaidh agus mé bailithe thairis. Agus má cheapann tú go dtógfaidh sí ar ais thú tá dul amú ort.

Níor dhúirt sé tada eile, ach níor airigh mé a choiscéimeanna arís. Choinnigh mé orm ag siúl gan bhreathnú siar agus mé ag iarraidh meabhair éigin a bhaint as an méid a tharla. Cérbh é an ginealach seo, agus cén chaoi ar aithin sé mé? Nó ar aithin? An é gur mheasc sé mé le duine éigin eile? Ach cérbh í an bhean seo a raibh sé ag caint uirthi agus cén fáth a dtógfadh sí ar ais mé? Bhí mé cinnte, ar bhealach éigin aisteach, gur aithin sé mé.

Bhí an coirnéal casta agam agus mé ag deifriú thar líne carranna páirceáilte ar thaobh na sráide i dtreo an lána a thabharfadh amach ar chúl na dtithe mé agus ar ais chuig an gcarr gan a dhul thar theach an Rí arís, nuair a osclaíodh doras cairr os mo chomhair amach. As geata gairdín nocht fear i gcóta mór dorcha chugam agus le buille gualainne seoladh siar i dtreo dhoras oscailte an chairr mé. Sular thuig mé céard a bhí ag titim amach bhí sé do mo bhrú isteach sa gcarr. Gan smaoineamh, sháigh mé amach mo lámh agus rug greim ar fhráma an dorais. Bhí fear ar shuíochán cúil an chairr agus a lámh á síneadh amach aige chugam. Caitheadh cóta anuas thar mo cheann. Buaileadh rud éigin crua anuas ar mo mhéara, scaoil mé de mo ghreim, brúdh isteach arís mé, agus an uair seo d'airigh mé greim an fhir istigh ar chába mo sheaicéid agus é do mo tharraingt chuige féin. Shac mé mo mhéara lasta i mo bhéal agus chuir mé an lámh eile ar mo cheann. Shuigh an dara duine isteach i mo dhiaidh do mo theannadh isteach eatarthu agus chuala doras an chairr á dhúnadh agus an t-inneall á dúiseacht. Fáisceadh lámha láidre orm agus brúdh síos faoi chosa na beirte mé. Rinne mé iarracht béic a ligean, ach bhí éadach an chóta brúite i mo bhéal agus ba ar éigean a bhí mé in ann m'anáil a tharraingt. Chas mé mo chloigeann agus mé ar mo dhícheall ag iarraidh análú. Gach uair a chorraigh mé buaileadh cosa anuas orm. I gcaitheamh an ama bhí siad ag caint. Ní ormsa a bhí siad ag caint, rud a chuir imní orm, ach é ina ghnáthchomhrá anonn is anall eatarthu agus iad ag gáire is ag eascainí go sásta. Luadh ainm, Jimí Ó hAodha; agus bialann, Pasta Nostra.

D'fhan mé socair, mo cheann i mbacán mo láimhe agam, agus faitíos orm go bplúchfaí mé. Tar éis síoraíochta, stopadh an carr. D'airigh mé doras á oscailt, agus ansin na cosa á n-ardú díom agus an cóta á bhaint díom. Tarraingíodh aníos mé agus cuireadh i mo shuí mé idir an bheirt sa suíochán cúil. Bhíomar i gcarrchlós séipéil, agus gan de sholas ann ach an lampa sráide a bhí leathchéad slat uainn. Ba é an fear rua a bhí ina shuí sa suíochán paisinéara. Nuair a d'iompaigh sé chugam agus é ag stánadh go ciúin orm as a shúile glasa crua, shíl mé go dtiocfadh múisce orm.

A Jó, ar sé, ar mhaith leat a inseacht dúinn céard a tharla thiar ansin?

D'imigh an chaint uaim. Thug fear mór an chóta ar thaobh mo láimhe deise sonc sna heasnacha dom. Ní raibh a fhios agam ar dtús céard déarfainn, ach go gcaithfinn scéala an ghiolla rí a choinneáil agam féin. Freagair an cheist, ar sé. Bhí féasóg air siúd freisin, agus gruaig fhada.

Níor aithin mé sibh, a scairt mé amach go slóchtach. Shíl mé go raibh sibh do mo robáil.

Tá do sparán sábháilte go leor, a deir an fear féasógach le mo thaobh. Leath meangadh ar a bhéal agus a lámh á síneadh amach aige. Ina bhois bhí scaball Naomh Iósaf agus an banda éadaigh stróicthe. Bhí mo mhéara ag creathadh nuair a thóg mé é. Go cúramach, chuir mé síos i mo phóca é.

Labhair an fear rua arís. Bhuel? Céard a tharla?

Céard a tharla? Chonaic sibh féin. Bhí sé ag iarraidh achrainn.

Céard a dúirt sé leat? Céard iad na focail a d'úsáid sé?

Fan glan orm, a dúirt sé. Dúirt sé liom stopadh ag breathnú air. Dár ndóigh, ní raibh mé ag breathnú air, go dtí gur dhúirt sé é sin. Shíl mé go raibh sé ag iarraidh mé a robáil.

Cara leis an Rí?

Níl a fhios agam. B'fhéidir gur cheap sé gur ag iarraidh é a robáil a bhí mise. Níl a fhios agam.

An raibh deoch ólta aige?

Níl a fhios agam.

Ní cheapann tú go bhfaca sé muid, nó go bhfuil amhras air faoi rud ar bith?

Ní dóigh liom go bhfuil tada ar eolas aige.

Chroith an fear rua a cheann. Tá súil agam nach bhfuil. Cá bhfuil tú ag fanacht? Tabharfaimid abhaile thú.

In áit ligean dóibh mé a thabhairt abhaile, mar a thairg sé, cé go raibh mé ar creathadh fós leis an bpreab a baineadh asam, shíl mé go mb'fhearr dom mo sheoladh nua a choinneáil faoi rún. D'iarr mé orthu mé a ligean amach i lár na cathrach.

Tabharfaimid abhaile thú, arsa an fear rua go teann.

Thug mé seoladh Liam dó, agus thiománamar linn. D'fhan siad

sa gcarr taobh amuigh fad a bhí mé ag bualadh ar an doras. Nuair nár tháinig duine ar bith chuig an doras ar dtús, bhí ag brath orm dul timpeall go dtí doras na cisteanaí, mar dhea, agus éalú amach thar bhalla cúil an tí ach, ar ámharaí an tsaoil, tríd an bpána dorcha chonaic mé duine éigin ag teacht chomh fada leis an doras. Duine de chomhlóistéirí Liam a bhí ann. Chuala mé an carr ag imeacht agus é do mo ligean isteach.

Leathuair níos deireanaí bhí mé i mo sheasamh sa tsráid ag breathnú anonn ar fhuinneoga lasta bialainne. Bhí an t-aidréanailín maolaithe anois agus pianta i mo chuid easnacha agus i mo mhéara. Gan a fhios agam céard a bhí le baint amach agam, d'fhan mé i mo sheasamh i ndoras siopa agus mé ag iarraidh meabhair éigin a bhaint as an méid a tharla. Arbh é an Jimí Ó hAodha seo an Giolla Rí? a d'fhiafraigh mé díom féin. Agus cár fhág sé sin mise, nó cé mé féin ar chor ar bith? Nó an raibh dhá rí ann? Nó an féidir go raibh dhá ghiolla rí ann, in iomaíocht le seilbh a ghlacadh ar an aon rí amháin? Agus más comhghleacaí oibre é, agus má tháinig sé amach as a theach, bhí sé i bhfad níos gaire don Rí ná mar a bhí mise. Agus cár fhág sé sin mé?

B'in é an chéad uair a rith sé liom go raibh treibh againn ann. Arm giollaí, agus sinn in iomaíocht le chéile. Gach giolla ar son a rí féin. Nó gach giolla rí ar a shon féin.

Le teacht ar fhreagraí bhí a fhios agam go gcaithfinn teacht roimh an ngiolla rí seo — agus roimh an bhfear rua — agus teagmháil dhíreach a dhéanamh leis an Rí. Ach bhí rud éigin as cor. An Rí? An Jimí Ó hAodha seo? Mé féin? In am ar bith níor airigh mé gur thug an Rí faoi deara mé, gan trácht ar aitheantas a thabhairt dom. Ábhar imní a bhí sa méid sin féin. Agus mura mé an Giolla Rí, cé mé féin? Chuimhnigh mé ar Eoin Baiste is Íosa, ar Chíron is Ódaiséas, ar Fhiacail is ar Fhionn, ar Mhac Con is Dodéara. Nach gcaithfeadh sé go raibh nasc dobhriste eatarthu? Nach gcaithfeadh sé go raibh grá ag an rí dá ghiolla rí? Nó an raibh an éiginnteacht chéanna ann i gcónaí?

Níos faide síos uaim, ar an taobh céanna den tsráid, d'aithin mé duine de na fir nua, guthán póca lena chluais, agus doras na bialainne céanna á fhaire aige. Thuig mé go raibh mé san áit cheart agus go raibh an Rí féin sa mbialann. Tamall níos faide síos an tsráid bheadh an dara duine, a mheas mé. An ngabhfainn isteach? An mbeadh Jimí Ó hAodha seo i gcomhluadar an Rí? Nó an raibh sé róchontúirteach? Bhí baol ann go n-aithneodh an Rí mé, agus ba chinnte go bhfeicfeadh an Garda mé. Shocraigh mé go mb'fhearr dom carr an Gharda a aimsiú agus suí isteach inti. Níor thóg sé i bhfad orm teacht uirthi páirceáilte leathchéad slat ón mbialann. D'oscail mé an doras cúil. Bhí Gearóid ina shuí taobh thiar den roth. Shuigh mé isteach.

D'iompaigh sé chugam go leithscéalach. Tá brón orm, a Jó, ach ní fhéadfaidh tú fanacht anseo. Tá scéala faighte againn ón Seansailéir go raibh tú feicthe ag cara leis an Rí. Aithneoidh sé arís thú. Tá brón orm, a Jó.

Níor dhúirt mé focal. D'éirigh mé amach agus dhún mé doras an chairr. Thug súil suas i dtreo na bialainne, ach sula raibh deis agam tuilleadh braiteoireachta a dhéanamh, bhí an rí ina sheasamh taobh amuigh den doras lasta ag solas na sráide, a chóta á dhúnadh aige agus bean lena ghualainn, a cuid gruaige cuachta ar bharr a cinn aici agus cúl a muiníl aici liom. Ní raibh Ó hAodha le feiceáil in áit ar bith. Bhí an bheirt gléasta d'oíche ar an mbaile mór. Dhún sé na cnaipí ar a chóta agus shín sé a lámh chuici, amhail is go raibh sé réidh le himeacht. Thug sí leathchasadh thart go bhfaca mé a gúna dubh oíche agus a guaillí nocht agus, sula bhfaca mé a héadan ar chor ar bith, bhí a fhios agam gurb í a bhí ann. D'oscail sé amach a cóta di. Shleamhnaigh sí uirthi go scafánta é agus d'iompaigh sí siar i mo threosa. Bhí mé á feiceáil anois ar bhealach nach bhfaca mé riamh í. Ní cailín ná gearrchaile a bhí inti níos mó, ach bean faoi ghlóir agus í gléasta don oíche. Phóg sí go sciobtha ar an mbéal é agus d'iompaigh sí chugam arís agus, cé nárbh fhéidir léi mé a fheiceáil, shamhlaigh mé gur las an dá shúil inti le fearg agus chúbas-sa mo shúile uaithi go seachantach. Ar an taobh eile den tsráid bhí an fear rua ag stánadh orm.

Bhreathnaigh mé arís. Bhí an bheirt ag teacht anuas tharainn i ngreim láimhe. Trasna na sráide uaim, shuigh an fear rua isteach i gcarr. Chuala mé inneall á dhúiseacht. D'imigh mé síos an tsráid de choisíocht mhear agus na heasnacha ag dó i mo thaobh agus níor mhaolaigh mé ar an siúl gur bhain mé bun na sráide amach. Chas mé coirnéal ansin agus níor thug mé súil thar mo ghualainn siar go raibh an Rotunda bailithe agam. Agus mé ag dul thar chuarbhalla an Ambasadóra chuimhníos ar bhróg an naíonáin. Chuireas mo lámh i mo phóca. Bhí sí caillte agam.

CUID III
An Chathair

Ní raibh sa gcisteanach i dTeach an Gharda romham ach duine de na hearcaigh nua agus é ag déanamh tae. Bheannaigh mé dó, d'imigh liom amach sa halla agus sheas ag doras oscailte na hoifige. Ní raibh deoraí ann. Anonn liom go cófra na gcomhad, d'oscail mé an tarraiceán íochtarach agus chuaigh ag póirseáil sna fillteáin gur tháinig mé ar thuairiscí mhí Lúnasa na bliana roimhe sin. Thóg mé an fillteán, á leagan anuas ar charnán páipéir ar an deasc agus á oscailt amach. Sna tuairiscí ó na chéad seachtainí i mí Lúnasa tháinig mé ar an eolas a bhí uaim. Achoimre ar thuairisc an Chonstábla: 13.10: tháinig an Rí abhaile i Toyota Avensis dearg 04 D 7164; Jimí Ó hAodha, tiománaí; an Rí agus paisinéir eile. 13.45: d'imigh an Toyota Avensis gan phaisinéir. Ní hiontas, a deirim liom féin, go raibh giodam ina chois an lá sin; bhí a fhios aige go raibh sí ag teacht ar cuairt. Chuala mé glór an Bhrúnaigh agus an doras cúil á dhúnadh. Leag mé an fillteán ar ais sa gcomhad agus d'oscail tarraiceán eile gur tháinig ar an gcomhad a bhí uaim: Nadín Ní Ghormfhlatha. Scríobh mé síos a seoladh ar phíosa páipéir. Bhí an fillteán sactha sa tarraiceán agam agus mé cromtha, á dhúnadh, nuair a d'airigh mé díoscán an dorais ar mo chúl.

Dhírigh mé suas. Bhreathnaigh an Brúnach go héiginnte orm, a chíor dubh gruaige ina sheasamh ar a mhullach. Ní naimhdeas a bhí ina shúile, ach imní. Fuaireamar scéala ón Seansailéir, ar sé, go raibh tú curtha ar fionraí.

Shleamhnaíos amach idir é agus ursain an dorais. Agus an cúldoras á dhúnadh i mo dhiaidh agam chuala mé é ag glaoch in airde an staighre ar an Seansailéir.

I Ráth Maonais a bhí an seoladh a bhí agam do Nadín. Bhí mé ar mo bhealach ann tar éis a sé an lá dar gcionn nuair a d'aithin mé Golf an Gharda taobh amuigh ar an tsráid. Chaithfeadh sé go raibh an Rí ar cuairt uirthi, a dúirt mé liom féin. Go diomúch, chas mé ar mo sháil, agus thosaigh mé ag déanamh mo bhealaigh ar ais i dtreo lár an bhaile. Bhí mé ag imeacht liom de shiúl na gcos agus mo cheann faoi agam nuair a chuala mé duine éigin ag tabhairt m'ainm orm. Ar an taobh thall den bhóthar d'imigh fear óg tharam agus a lámh crochta aige orm. Cé nach raibh mé cinnte gur aithin mé é, chroch mé mo lámh i mbeannú dó agus choinnigh orm ag siúl.

Chaith mé an oíche ag cur is ag cúiteamh. Chun an Garda a sheachaint, thuig mé go gcaithfinn teacht uirthi i rith an lae nuair a bheadh an Rí ag obair. I dteach tábhairne i ngar dá háit oibre ar Shráid Pharnell a chaitheadh sí am lóin nuair a bhíomar inár gcónaí le chéile, agus shocraigh mé go mb'fhearr an seans a bhí agam teacht uirthi ansin. Chuaigh mé ann ar a ceathrú chun a haon. Ní raibh mé i bhfad istigh, agus mé ag scrúdú an bhiachláir ag an gcuntar, nuair a thosaigh an dóchas ag trá ionam. B'fhada ó bhí mé ansin le haghaidh lóin léi cheana agus bhí gach seans go raibh a cuid nósanna ite athraithe aici nó go raibh am lóin á chaitheamh aici leis an Rí ar Bhóthar Mhuirfean. Bhíos ag cuimhneamh ar imeacht, nuair a thugas súil thar mo leiceann agus chonaic mé ina seasamh ag bun an chuntair í agus barr éadrom dúghorm á chaitheamh aici os cionn blúis bhán. Rinneadh staic díom le teann neirbhíse agus bháigh mé mo shúile sa mbiachlár. D'airigh mé a hanáil ar mo chluais agus í ag cromadh isteach tharam. Thug sí a hordú don fhreastalaí agus d'imigh. Béile di féin amháin a d'ordaigh sí, agus ghlac mé leis nach mbeadh an Rí i láthair. Bhí mé idir dhá chomhairle: í a leanacht go dtí a bord agus ligean orm féin go rabhas tar éis siúl isteach ón tsráid agus í a fheiceáil, nó suí san áit a d'fheicfeadh sí mé le súil go labhródh sí liom. Nuair a d'ardaigh mé mo shúile bhí an fear óg a bheannaigh dom ar an tsráid ina sheasamh ag an gcuntar ar m'aghaidh amach. Gan a fhios agam cé acu an bhfaca sé mé nó nach bhfaca, shiúil mé amach as an teach tábhairne.

Bhí sé tagtha ag doirteadh. D'ardaigh mé cába mo chóta agus d'imigh liom de shiúl scafánta suas Sráid Pharnell, mo cheann cromtha agam agus m'intinn ag rásaíocht. An raibh an Garda ag faire ar Nadín? Nó an é go raibh súil leis an Rí ann? Bhí a fhios agam go mbeidís ag faire a hárasáin agus an Rí ar cuairt, ach níor thuig mé cén fáth a mbeidís ann mura mbeadh an Rí i láthair. Níor stop mé ag siúl gur bhain mé an Baile Lochlannach amach. Sula ngabhfainn chomh fada leis an teach shocraigh mé stopadh i siopa grósaera le líotar bainne a cheannach. I mo sheasamh sa scuaine ag an gcuntar dom, agus an biachlár fós i mo láimh agam, thugas féachaint amach an fhuinneog agus d'aithin mé Roibeard ina sheasamh ar an taobh eile den tsráid sa mbáisteach agus fón lena chluais aige. Nuair a tháinig mé amach, in áit casadh ar chlé ag na soilse, choinnigh mé orm caol díreach. Taobh amuigh d'ionad siopadóireachta bhí mé ar tí tacsaí a stopadh le mé a thabhairt ar ais chuig an teach nuair a chuimhnigh mé nach raibh pingin rua i mo phóca. In áit a dhul ag tarraingt ar an gciste beag airgid a bhí fanta agam, shocraigh mé go gcaithfinn coinneáil orm ag siúl nó go mbeadh lucht na leathbhróg curtha de mo lorg agam.

Murach gurb é Liam an t-aon cheangal a bhí fanta agam le Nadín, is beag aird a thabharfainn ar fhógraí ríomhphoist an Chumainn Seandálaíochta ach ligean dó féin is dá chuid árseolaithe dul i mullach an diabhail chun na Traí. Ar aon nós, mar réiteach don turas, d'fhan mé ansin gan chorraí amach as an mbedsit, ach ar éigean, agus mé ag tumadh sna cóipleabhair, ag iarraidh meabhair a bhaint as mo chuid nótaí agus as m'iarrachtaí leanbaí ar bhás Phatroclus a léiriú le pinn luaidhe dhaite na scoile, é gléasta i gculaith ghaisce an rílaoich Aichill (clogad agus lúireach a bhí rómhór dó, in ainneoin fianaise Hóiméir), é leonta, gonta, agus Eachtar mór ag teacht faoina dhéin.

Ach ní raibh réiteach sna cóipleabhair ar na ceisteanna ba mhó a bhí ag dó na geirbe agam: Arbh é Seán Ó Sé an rí dlisteanach? Agus dá mba é, an mise a ghiolla? Nó cé a bhí ionam ar chor ar bith?

Tharla gurbh é Liam a d'ardaigh ceist Nadín roimhe seo, agus nach raibh mé sásta í a phlé leis an uair sin, shíl mé go mb'fhearr gan í a lua leis ach fanacht go dtarraingeodh seisean anuas í mar scéal. Ach ó d'fhágamar Baile Átha Cliath, bhraitheas go raibh sé do mo sheachaint, agus nach raibh fonn air labhairt liom, agus tharla go raibh sé socraithe agamsa gan ceist Nadín a ardú, nuair a labhraíomar ar nithe eile bhraitheas teannas san aer eadrainn.

Tar éis dhá lá a chaitheamh ar cuairt ar sheanchathracha Gréagacha ar chósta Anatolia, thugamar aghaidh ar Chathair na Traí, tulach íseal chaisleach a taispeánadh dúinn ón mbus ar an mbóthar ó Izmir. Mar a dhéanainn go dtí seo, lean mé Liam agus na seandálaithe eile ar na cabhsaí adhmaid thar leacracha míne agus bhallaí ísle buí an láithreáin seandálaíochta agus, tar éis tamaill bhig, nuair a thuirsigh mé den mhionchur síos eolaíoch agus de stuacánacht Liam liom, d'imigh mé liom chun tosaigh ar an ngrúpa gur sheas in áit ina raibh feiceáil mhaith agam ar an tír mórthimpeall ar an gcathair. Thoir ar Shliabh Ida bhí sneachta fós ar na beanna, agus gaoth fhuar aduaidh a shéid ina siotaí agus a bhain croitheadh as na crainn darach a bhí ag teacht faoi dhuilliúir ar shleasa na tulaí. Thiar, bhí radharc ar an Meánmhuir agus ar oileán Bhozcaada, nó Tenedos na nGréagach. Ag fálróid dom thart timpeall na mballaí tháinig mé ar bhuíon eile turasóirí a bhí ag éisteacht lena dtreoraí, ach nuair a thosaigh sí sin féin ar mhiondindiúirí na caisleoireachta bhog mé i leataobh agus sheas in aice le seanphortalach fir a bhí chomh mór ar seachmall is a bhí mé féin, agus a d'fhan ina sheasamh ar mhúrtha na cathrach ag breathnú amach thar ghleann an Skamandair nuair a bhí a chomhthurasóirí bailithe leo i ndiaidh a dtreoraí.

Clingireacht cloigíní a ghoin m'aire, torann a tháinig aníos thar na múrtha chugam as an bpáirc ghlas idir muid agus na páirceanna treafa a shín le habhainn an Skamandair. Bhí trí nó ceithre ghabhar ag déanamh a mbealaigh siar le sconsa na páirce. Thug mé súil i mo thimpeall agus, le cabhair na léarscáile ar an mbileog eolais, rinne mé iarracht na cnoic thart timpeall orainn a aithint. Ar an taobh thall den abhainn bhí talamh treafa ag síneadh uainn ó thuaidh go tithe bána Khumkale ar an ardán ar fhíor na spéire. Siar uaidh sin bhí an fharraige, agus tancaer mór ag gluaiseacht go mall soir isteach i gCaolas na Dardainéile.

Le mo thaobh, labhair an fear os ard i mBéarla agus tuin na Gearmáinise ar a chuid cainte. Féach an machaire amuigh, ar sé. É ar fad faoin bhfarraige tráth den saol. Ansin, thall le cladach a bhí campa na nGréagach, ar sé, agus a mhéar dírithe ar pháirceanna treafa aige. Siar is aniar le seanlíne an chósta a throideadar, agus thíos fúinn faoi bhallaí na Traí a troideadh an comhrac mór idir Aichill is Eachtar.

Nuair a d'iompaigh sé chugam thaispeáin mé tuama Aichill dó ar an léarscáil beag a fuair mé ón bhfear sa gcábán iontrála.

Gan breathnú amháin air, shín sé a mhéar siar i dtreo na farraige, mar a raibh tulach bheag chruinn ar fhíor na spéire agus, taobh thiar di, dhá thancaer eile ag triall aniar. Sa gcarn sin thiar, Kesik Tepe, a deir sé, atá Aichill curtha. An bhfuil a fhios agat gur thug Alastar Mór na Gréige cuairt ar an tuama agus é ar a bhealach soir chun na Peirse?

Ní raibh a fhios.

Go sásta, d'inis sé dom gur léachtóir le Sibhialtacht Chlasaiceach a bhí ann, ach nuair a mhínigh mé mo spéis féin in Aichill is Patroclus dó, chúb sé uaim de bheagán, agus bhreathnaigh sé ina thimpeall go bhfeicfeadh sé cá raibh an chuid eile dá chomhthaistealaithe bailithe. Ní túisce iad feicthe aige ná chaill sé suim iontu arís, agus dhírigh a chuid cainte orm athuair.

An mbeimid ag tabhairt cuairte ar thuama Aichill? a d'fhiafraigh sé díom.

Bhreathnaigh mé siar thar pháirceanna ghleann an Skamandair i dtreo na hairde a bhí taispeánta aige dom. Ní mba léir go raibh aon bhóthar díreach ann as Hisarlik — an baile beag ba ghaire do bhallóga na Traí — agus mheas mé go raibh sé a cúig nó a sé de mhílte trasna na bpáirceanna uainn, nó siúl leathlae siar is aniar.

Níor tháinig mé ar an mbus céanna libh, a deirimse, ach ní dóigh liom go mbeidh. Sílim gur uair an chloig, nó mar sin, a mhaireann na cuairteanna, agus tá an chuma air go bhfuil sé sin rófhada as seo.

Thug sé súil siar arís ar an tulach. Caithfidh mé tuama Aichill a fheiceáil, ar sé ar deireadh, agus thosaigh air ag siúl le fána.

Ghlaoigh mé ina dhiaidh ag iarraidh a chur ina luí air go raibh an t-achar rófhada, ach choinnigh sé air síos faoi mhúrtha na cathrach. Chuimhnigh mé ar an bhfainic a chuir an treoraí orainn faoi na nathracha beaga nimhe a bhí i ngach uile pholl is scailp sa gceantar, ach bhí sé imithe as amharc.

Chuala mé an chlingireacht chéanna arís agus thíos fúm chonaic mé suas le scór beithíoch á dtiomáint isteach sa bpáirc agus iad ag imeacht le fíbín sa bhféar úr glas. Ag siúl siar i líne leis an sconsa bhí an oiread céanna gabhar is meannán. Beirt a bhí á dtiomáint, fear agus buachaill, ba chosúil. D'fhan mé mar sin ag breathnú go sámh brionglóideach orthu, an fear ina sheasamh i lár na páirce agus an buachaill ag siúl siar le fál gur imigh sé as amharc orm. Bhíos ag baint taitnimh as an gclingireacht shéimh agus as teas na gréine ar m'éadan, nuair a chuala glór an fhir. Bhí sé ina sheasamh i measc na mbó agus a dhá lámh sínte amach aige. Shíl mé gur ag fógairt ar mhadra a bhí sé ar dtús agus, de réir mar a tháinig na gutaí fada chugam ar an ngaoth, thuigeas gur ag gabháil fhoinn a bhí sé.

Bhreathnaigh mé i mo thimpeall, ag iarraidh an radharc a roinnt le duine éigin. Bhí treoraí Seapánach ag caint. Nuair a tháinig sé chuig deireadh abairte rinne an grúpa ar fad crónán as béal a chéile i gcomhartha iontais nó ómóis. D'imigh Meiriceánach mná tharainn lena compánach mná. Bhí muid anseo dhá scór bliain ó shin, ar sí. B'in é mo chéad fhear céile.

Os cionn an siosca cainte tháinig na gutaí fada chugam arís aníos as an ngleann agus gan aon duine sa gcathair ach mé féin ag tabhairt suntais don fheirmeoir a bhí ag cantaireacht le macnas an earraigh. D'airigh mé bá éigin leis, a chuid eallach á ligean amach ar an bhféar aige agus é, le tionlacan na gcloigíní, ag ceiliúradh na huaire breá, é buíoch dá thréada bó is caorach, de neart a mhic agus d'áilleacht a mhná. Dhúisigh an radharc sin cuimhne éigin folaithe ionam nár aimsigh mé i seanbhallaí Hóiméir.

Tháinig deireadh leis an gcantaireacht agus ghluais an fear roimhe soir sa ngarraí. Ar an bhfón póca chonaic mé go raibh mé deireanach agus, tar éis sodair bhig aniar as an gcathair, tháinig mé ar na seandálaithe cruinnithe faoi mhacasamhail mhór adhmaid de Chapall na Traí. Ag doras an bhus bhí Liam ag déanamh teanntáis leis an treoraí.

A Jó, a scairt an Tuirceach mná fionndaite amach i mBéarla Mheiriceá. Bhíomar chun tú a fhágáil mar bhronntanas ag na Traígh!

Rinneamar ar fad gáire, cé is moite de Liam. Ar an mbus, shuigh mé isteach lena thaobh agus d'inis mé mo chuid scéalta dó faoin nGearmánach agus faoin bhfeirmeoir sa bpáirc ach ní dhearna sé ach gnúsacht liom. Ag tarraingt amach ar an bpríomhbhóthar dúinn, mhoilligh an bus chun scuaine fada feithiclí míleata a ligean tharainn. Ar bhalla seantí taobh amuigh d'Iostanbúl bhí na litreacha PKK péinteáilte go garbh.

Bhí lá saor againn in Iostanbúl. Nuair a thairg mé cuairt a thabhairt ar na siopaí lámhcheardaíochta le Liam ghlac sé leis go fonnmhar, shíleas, agus go gairid roimh am lóin, i gceann de shráideanna plódaithe Bheyoglu d'ólamar caife faoi bhrat taipéise ar a raibh portráid d'Ataturk ina chaipín mór clúmhach. Rinne mé iarracht é a tharraingt amach faoin treoraí mná le súil go dtabharfadh an chaint ar mhná an scéal thart chuig Nadín, ach chas Liam an comhrá ar ais chuig na bronntanais a bhí le ceannach aige dá mhuintir. Ina suí trasna uainn, bhí triúr ban óg dea-ghléasta ag cabaireacht os cionn a gcuid caife agus an hijab á chaitheamh acu. Thug mé suntas don mhistéir mhealltach a bhain leis an triúr agus dúirt le Liam go bhféadfainn an lá a chaitheamh ag breathnú orthu.

Féadfaidh tú, a deir Liam agus chaith siar a chuid caife de léim.

Ag siúl anuas ó Chearnóg Taksim dúinn ar shráid leathan choisithe Istiklal thug mé suntas don phictiúr d'Ataturk ar chairt láimhe an díoltóra sú oráistí.

Mustafa, Athair na dTurcach, arsa Liam. Síltear go bhfuil an bunús céanna lena ainm is atá le hainm Attila, an tAthair Beag, nó leis an bhfocal Aite, athair altrama sa tSean-Ghaeilge.

Ah, a deirim, Lúghaidh Lágha aite Mhic Con?

Den chéad uair ó d'fhágamar an baile, bhris meangadh an gháire ar bhéal Liam. Go díreach é, ar sé, agus é sásta leis an tagairt dá thráchtas. An bunús céanna leis an bhfocal Deaide freisin, b'fhéidir.

Sheasamar ag siopa leabhar Béarla. Ar fheiceáil dó go rabhas meáite ar dhul ag póirseáil sna leabhair, d'fhág sé slán agam, a rá arís go raibh bronntanais le ceannach aige.

In eagrán Aubrey de Sélincourt den *Anabasis Alexandri* le hArrian d'aimsigh mé cuntas ar Alastar sa Traí agus tuigeadh dom ansin nach Alastar is Aichill amháin a bhí i gceist san eachtra a luaigh an sean-Ghearmánach liom, ach go raibh a chompánach Hephaestion i gcuideachta Alastair ag an tuama. De réir an *Illiad*, meascadh luatha Aichill is Phatroclus le chéile in aon chrúsca amháin, mar sin ba dhóigh gur in aon uaimh amháin a cuireadh an bheirt. Agus, dár ndóigh, tharla go raibh Patroclus luaite go sonrach i gcuntas Arrian ar thuras Alastair Mhóir ar an tuama, thabharfadh sé sin le tuiscint gur aithin Alastar Mór agus Hephaestion ról an ghiolla rí: Thimpeallaigh Alastar tuama Aichill le bláthfhleasc; agus tá sé ráite gur mhaisigh Hephaestion tuama Phatroclus ar an gcaoi chéanna. Chuimhníos ar Phatroclus á ghléasadh féin i gculaith ghaisce Aichill (mar a rinne Dodéara le coróin Mhic Con), agus an gaiscíoch Gréagach á mharú ag Eachtar (mar a tharla do Dhodéara féin ar Cheann Abhraid). Chuir sé seo an scéal faoi Mhac Con a scríobhadh d'Ó Néill i gcuimhne dom, agus bhí aiféala orm nach raibh cóip agam de. An ar an Dualtach a bhí cathéide an Niallaigh i bhFearsaid Súilí, agus ar thuig seisean freisin ról an ghiolla rí?

Bhuail aiféala ansin mé nár lean mé an sean-Ghearmánach siar trí na páirceanna an lá roimhe sin. Cé nach raibh fanta sa Tuirc againn ach ceithre lá, shocraigh mé go gcaithfinn filleadh ar an Traí.

Tar éis beagán taighde a dhéanamh ar an idirlíon ar óstán feiliúnach, agus a dhearbhú dom féin go raibh bunús maith leis an tuairim gurb ionann an tulán a thaispeáin an sean-Ghearmánach dom agus uaigh Aichill, sula ndeachaigh mé a chodladh d'fhógair mé go raibh tinneas cinn orm agus, in áit dul ar an turas go Teampall Aitéiné i bPrieme a bhí beartaithe don lá dar gcionn, dúirt mé leis an gcuid eile go bhfanfainn in Iostanbúl. Cé gur thairg Liam fanacht liom — agus é maolchluasach go maith tar éis a chuid stuacánachta — d'fhág mé slán aige an oíche roimhe sin, agus d'éalaigh mé liom gan bricfeasta ar a sé a chlog ar maidin i dtacsaí agus gan agam ach an focal Turcach ar stáisiún na mbusanna, Otogar.

Bhí na sluaite ann romham agus iad bailithe ina scuainí thart ar na céadta bus. Threoraigh an díoltóir ticéad mé chuig bus mór galánta mar a raibh suíochán agam dom féin. Agus í ag tarraingt amach as an stáisiún chuir mé téacs chuig Liam ag rá go raibh mé ag tabhairt cuairte ar an Traí arís. Leanamar cósta Mhuir Mharmara ó dheas amach as na fobhailte nó gur thug bóthar intíre siar sinn thar shliabhraon foraoiseach agus anuas le cósta na Mara Aeigéach ar leithinis Ghallipoli agus, tar éis cúig uair an chloig taistil, stopamar le haghaidh lóin ag bialann ar thaobh an mhórbhealaigh. Agus muid ag cur chun bóthair arís tháinig téacs isteach ó Liam gan tagairt aige do m'athrú plean: feicfe me amarak thu.

Mhoillligh an bus ar theacht isteach go baile beag dúinn agus thosaigh torann innill ag ardú inár gcluasa nó go raibh sé ina thormán mór thart timpeall orainn agus paisinéirí ag breathnú go himníoch ar a chéile. Sa bhfuinneog, faoi m'uillinn, nocht feithicil íseal fada feirme gan bhoinéad, gan díon, mar a bheadh trucail déanta as cláir agus inneall oscailte uirthi, agus í ar tí muid a scoitheadh ar an lána mall. Cromtha os cionn roth stiúrtha le taobh an innill bhí fear buíchraicneach meánaosta, agus thiar ar a chúl bhí cailín luite siar ar a taobh ar charn pluideanna, scaif daite uirthi, sciortaí agus seálta ag preabadh sa ngaoth, agus í neadaithe i measc málaí dubha, buidéil gháis, ciséain phlaisteacha lán éadaí, potaí is earraí cisteanaí cuachta i bpluideanna daite, agus géaga fada crainn gearrtha ina gcuaillí. Ina ndiaidh aniar tháinig dhá thrucail oscailte eile ar an déanamh céanna, gach aon cheann acu lán le mná is páistí, le málaí, le hábhar cisteanaí, agus leis na cuaillí fada céanna a chonaic mé ar an gcéad fheithicil, agus tuigeadh dom ansin gur dóigh gur teaghlaigh ag dul ar spailpínteacht a bhí iontu, idir fhir, mhná is pháistí, agus iad ag tabhairt an bhóthair ó dheas orthu féin don séasúr. D'fhágadar torann na n-inneall inár gcluasa agus iad ag imeacht tharainn de ruaig.

Cúpla nóiméad ina dhiaidh sin tháinig siúl faoin mbus agus thosaigh an torann ag ardú arís agus chuir mé mo cheann le pána na fuinneoige go bhfaighinn amharc eile ar an bhfear agus a iníon, mar a shíl mé. Agus muid á mbailiú ar an mbóthar, d'ardaigh sí a ceann go mbreathnódh sí orainn — ba léir anois nach aon ghearrchaile a bhí inti ach bean agus í chomh buí leis an bhfear — agus, sa soicind beag sin sular shleamhnaigh siad siar as amharc orainn, las an dá shúil dhubha ina ceann agus leath meangadh an gháire ar a haghaidh.

Tar éis tamaill dreaptha d'fhágamar na coillte inár ndiaidh, bhain an bus barr an aird amach agus thángamar anuas le sleasa an chnoic, Caolas na Dardainéile agus mór-roinn na hÁise á nochtadh os ár gcomhair amach. Ghluaiseamar go sciobtha le fána nó gur shroicheamar bruach thiar Çanakkale agus rinneamar ár mbealach go mall trí na sráideanna gur thángamar ar an scuaine leoraithe is busanna a bhí ag gluaiseacht romhainn amach ar an gcaladh. Thuirlingíomar den bhus i mbád farantóireachta a bhí ag gluaiseacht amach thar an gcaolas.

Ar an deic uachtarach sheas mé ag faire ar leath thoir Çanakkale ag teacht chun léargais. Agus muid ag teacht i gcaladh, ardaíodh glórtha na muezzin agus, thíos fúm ar dheic na gcarranna, d'aithin mé ógbhean an bhóthair ina seasamh lena fear. Le croitheadh dá ceann scaoil sí a gruaig fhada fheamainneach dhubh as a scaif, á luascadh lena droim, agus chuimil an t-allas dá baithis leis an éadach daite. D'fhill sí an t-éadach ansin agus rinne triantán de, á fháscadh le snaidhm faoina smig agus ag bailiú a cuid gruaige ann. Agus í ag casadh i mo threo, ar a brollach chonaic mé cloigeann naíonáin ag gobadh aníos faoina cuid seálta.

Sa tráthnóna thuirling mé de mhionbhus ar cholbha an bhóthair taobh amuigh d'Óstán Hisarlik — brú do thaistealaithe a raibh siopa thíos faoi, agus caifé inar itheamar greim ann an lá a rabhamar ar cuairt ar an tseanchathair — agus, tar éis dinnéir, labhair mé le fear an tí, Yusuf, faoi bhealach a fháil go Kesik Tepe. Suite taobh thiar de chuntar lán le clogaid bheaga Ghréagacha, ulchabháin phráis, agus miondealbha d'Ataturk, d'éist sé go haireach liom agus, go hoibleagáideach, ghlaoigh sé ar a dheartháir Mehmet — fear, a mhaígh sé, a raibh leabhair scríofa aige ar an áit — agus shín sé an glacadóir chugam. Cheistigh Mehmet mé go cruinn i mBéarla agus nuair a thuig sé gur ar uaigh Aichill a bhí mo thriall dúirt sé go gcaithfinn a dhul go háit eile ar fad, go tulach Achilleum taobh amuigh de Bhasik, deich míle níos faide ó dheas. Ba bheag an mhaith dom a bheith ag argóint leis ar an nguthán agus, ar deireadh, d'iarr mé air teacht ar thiománaí dom a thabharfadh go Basik mé, go Kesik Tepe, agus thart timpeall ar an gceantar máguaird. Cé go ndúirt sé arís eile liom go rabhas ag cur mo chuid ama amú i gKesik Tepe, dúirt sé go ndéanfadh sé é sin.

Maidin lá arna mhárach d'ith mé bricfeasta go moch, ach níor tháinig Hasan lena veain go raibh sé ag druidim lena haon déag. Iarmhúinteoir bunscoile a bhí ann — mar a mhínigh fear an tí — fear scafánta slachtmhar a raibh croiméal air mar a bhí ar an iaruachtarán agus ar go leor dá chomhshaoránaigh, agus ba ghearr go mba léir dom nach raibh aige ach cúpla focal Béarla. De réir mar a thuigeas uaidh, bhíomar le dul ó dheas go Basik ar dtús agus le cuairt a thabhairt ar thulach nó dhó ann sula ngluaisfeadh muid romhainn ó thuaidh le cósta go Kesik Tepe.

D'imíomar den bhóthar taobh amuigh de bhaile Basik, d'fhágamar an veain sa bhféar ar thaobh an chnoic agus chuamar ag dreapadh in airde. Basik Tepe a thug sé air, nó Achilleum mar a thuigeas ó Mhehmet. Seanáitreamh mhuintir Lesbos, de réir na mbileog eolais a bhí tugtha liom agam. Hasan a bhain an barr amach ar dtús. Thíos fúinn, le cósta, bhí trí cinn de dheilfeanna ag leanacht a chéile. Agus muid inár seasamh in airde ar an mullach lom clochach crochta os cionn na Meánmhara, thaispeáin sé logán ina lár dom, mant a bhain seandálaithe as fiche bliain roimhe sin. Chrom sé os cionn an ghainimh agus bhain píosa de sheanphota cré as, á shíneadh chugam. Thóg mé i mo láimh é agus scrúdaigh mé é. Dubh a bhí an gléas ar an bpota, agus bándearg a bhí an chré. Nuair a shín mé ar ais chuige é, chomharthaigh sé dom gur bronntanas a bhí ann.

Tar éis cuairte ar Ajax Tepe agus ar Achill Tepe, thiomáineamar linn ar feadh deich nóiméad, an Mheánmhuir le m'ais agus long chogaidh ár bhfaire ó fhíor na spéire, sula dtáinig muid go bialann bheag ar thrá cois calaidh, áit ar itheamar ronnach don lón agus Ataturk ag breathnú anuas orainn ó phictiúr frámáilte ar an mballa. Bhí uair an chloig againn le caitheamh i gKesik Tepe sula gcaithfeadh Hasan imeacht le gasúir a mhic a bhailiú ón scoil agus go gcaithfinnse a bheith amuigh ar an mbóthar in am don bhus a thabharfadh go Çanakkale muid. Ach nuair a bhain mé Kesik Tepe amach ní raibh romhainn ach líne chothrom dumhcha idir muid agus bun na spéire, agus gan aon dé ar an tulach a bhí feicthe agam i ngrianghraf ar an idirlíon. D'fhágamar an veain ar chosán agus shiúlamar trí chlais chúng dhomhain a thug amach ar an bhfarraige muid. Seanchanál triomaithe, a thuig mé ó Hasan. Tar éis mo bhróga a bhaint díom agus mo chosa a fhliuchadh sa Meánmhuir d'iompaigh mé ar ais go bhfeicinn cén aird ina raibh an carn. Ní raibh le feiceáil ach ardán rite ar dhá thaobh an khesik — nó an gearradh, mar a mhínigh sé dom. Bhí an chuma air go raibh an ceart ag Mehmet agus go raibh mé tar éis cuairt a thabhairt ar uaigh Aichill an mhaidin sin i nganfhios dom féin. In airde liom go maolchluasach, an t-am ag sleamhnú orm agus an misneach ag trá ionam, agus mé ag breith ar thomóga muiríní is luifearnaí le mé féin a tharraingt aníos. Go traochta, bhaineas an mullach gainmheach amach. Sa treo as a dtángamar, shín an talamh le fána bog réidh anuas thar pháirceanna treafa. Ó thuaidh, idir mé agus an bealach isteach sa Dardainéil sheas carn aonraic go maorga in aghaidh na spéire.

Kesik Tepe, a deirim liom féin os ard agus an cruinneachán glas á aithint agam ón ngrianghraf. Rinne mé amach go raibh sé míle nó míle go leith uaim, ag siúl thar na dumhcha, nó b'fhéidir trí nó ceithre mhíle ar an mbóthar.

Bhí Hasan ina shuí sa veain romham. Nuair a mhínigh mé an scéal dó thairg sé mé a thabhairt ann an lá dar gcionn agus thug uimhir dom ionas go bhféadfainn glaoch air. Thug sé an veain amach ar an mbóthar mór ansin agus chas muid ó thuaidh ar an mbealach ar ais go Hisarlik. Tar éis míle bóthair, nó mar sin, bhreathnaigh mé siar agus chonaic mé an tulach íseal idir muid agus an fharraige. Ní raibh sé ach leathmhíle uainn ar a mhéid. D'iarr mé ar air stopadh agus shín mé chuige an céad lira a bhí socraithe againn agus caoga lira breise. Go buíoch, thairg sé teacht ar ais le mé a bhailiú níos deireanaí — ach glaoch air, a dúirt sé — agus ghlac mé go fonnmhar leis an tairiscint, cé go raibh an cadhnra íseal ar an bhfón.

Rinne mé mo bhealach go héiginnte trí pháirceanna treafa, an talamh tirim agus cruaite faoi mo chosa. De réir mar a bhí mé ag imeacht romham bhí an tulach ag ardú os mo chionn. D'fhág mé na páirceanna i mo dhiaidh ansin agus chuaigh mé ag dreapadh go mall in aghaidh an aird, boladh na tíme ag éirí i mo chuid polláirí agus mé ag iarraidh breith ar na gasáin bheaga tirime chun mé féin a tharraingt aníos.

Agus saothar orm, bhain mé an mullach ard cruinn amach. Le m'ais, bhí piléar coincréite, mar a bheadh marc airde ann, é thart ar cheithre throigh ar airde agus gan plaic ná scríbhinn air. Agus ar thaobh na farraige den tulán, bhí log mar a bhí ar Bhasik Tepe, san áit a raibh seandálaithe nó creachadóirí ag tochailt tráth den saol. Go deimhin, ba dheacair a rá cé acu an cnocán a bhí i gKesik Tepe nó cruach a carnadh d'aon turas, agus chuireas an cheist orm féin arbh é seo tuama Aichill ar chor ar bith? Mar a bheadh freagra ar mo cheist, baineadh cling as mo ghuthán póca agus fuaireas teachtaireacht ó vódafón, Fáilte go dtí an Ghréig, agus nuair a bhí m'anáil ar ais agam fuair mé deis sásamh a bhaint as leithne ghorm na Meánmhara — Muir Bhán na dTurcach, de réir mo leabhair taistil — agus Caolas na Dardainéile ó thuaidh. Bhí áthas orm nach raibh Hasan liom, agus go bhféadfainn blaiseadh faoi shásamh den nóiméad sin agus mé ar cuairt ar an láthair a raibh Hephaestion ann romham, agus Patroclus ann roimhe sin arís. Ba é an Dualtach an lúb ar lár. Shamhlaigh mé é féin agus an Niallach á gceiliúradh féin i mbeathaisnéis Mhic Con, agus in eachtraí Laidine Aichill agus Phatroclus as an *Illiad* i nDún Geanainn nó cois tine i gcampa na ngallóglach. Nó an raibh aistriúchán Laidine d'*Anabasis Alexandri* léite acu? An rabhadar eolach ar chuairt Alastair Mhóir is Hephaestion ar thuama Aichill is Phatroclus?

Ar mo bhealach anuas arís stop mé sa gcéad pháirc treafa chun súil a chaitheamh i mo dhiaidh. Ina sheasamh ar an gcruach ar mo chúl, bhí fear ard déanta. Cé nár fhéad mé a dhéanamh amach an turasóir a bhí ann nó duine de mhuintir na háite, bhí sé ina sheasamh suas caol díreach ar nós saighdiúra ar mhullach na cruaiche. Chuimhnigh mé ar Laoghaire ag tabhairt aghaidh ar na Laighnigh agus phléasc an t-aer os mo chionn. Chas mé mo cheann go bhfeicfinn dhá scairdeitleán chogaidh ag lascadh suas le cósta agus ag iompú soir leis an gcaolas i dtreo Mhuir Mharmara. Nuair a bhreathnaigh mé ar ais i dtreo na huaimhe ní raibh amharc ar bith ar mo Laoghaire. Sheas mé scaitheamh, le súil go bhfeicfinn arís é agus, nuair nach bhfaca, shocraigh mé i m'intinn gur imithe ar ais síos le cósta a bhí sé. D'fhéadfadh sé gur dhuine de mhuintir na háite a bhí ann; feirmeoir, b'fhéidir, a bhí ag obair sna páirceanna, nó gur chuimhnigh mé ar an sean-Ghearmánach beag gearrchosach ón lá roimhe sin a bhí ag iarraidh é a shiúl ó Hisarlik go dtí an tuama, agus mheas mé go mb'fhéidir gur aníos le cósta a tháinig an fear seo ar Khesik Tepe, agus chas mé ar mo chois arís agus choinnigh orm ag siúl i dtreo an bhóthair.

Bhí an tráthnóna go breá agus shocraigh mé cúpla míle den bhóthar a shiúl sula nglaofainn ar Hasan agus, mar a tharla, bhain mé an oiread taitnimh as an tsiúlóid gur choinnigh mé orm gur bhain mé Óstán Hisarlik amach go deireanach sa tráthnóna agus na colúir ag glaoch as na crainn ar imeall an bhaile, mé sáraithe agus sásta i ndiaidh m'aistir. Chaith mé an oíche san óstán agus, cé go raibh an lá ina dhiaidh sin á chaitheamh ag na seandálaithe in Iostanbúl agus nach mbeidís ag taisteal go dtí an lá dar gcionn arís, shocraigh mé éirí le moiche na maidine agus aghaidh a thabhairt ar Iostanbúl agus ar Liam.

Bhí an bus sáinnithe sa trácht ar an mbealach isteach go hIostanbúl sular thuig mé ó mo chomhphaisinéir go raibh an t-uachtarán ar cuairt aon lae ar an bpríomhchathair. Bhí mé tagtha den bhus agus mé ag déanamh ar stad an tram i lár slua páistí scoile a raibh bratacha beaga na Tuirce is Mheiriceá á gcroitheadh san aer acu nuair a tuigeadh dom gurbh é uachtarán na Stát Aontaithe a bhí i gceist. Tháinig mé ar Liam ag an stad don tram taobh amuigh den Mhosc Gorm, mar a bhí socraithe eadrainn, agus an áit dubh le daoine a bhí tagtha le spléachadh a fháil ar an uachtarán ag dul thar bráid.

Bhí an nuacht ba dheireanaí as Éirinn ag Liam dom, buiséad éigeandála fógartha ag an Tánaiste agus blianta crua tuartha don phobal — rud a chuir focail Mhic Alastair sa gClub i gcuimhne dom faoi ghuagacht Mhars is Mhammon. D'itheamar greim sciobtha ar thaobh na sráide agus, tar éis lóin, thugamar aghaidh ar Mhúsaem Ayasofya. Ghlaoigh fón Liam agus muid ar an mbealach ann. Duine éigin as Éirinn, ba léir. Bhí sé an-fhiafraitheach faoi shláinte an té sin, a d'airigh mé. Nuair a múchadh an guthán gan choinne lig Liam eascaine as.

Ar an bpointe rith sé liom mé gurbh í Nadín a bhí ar an bhfón.

D'iompaigh sé chugam agus, in áit an scéala as Éirinn a thabhairt dom, dúirt sé go raibh na comharthaí gutháin á múchadh ar feadh cúpla uair an chloig fad is a bheadh Uachtarán Mheireiceá ag dul thar bráid.

Bhí ruibh orm. D'fháisc mé mo dhraid anuas ar mo liopa nó gur bhain fuil as.

Ar an mbóthar aníos go hAyasofya bhí dhá héileacaptar ag crónán os cionn an tseanteampaill agus na sluaite ag fanacht ar an gcavalcád, ráillí curtha in airde ar thaobh an bhóthair agus póilíní ar dualgas. Shocraigh buíon bheag póilíní síos i bhfáinne lenár dtaobh, a gcuid clogad leagtha ar an gcosán, caipíní baseball orthu agus iad suite ar a ngogaide ag ól tae, agus thuig mé go mbeadh fanacht orainn.

Chuamar ag léamh ár gcuid leabhar taistil nó gur éirigh na póilíní ar a gcosa, agus dhruideamar leis an ráille. Agus an slua ag teannadh isteach inár dtimpeall d'fhiafraigh mé de Liam cén scéala a bhí aige as Éirinn.

Drochaimsir, a d'fhreagair sé go tur. Bhí an giúmar athraithe, agus thuig mé gur bhain sé liomsa agus Nadín.

Breathnaigh, a deirim, mura bhfuil tú ag iarraidh labhairt uirthi tá sé sin ceart go leor. Tá a fhios agam go bhfuil tú i ngrá léi, agus go n-éirí sin leat. Ní raibh mise ach ag fiafraí díot cén chaoi a raibh sí, sin é an méid.

Dearg-asshole a thug sé orm. Bhíomar ag tomhais dorna ar a chéile sa slua agus ag búireach in ard ar gcinn chun go gcloisfeadh muid a chéile os cionn ghleo na sluaite a bhí ag dul i méid inár dtimpeall, daoine ag bualadh bos is ag gártháil go sásta agus beirt phóilíní ag breathnú go himníoch orainn. Os cionn na gcloigne fuair mé spléachadh sciobtha ar thrí charr mhóra dubha ag dul thar bráid agus siúl fúthu, agus cúpla SUV ina ndiaidh aniar. Chas mé ar mo chois agus d'imigh.

Bhrúigh mé mo bhealach tríd an slua go dtí gur tháinig mé ar shráideanna níos ciúine agus, gan stopadh, choinnigh mé orm de shiúl tréan sciobtha, mo dhá dhorn fáiscthe le teann feirge. Tar éis tamaill mhaith siúil mhaolaigh mé ar mo chois agus mé ag leanacht sna sála ar bhuíon turasóirí Iodálacha a bhí ag dreapadh in aghaidh an aird. Go tuirseach, thosaigh mé ag titim ar gcúl, ach choinnigh mé orm ag dreapadh gur nocht cruinneacháin séipéil ar bharr na sráide. Ag an ngeata tuigeadh dom gur caomhnaithe mar mhúsaem a bhí an seanséipéal, Músaem Eaglais an tSlánaitheora faoin dTuath, Kariye Camii. D'íoc mé as ticéad agus d'imigh de shiúl trí ghairdín glas fionnúr an tséipéil agus díonta is cruinneacháin Iostánbúil le feiceáil thíos fúm thar bhalla an ghairdín agam.

Istigh sa séipéal, san áirse faoin mbinn in aice an dorais mhóir bhí mósáic den Mhaighdean Muire ar asal agus í á treorú ag Naomh Iósaf. Bhí a mhála crochta ar shlat thar a ghualainn ag Iósaf. Sa seomra céanna, os cionn fuinneoige, tháinig mé ar mhósáic de Iósaf agus Íosa ar a ghualainn aige agus an Mhaighdean Muire ag siúl ina ndiaidh aniar. Ag fágáil Bheithil a bhí siad. Thart timpeall ar an mósáic, bhí pictiúir de na naoimh. Go mall, d'airigh mé an teannas ag imeacht díom. D'fhanas mar sin, ar feadh i bhfad os comhair an mhósáic, cuairteoirí ag dul siar is aniar tharam agus mo dhá shúil báite agam sna tíleanna beaga daite. Ar deireadh, fógraíodh go raibh an áit le dúnadh.

D'imigh grúpa Gréagach nó Rúiseach amach an geata romham agus iad á dtreorú ag fear óg féasógach a raibh gúna fada dubh air agus hata leathan den dath céanna. Amach liom sna sála orthu, ach in áit iad a leanacht síos an phríomhshráid, d'iontaigh mé ar chlé trí na cúlsráideanna, agus mé ag imeacht liom le fána i dtreo na farraige. Ar shráid amháin bhí fir ina suí ar thoilg taobh amuigh de thithe adhmaid, agus páistí ag spraoi le rópaí scipeála. Sheas mé le veain a ligean isteach tharam, agus trí fhuinneog chaifé chonaic mé fir suite ar shuíocháin ísle só ag imirt chártaí. As cúl an veain iompraíodh uain fheannta isteach i siopa. D'aithin mé ón gcur síos i mo leabhairín taistil gur i gceantar Bhalat a bhí mé, i seanbhaile na nGiúdach. Phrioc mé mo chluasa le súil go gcloisfinn a dteanga Ladino á labhairt, ach ní raibh le cloisteáil agam sna sráideanna ach ceol Turcach, mar a shíl mé, á chasadh ar raidió trí fhuinneog oscailte. Bhí mé ag faire amach do chomhartha don tsionagóg, ach nuair nach bhfaca mé dé uirthi mheas mé go raibh mé gaibhte thairsti. Bhí díomá orm, thaitneodh sé liom rud éigin a fhoghlaim faoin bpobal sin a d'iompar a gcreideamh leo ó áit go háit agus ó ghlúin go glúin. Nó ab é an creideamh a d'iompar an pobal? Go tuirseach, shuigh mé isteach i gcaifé a raibh fógra lámhscríofa sa bhfuinneog, áit bheag ghlan a dhíolfadh tae is cácaí beaga milse. Bhí slua eachtrannach ann romham, mná meánaosta a bhformhór, agus samabhár ar dhath an airgid ag coipeadh ar chúl an chuntair, mar a raibh sraith portráidí d'Ataturk ar an mballa. Lena thaobh, i measc na mbuidéal biotáille, chonaic mé buidéal raki agus, leis na cúpla focal Tuircise a léigh mé i mo leabhairín taistil, d'iarr mé braon sek agus gloine uisce ar an bhfear óg a bhí ag obair leis féin sa gcaifé.

Seafóid, a scairt Meiriceánach mná as an gcomhluadar a bhí cruinnithe ag bord sa gcúinne.

A luaithe is a bhí an dara deoch ordaithe agam bhuail aiféala mé. Ba léir go raibh raki á ól freisin ag an mbuíon Meiriceánach agus iad ag éirí níos glóraí i gcaitheamh an ama.

Maraíonn siad an Mahamad seo, a dúirt duine de na mná os ard.

Al-Mahdi, a deir an fear go fonóideach, á ceartú i mbréagchanúint Tuirceach nó Arabach.

In ainm Dé, a dúirt an bhean i gcanúint a léirigh oideachas agus féinmhuinín, níl ann ach gasúr cúig bliana d'aois. Agus ansin, a deir sí agus a glór á ardú aici, ansin ligeann siad orthu féin go bhfuil sé fós ina bheatha agus é ag tabhairt treorach dá lucht leanúna tríothu siúd — na dúnmharfóirí!

Chuirfeadh sé daoine áirithe sa mbaile i gcuimhne duit, arsa bean eile léi, agus a méara á leagan go fainiceach ar a láimh.

Ach ní raibh aird ag an gcéad bhean uirthi. Dhírigh sí í féin suas go míshásta sa suíochán. Agus tá sé seo ag dul ar aghaidh le os cionn míle bliain!

D'iompaigh sí i mo threosa agus a slinneán á croitheadh aici. Chúb mé mo shúile uaithi agus lig orm nach bhfaca mé í — mar a bhí á dhéanamh ag an bhfreastalaí, agus é ag cur snas ar bharr an chuntair.

Tá sé cosúil le scéal áiféiseach a d'inseofá do pháistí, a dúirt bean eile.

Bíonn reiligiúin mar sin, nach mbíonn? Bíonn an scéal chomh háiféiseach go gcaithfidh tú creidiúint ann.

Déanann reiligiún páistí dínn ar fad.

Céard atá i gceist agat? Bhí an fear ina sheasamh agus an freastalaí á íoc aige.

Saolaítear fear agus faigheann sé bás. Tá sé inchreidte, ach ní féidir creidiúint ann, má thuigeann tú leat mé.

Níl a fhios agam an dtuigeann, a stór.

Ach saolaítear fear do mhaighdean, faigheann sé bás agus éiríonn sé ó na mairbh tar éis trí lá. Dochreidte, ach caithfear creidiúint ann.

Sea, cá bhfuil an reiligiún faoi bhean a rugadh agus thug a saol ag tabhairt aire dá fear agus dá mac agus a fuair bás gan chíoch gan bhroinn?

Slán an tsamhail, a Pham!

Bhíodar fós ag caint in ard a gcinn agus iad ag siúl amach ar an tsráid. Ligeas osna faoisimh asam de mo bhuíochas, agus bhris a gháire ar an bhfreastalaí. Bhí an caifé ina thost, an freastalaí ag tabhairt leis na gloiní folmha ó bhord na Meiriceánach, agus gan fanta ann ach mé féin agus é féin. Gan focal, chuir sé braon eile i mo ghloine. D'iarr mé air braon a ól liom, chuimil sé bord na

Meiriceánach le ceirt agus tháinig sé ar ais le gloine uisce agus shuigh ar stól le m'ais.

Go leithscéalach, dúirt mé leis i mBéarla go raibh siad beagáinín róghlórach.

Rinne sé gáire. Scaití, ar sé i mBéarla a bhí cruinn soiléir, sílim gur maith an rud nach dtuigim Béarla go rómhaith.

Tá Béarla maith agat, a deirimse, agus sílim gur thuig tú an méid sin go rímhaith.

Ní raibh ann ach turasóirí ag ligean srian lena dteanga, ar sé. Ar aon nós, is mise a dhíol an bhiotáille leo.

Bhíodar ag caint ar an dara hiomám déag, nach raibh?

Rinne an freastalaí miongháire. Ar an eiriceacht Síach, ar sé.

Mar sin féin, a deirim, fiú murar Síaigh muintir na Tuirce is dóigh nár chóir do chuairteoirí a bheith drochmheasúil.

Chroith sé a ghuaillí sular labhair sé arís. Tá neart Síach sa Tuirc, agus tá níos mó ná an pobal Síach a chreideann i dteacht an Mhahdi.

Drúz?

Drúz, Ismael, Sufi. Agus gheobhaidh tú ar fad iad i gCathair Iostanbúl, ar sé agus a dhá lámh á leathadh amach aige go maíteach. Iadsan agus tuilleadh eile nach iad.

Bhfuil pobail sa gcathair a chreideann i dteacht an dara hiomám?

Tá daoine den ord Mevlevi sa gceantar seo, cuid den phobal Sufi.

Dúirt mé leis gur chuala mé faoi na Sufi.

Sea, na Mevlevigh, ar sé. Feicfidh tú ag damhsa iad do na turasóirí.

Na Deirbhísigh?

Sin é an aithne atá ag na turasóirí orthu. Nuair a chuir Ataturk an stát tuata ar bun i 1925 cuireadh deireadh le taispeántais phoiblí chreidimh, ar sé go mórtasach, ach ceadaítear dóibh a gcultúr a chleachtadh. Rinne sé gáire eile. Mar sin, a deir sé, is maith an rud go dtagann Meiriceánaigh óltacha go hIostanbúl.

Ach creideann siad ann i gcónaí?

Don té atá os cionn míle bliain ag fanacht, céard is céad bliain eile ann?

Tháinig beirt bhan óg gléasta in éadaí an Iarthair isteach agus shuigh siad ag bord trasna uainn.

D'ísligh fear an tí a ghlór, Agus tusa?

Mise?

Críostaí, giúdach, agnóisí?

Rinne mé mo mhachnamh ar feadh cúpla soicind sular labhair mé. Tá mé ag fanacht ar an Rí.

Chroith sé a cheann go tuisceanach, agus d'éirigh sé ina sheasamh le freastal ar a chuid custaiméirí.

Tá cuid againn ag fanacht ar bhean, ar sé agus loinnir na hábhailleachta ina shúile, ach an té atá ag fanacht an fhaid sin foghlaimíonn sé foighid.

Go deireanach sa tráthnóna, m'intinn ag rásaíocht le fuinneamh an raki, lean mé na sluaite coisithe amach ar Dhroichead Ghalata, na lánaí tráchta is na línte tramanna le mo láimh chlé, agus ar mo láimh dheas, fir dhéanta i gcótaí troma ag iascach le slata nó cromtha thar an ráille ag breathnú ar an uisce thíos fúthu. Ar thaobh Ghalata den droichead, d'fhág mé na faoileáin ag guairdeall is ag cleitearnach os mo chionn agus dhreap síos na céimeanna faoin deic uachtarach agus, i mbialann bheag nach raibh ach cúpla troigh os cionn an tsáile, shuigh mé chun boird agus tugadh pláta calamari chugam agus mé ag breathnú amach thar na báid seoil ar an gCorn Órga. Tar éis cúpla cárta a scríobh, tugadh chugam an köfte. Agus na cnapáin mheilte uaineola á n-ithe agam d'éirigh iasc beag de phreab thar an ráille os mo chomhair amach agus d'imigh ar dhorú in airde thar an bpairpéad os mo chionn. Agus fonn orm an pictiúr a roinnt le duine éigin, chuimhnigh mé ar na focail a bhí agam le Liam agus tháinig aiféala orm.

Thuirling mé den droichead ar bhruach Ghalata agus d'fhilleas ar an óstán trí shráideanna crochta Bheyoglu. Nuair nach bhfuair mé Liam ina sheomra shocraigh mé a dhul síos á chuardach. Bhí mé san ardaitheoir nuair a tháinig fear ard téagrach in éide siúil an turasóra de rith chugam. Bhí cloigeann mór cearnógach air agus péire spéaclóirí gréine crochta thar a fholt tanaí donn. Choinnigh mé an doras dó agus sheas sé isteach.

Labhair sé i gcanúint Mheiriceánach. An dara hurlár, go raibh maith agat. Jó Sapone, ar sé agus a lámh mhór á síneadh chugam aige. Chonaic mé an lá cheana i dTroad thú.

Cathair na Traí?

Maith dom mo chomhthírigh. Ólann siad an iomarca. Ní mar a chéile ár gcás.

Níor thuig mé cé a bhí i gceist aige agus, ag cuimhneamh siar dom ar na Meiriceánaigh sa gcaifé an tráthnóna sin, bhí mé cinnte nach raibh an fear mór seo ina measc. D'fhiafraigh mé de an raibh sé féin bainteach le cuairt an uachtaráin.

Mise? a deir sé. Níl ionamsa ach do ghnáth-Jó. Rinne sé gáire go tuirseach. Ní thugtar a cheart riamh do Jó. Is mó tóir againn ar na laochra óga ná ar an bhfear a bhíonn ag obair go ciúin foighdeach ar a gcúla.

Bhíomar tagtha chomh fada leis an dara hurlár. Sheas sé sa doras. Táimse ag filleadh ar Washington anocht ar shála an uachtaráin. Ghuigh sé ádh orm, dhún na doirse ina dhiaidh agus thug an t-ardaitheoir síos go dtí an bunurlár mé.

Bhí Liam romham sa mbeár, é ina shuí leis féin ag an gcuntar, agus buíon turasóirí suite go glórach ag bord in aice na fuinneoige — comhthírigh óga Jó Sapone, a mheas mé. Ghabh mé leithscéal leis sular shuigh mé síos. Chroith sé a cheann, gan tada a rá, agus shín mé chuige an píosa de shoitheach a fuair mé ó Hasan.

Ó Chathair na Traí é seo?

Ó Bhesik Tepe, cúpla míle uaidh. Áitreabh a bhunaigh muintir Lesbos.

Cé gur thuig mé gurbh fhearr leis féin a theacht air, ghlac sé buíochas liom go maolchluasach agus scrúdaigh arís é sular fhill i naipcín páipéir é agus chuir go cúramach ina phóca é.

Tá a fhios agam go bhfuil sí ag siúl amach le duine éigin, a deirim leis. Cúpla lá ó shin a fuair mé amach. Nuair a d'airigh mé ar an bhfón thú inniu shíl mé gur léi féin a bhí tú ag caint.

Ag siúl amach le duine éigin? ar sé, agus bhreathnaigh sé orm amhail is go raibh dhá chloigeann orm. Tá sí ag súil, in ainm Dé!

D'iompaigh sé uaim ansin. Bhí sé mar a bhuailfí buille orm, bhí an anáil bainte díom.

Labhair Liam agus é ag stánadh roimhe thar an gcuntar. Má tá tú ag ceapadh go gcoinneoidh mise scéalta leat fúithi tá dul amú ort, ar sé. Ní ar mhaithe leatsa atá mé ach ar mhaithe léi féin. B'fhéidir nach bhfuil rudaí rómhaith idir í féin agus a fear, sin a tharlaíonn in am mar seo, ach tá sé míle uair níos fearr di ná mar a bhí tusa riamh. Agus má tá meas ar bith agat uirthi fan glan uirthi.

D'ólamar deoch go ciúin, ansin ghuigh Liam codladh sámh orm, ghlac sé buíochas arís liom agus d'imigh sé leis. A luaithe is a bhí an dara deoch ordaithe agam bhuail aiféala mé. Bhí an ceol ardaithe ag an bhfreastalaí agus an áit ag líonadh le Meiriceánaigh. Chaith mé siar an braon a bhí fanta sa ghloine agus, go ciúin, thug mé aghaidh ar mo leaba.

Ar an mbus ag teacht ón aerfort dúinn le moch maidneachan lae, d'fháiltigh grafito i bpéint ghorm romham ar bhinn tí, S mór agus coróin os a chionn. Tar éis tuirlingthe den bhus, d'fhág mé mo mhála droma i caifé idirlín ar Shráid Uí Chonaill agus thug mé aghaidh ar Shráid Pharnell. Ceathrú uaire ina dhiaidh sin, agus mé ag druidim leis an teach ósta a d'itheadh sí lón ann, chonaic mé fear óg nár aithin mé ar an taobh eile den tsráid agus an chuma air gur ag faire an tí ósta a bhí sé. Bhreathnaigh mé suas is anuas an tsráid go bhfeicinn an raibh an dara garda ar a chois agus chonaic beirt ag breathnú i bhfuinneog siopa leathchéad slat uaim. Bhí mé fós ag braiteoireacht liom féin nuair a tháinig mé chomh fada le doras an tí ósta. B'ionann dul isteach agus mo ruaigeadh ón Ríocht, b'fhéidir, ach mura ngabhfainn isteach an dtiocfainn níos gaire don Rí go deo? Is mé, i ndeireadh na cúise, an giolla rí.

Ach cé hé mo rí?

Sheas mé isteach sa bpóirse agus lig mé orm féin go raibh an biachlár ar an mballa á scrúdú agam.

Agus Nadín? Ba bhréag a rá nach raibh sí ar m'intinn ó labhair Jimí Ó hAodha liom taobh amuigh de Theach an Rí os cionn trí seachtainí roimhe sin. Cén rí a d'iarrfadh iarleannán lena bhean mar chompánach? Compánach a luigh le bean a bheadh, b'fhéidir, ina máthair ag rí amach anseo? Nó an é, mar a dúirt Silvia, go raibh míthuiscint iomlán ormsa faoin mbanríon, faoin máthair ríoga?

Ach maidir leis an ngiolla rí, tá staidéar déanta agam ar gach uile thrácht a rinneadh riamh ar an ngiolla rí sa stair agus sa réamhstair, ach cén tráchtas a scríobhadh ar an ngiolla a chlis, ar an ngiolla maide, ar an Raspúitín, ar an Mishima, ar an Lúisiféar talmhaí, murab é an tráchtas seo é?

Bhí an iomarca ceisteanna agam nach raibh mé in ann freagra a thabhairt orthu. Ach dá mhéad machnaimh a rinne mé ar an scéal ba mhó ba léir dom go raibh an ceart agam nuair a shíl mé gurbh í Nadín croílár na ceiste. Ba í a thug chun an Rí mé, agus anois ba chuicise a bhí an Rí do mo thabhairtse. Nó chuig a leanbh. Fiú mura raibh sí mór liom, ní raibh uaim ach go bhfeicinn cén chaoi a ngabhfadh sí i gcionn orm anois, agus cé mar a ghabhfadh an leanbh ina broinn i gcionn orm. B'fhéidir fós go dtabharfadh sé freagra dom ar an gceist: An mé an giolla rí?

Tharla nach raibh sé a haon fós shíl mé dá mbeinn ann sula

dtagadh an Garda go bhféadfainn fanacht ann go n-imeoidís, agus ansin imeacht i nganfhios. Agus fiú dá bhfeicfí mé, a deirim liom féin agus comhla an dorais á brú romham agam, bheadh slua mór ann am lóin agus, ar a laghad ar bith, d'fhéadfainn a ligean orm féin gur trí thimpiste a casadh ar a chéile muid.

Bhí mé ann ag a deich nóiméad chun a haon. Ní raibh mo chois thar thairseach an tí agam nuair a chuala mé m'ainm á scairteadh amach agus Rico ag teacht chugam ón mbeár agus a dhá lámh caite i mo thimpeall go muinteartha aige. Sula raibh bord faighte agam bhí deoch ordaithe aige don bheirt againn. Tharraing sé stól chuige féin ag rá go n-ólfadh muid ceann sciobtha sula n-imeodh sé le casadh leis an buachaillí. Shíl mé nach raibh sé chomh piocúil dea-ghléasta agus a bhíodh, agus rinne mé iontas den phéire deinim stróicthe a bhí á chaitheamh aige. Bhí leath lae tógtha óna gcuid oibre acu, ar sé. I gcúpla focal, thug sé scéala na mbuachaillí agus ár gcairde ar fad dom, agus chuir sé tuairisc an úrscéil. Gan é a ligean síos, agus gan aon bhréag a inseacht, dúirt mé leis go raibh mé ag scríobh liom. D'ordaigh mé dhá dheoch eile.

Tá mé ag súil go mór lena fheiceáil sna siopaí, ar sé.

D'fhiafraigh sé díom faoi m'áit nua agus d'inis mé dó faoin mbedsit. I gcaitheamh an ama bhí mata beorach á lúbadh is á chasadh aige, agus leathshúil aige ar an gclog. Bhí coinne aige casadh leis na buachaillí i lár an bhaile lena n-aghaidh a thabhairt siar ar Chathair na Mart don deireadh seachtaine. Gheall mé go mbuailfinn isteach chuig an teach acu tráthnóna éigin, agus thóg sé peann as a phóca agus bhreac síos mo sheoladh nua.

Tá tú as cleachta ó d'fhág tú muid, ar sé. Ní raibh dhá bholgam bainte as an dara pionta agam nuair a chaith sé siar a cheann féin. B'fhéidir nach drochrud é, a deir sé. Mar gheall ar an scríobh, tá mé a rá.

Bhí mé ag súil go bhfanfadh sé go dtiocfadh Nadín agus an Rí — má bhí siad le teacht. Thabharfadh sé leithscéal dom a bheith ann agus dhéanfadh sé níos éasca orm é labhairt leo, ach cúpla nóiméad roimh a haon ghabh Rico leithscéal liom, agus d'imigh leis faoi dheifir, ag gealladh go gcasfaí ar a chéile muid gan mhoill. Nuair a leag mé mo ghloine fholamh anuas ar an mbord chonaic mé an pictiúr a bhí tarraingthe aige ar an mata. An litir S agus an choróin os a chionn. Chroch mé mo cheann go bhfeicinn an raibh sé imithe amach fós. Bhí an doras á dhúnadh ina dhiaidh. D'éirigh mé i mo sheasamh, ach nuair a chonaic mé go raibh an áit ag líonadh suas tháinig faitíos orm go dtógfaí mo bhord dá n-imeoinn agus nach mbeadh áit agam do Nadín dá dtagadh sí, agus shuigh mé arís. Thug mé súil in airde i dtreo an chuntair. Bhí cúl snasta rua-dhonn mná le feiceáil i measc an tslua a bhí tagtha isteach. Ba í Nadín a bhí ann, agus a droim aici liom. Ní raibh aon amharc ar an Rí. Shac mé an mata i mo phóca agus ghlaoigh mé as a hainm uirthi. Thug sí leathchasadh i mo threo. Ghlaoigh mé amach arís os cionn torann is gleo an bheáir agus d'iompaigh sí chugam, agus chonaic mé an éiginnteacht ar a héadan ar dtús nuair a d'aithin sí cé a bhí aici. Thaispeáin mé an stól di agus tháinig sí anonn. Bhí gach rian den éiginnteacht sin díbeartha dá haghaidh anois, agus a béal fáiscthe chomh teann is go raibh cnámha a géill le feiceáil.

An bhfuil tú leat féin? a d'fhiafraigh mé di.

Rinne sí neamhaird de mo cheist. Níor shíl mé go mbeadh sé de dhánaíocht ionat breathnú sa tsúil orm arís, a dúirt sí.

Dúirt mé léi go raibh mé ag imeacht. Bhí mé a cheapadh go mbeadh bord uait. Coinneoidh mé duit é go gcuirfidh tú d'ordú isteach.

D'fhill sí ar an gcuntar. In ainneoin a míshásaimh liom, chonaic mé ón gcaoi ar chaith sí a folt siar as a súile, ag baint luascadh as a cúl fada soilseach le croitheadh dá ceann agus á shlíocadh siar lena méara, go raibh a fhios aici go rabhthas á faire. Cé go bhfaca mé go raibh beagán meáchain curtha suas aici, bhí veist oscailte á caitheamh aici, agus smac fada dúghlas anuas go dtí na ceathrúnaí, ionas nach mba léir dom a toircheas nó gur iompaigh sí a taobh liom. Nuair a tháinig sí ar ais d'fhiafraigh mé di cén chaoi a raibh sí.

Arís eile, rinne sí neamhaird de mo cheist. Shíl mé go raibh tú ag imeacht, ar sí. Bhí an dánaíocht ag soilsiú ina súile agus a cuid polláirí leathnaithe le teann feirge. Chuimhnigh mé gur mar seo, lasta le fearg, ab fhearr a chonaic mé riamh í. Bhaineadh sí an anáil díom.

Tá tú ag breathnú go maith, a dúirt mise gan bhréag. Fiú má bhí meáchan breise uirthi bhí cuma fholláin shásta uirthi, agus í — mar a dúirt Silvia — méith cuarach colpach súmhar spreacúil beo. Thar chlár íseal an bhoird d'aithin mé cruinneog bheag a broinne. Nuair a d'ardaigh mé mo shúil thaispeáin sí éadan dúr dúnta dom.

Tá mé ag fanacht ar dhuine éigin, a dúirt sí.

Do bhoyfriend? a d'fhiafraigh mé di.

Níor fhreagair sí mo cheist. Ach, ba léir go raibh an fhearg curtha di aici, agus an cruas imithe as a súile. Shamhlaigh mé mo lámh á síneadh trasna faoin mbord go leagfainn mo mhéara os cionn an linbh sa bhroinn. Arbh é seo searrach na dea-lárach? Ní raibh aon amhras orm ach gurbh é.

Tá tú ag fanacht ar Sheán, a d'fhiafraigh mé di arís.

Níl, a dúirt sí. Tá coinne agam le cara liom. Tá muid ag casadh le chéile le haghaidh lóin.

Cé go mba faoiseamh a bhí ann dom nach mbeadh orm casadh leis an Rí níor thaitin an scéala seo liom ach an oiread. Liam, a dúirt mé liom féin. Bhreathnaigh mé san éadan uirthi agus chonaic mé ag cuardach i mo shúile í. Bhí séimhe tagtha ina gnúis, amhail is go raibh sí ag iarraidh mé a chosaint ar an díomá. Nuair a d'éirigh mé i mo sheasamh chonaic mé an t-imní ina súile, ach ba é milleánú Liam an rud deireanach a bhí uaim. D'fhág mé slán go sciobtha léi agus d'imigh liom amach as an tsólann agus í ag breathnú i mo dhiaidh.

Sa mbeár, in áit nach raibh amharc aici orm, sheas mé ag an gcuntar agus d'ordaigh mé caife, agus é socraithe agam fanacht ann go dtí tar éis a dó le súil go mbeadh sí féin is an Garda imithe romham agus nach bhfeicfí ag imeacht mé. Agus mé ag fanacht ar mo chupán caife d'fholmhaíos póca mo bhrollaigh agus mé sa tóir ar rud éigin a chaithfeadh an t-am dom. Tharraing mé amach cártaí poist na Tuirce, ceann le pictiúr Mhuire is Íosa ar an asal á dtreorú ag Iósaf agus chuimhnigh mé ar an méid a dúirt Jó Sapone, agus mheas mé go raibh an ceart aige, ní thugtar a cheart riamh do Iósaf. Is ag Eoin Baiste a bheadh an lá i gcónaí. Mar sin, cérbh é an giolla rí? Nó an raibh beirt acu ann? Más é Iósaf an Giolla Rí cén ról a bhí ag Eoin Baiste? Patroclus? Hephaestion? Dodéara? Agus mé faoi dhraíocht ag Ó Néill agus ag a chompánach an Dualtach i lár stáitse, an é nach bhfaca mé an fíorghiolla rí faoin scáil ar a gcúl? An raibh neamhaird á déanamh agam de na comharthaí a taispeánadh dom ón tús?

Tuigeadh ansin dom go bhfuil beirt ann, agus go raibh riamh, an giolla rí agus an compánach. An compánach ar ghualainn an rí, é báite i solas na glóire, agus an giolla rí ina sheasamh go ciúin ar a chúla.

An húbras ba chúis le mo mhíthuiscint seo ar dtús? Cosúil le gasúr ar bith eile, ar shamhlaigh mé mé féin i mo sheasamh gualainn ar ghualainn le mo rí ar an bpáirc imeartha nó ar bhlár an áir? Agus i gcaitheamh an ama sin, nuair a shíl mé go mba mé féin Eoin Baiste ar a tháinrith chun a dhícheannta, an Naomh Iósaf a bhí ionam i ndáiríre? Dhá chaidreamh éagsúla a bhí ann i gcónaí, mar sin, caidreamh an rí leis an ngiolla rí agus a chaidreamh leis na compánaigh. Ar láimh amháin bhí Íosa is Iósaf againn, Alastar is Arastatail, Aichill is Círon, Mac Con is Lughaidh Lágha, Seán Donnaíleach is Ó Donnaíle. Agus ar an láimh eile bhí Íosa is Eoin Baiste againn, Alastar is Hephaestion, Aichill is Patroclus, Mac Con is Dodéara, Seán is an Dualtach. Mheas mé go raibh sé uilig oibrithe amach agam, agus go gcaithfinn tabhairt faoi na cóipleabhair arís agus gach a bhain le hIosaf is Eoin Baiste a scaradh ó chéile. Iósaf,

Lúghaidh Lágha, Círon, an Donaíleach, a chur i gcomparáid le Dodéara, Patroclus, Hephaestion, an Dualtach agus mar sin de. I bhfocail eile, an Giolla Rí ar thaobh amháin agus a chomhghleacaí, an Compánach, ar an taobh eile. Nó an comhghleacaithe iad ar chor ar bith?

Ligeadh racht mhór gáire a d'aithin mé. Chuireas mo chuid cártaí ar ais i mo phóca agus thug súil isteach ar an tsólann. Fiú agus é iompaithe uaim ní raibh aon dul amú orm faoin droim mór leathan a bhí cromtha thar an gcuntar ag labhairt leis an bhfreastalaí. Chas mé ar mo chois agus d'imigh liom amach gan fanacht ar mo chaife. Ar an taobh eile den tsráid, bhí fón lena cluais ag Eilís agus í ag breathnú i bhfuinneog siopa éadaigh. Chrom mé mo cheann, agus d'imíos liom de choisíocht sciobtha.

CUID IV
Jean Leroi

1.

I bPáras, tamall gearr tar éis dóibh casadh le chéile ar dtús i mBeirlín agus taisteal anoir in éineacht in am dá taispeántas sa nGalerie Saint Joseph, tháinig Henri is Brídín amach as siopa leabhar an Fnac — ise lena leabhar faoi mhaisc Afraiceacha; eisean lena bheart leabhar polaitíochta — agus in áit an t-aicearra a thógáil ar ais chuig an árasán ar an líne metro, thángadar aníos an staighre gluaiste as Forum des Halles agus amach faoi sholas an lae ar Rue Lescot, agus thug a n-aghaidh ó dheas i dtreo na habhann trí shráideanna plódaithe le coisithe — mar gur mhian le Brídín Páras a shiúl agus go raibh Henri ríshásta rud ar bith a dhéanamh uirthi. I measc na sluaite ar Rue de Rivoli dóibh, trasna ó H&M agus faoi scáth sheantúir bháin Saint Jacques, go tobann, ar gach taobh díobh, ligeadh béic d'aon ghuth: Bravo! Scaoil Brídín de láimh Henri. Bhreathnaíodar ar a chéile ar dtús, ansin thug súil ina dtimpeall. Thug Henri faoi deara go raibh daoine eile stoptha freisin, agus beirt sheanbhan ag gáire go neirbhíseach le chéile.

Rug sé greim láimhe ar Bhrídín agus thosaigh ag siúl athuair. Trí ráillí dúghorma ghairdín an túir chonaic sé féar glas is seanfhear ina shuí ar bhinse, agus shíl sé go mba dheas suí, caife a ól agus páipéar a léamh. Stop cailín a bhí ag siúl roimhe lena mála droma a dheasú ar a gualainn agus b'éigean d'Henri casadh amach i dtreo an bhóthair le hí a sheachaint. Ní raibh trí choiscéim siúlta acu nuair a tharla sé arís: Bravo! Rinneadar staic ar an gcosán. Thug Brídín croitheadh dá guaillí agus í ag gáire, ach bhí Henri ag breathnú i measc na gcoisithe amach roimhe. D'imigh cailín an mhála droma léi de shiúl sciobtha. Bhí daoine eile ag breathnú go hamhrasach ina dtimpeall, agus faitíos ar chuid acu corraí. Tharraing Henri ar láimh Bhrídín.

Fan, ar sí, agus an dá shúil ar lasadh ina ceann. Léigh mé faoi seo.

D'fhan siad ina seasamh i ngreim láimhe ina chéile ag breathnú ina dtimpeall agus ag fanacht gur tharla sé den tríú huair. Bravo!

Deich soicind a bhí ann, de réir Bhrídín. Cé gur fhan siad scaitheamh eile, b'in é a dheireadh: trí bhravo ar Rue de Rivoli.

Chaith Brídín dhá lá ina dhiaidh sin sa Cybercafé du Marais ag gabháil den idirlíon. Bhí ainm tugtha aici ar an bhféiniméan: Splancshlua. Rinne sí cóipeanna de chuntais ar na splancshluaite seo a bhí ag titim amach i gcathracha éagsúla ar fud an domhain, eagraithe ag daoine ar an idirlíon agus ar an bhfón póca — beag beann ar institiúidí poiblí, a dúirt sí. D'fhág Henri i mbun a cuid taighde sa gcaifé í agus chuaigh sé féin ag spaisteoireacht timpeall ar Pháras, cathair nach raibh eolas ar bith aige uirthi, le fírinne. Tar éis dó dhá lá a chaitheamh ag siúl ina aonar sa Marais agus in Île Saint Louis agus in Île de la Cité, agus chomh fada ó dheas le Montparnasse, d'fhill sé sa tráthnóna le hí a thabhairt amach chuig bialann. Ní raibh ite aici ó mhaidin ach an croissant a thug sí léi isteach sa gcaifé.

I Meiriceá tugann siad Slua Cliste air nó Tobshlua, a dúirt sí tar éis an chéad chúrsa, agus na candaí aráin á meilt ar an mbord aici.

Chun spéis a léiriú san ábhar, dúirt sé gur léigh sé gur ghluaiseacht ealaíne dhomhanda a bhí ann.

Chrom sí trasna an bhoird chuige. Gluaiseacht pholaitiúil atá ann, ar sí, agus a ghloine fholamh á leagan aici.

Thug an freastalaí féachaint faoina mhalaí orthu sular chroch sé leis an ciseán aráin.

D'imigh an oscailt i nGalerie Saint Joseph gan míthapa, agus dhíol Brídín cúpla pictiúr — cuid mhaith díobh sin, dar le Henri (cé nár dhúirt sé é sin léi), a bhuíochas dá folt catach rua is dá cneas folláin bricíneach à l'irlandaise — ach bhí spéis caillte aici ann. Bhí léite aici faoi splancshlua eile i bPáras an tseachtain sin, ach in ainneoin a cuid iarrachtaí teacht ar dhaoine a bhí páirteach ann níor tháinig sí ar ainm aon duine. Ar deireadh, nuair a bhí teipthe ar a cuid iarrachtaí, d'éirigh le Henri í a bhréagadh ón gcaifé idirlín ach, bíodh is go ndearna sé gach iarracht í a mhealladh le hiontaisí na seanchathrach, fiú agus í a thabhairt ar an mbatobus le contráth na hoíche faoi dhroichid an dá oileán, chonaic sé go raibh sí míshásta agus corrthónach.

Bhí deireadh ag teacht leis an taispeántas agus iad ag réiteach le himeacht go hÉirinn nuair a thosaigh na círéibeacha sa mbanlieu i ndeireadh mhí na Samhna. Maraíodh beirt ógánach tar éis do charr póilíní bualadh faoina ngluaisrothar i Villiers-le-Bel, taobh ó thuaidh de Pháras. Ar an scáileán mór teilifíse ina n-árasán beag sa Marais taispeánadh carranna trí lasadh, agus iriseoirí ag caint ar fhéiniméan sóisialta.

Bhí a fhios agam é, ar sí go binbeach. Céard a dúirt mé leat!

Ba mar chuid den fhéiniméan céanna a chonaic sí é, ach é tugtha céim chun cinn. Taispeánadh pictiúir ar an teilifís de dhóiteáin sráide, agus de phóilíní i bhfearas círéibe ag cúlú ó shluaite sa dorchadas, agus labhair tráchtairí ar thobshluaite is ar chíréibeacha á stiúradh trí na meáin shóisialta.

Bhí sí fillte ar an gcaifé an mhaidin dar gcionn, ach nuair a chuaigh Henri ann sa tráthnóna le hí a thabhairt leis, ní raibh tásc uirthi, agus ní raibh an fón curtha ar bun aici.

Ní raibh sí tagtha ar ais an oíche sin nuair a d'fhill sé ar an árasán tar éis greim gasta a ithe sa mbistro ar choirnéal na sráide, agus bhí sé ar tí filleadh ar an Cypercafé du Marais á cuardach nuair a tháinig sí isteach agus a ceamara crochta faoina muineál aici. Chaith sí í féin anuas ar an tolg, í tugtha, ach deargtha suas go sásta. Ní raibh a fón luchtaithe, a dúirt sí. Ba i Villiers-le-Bel a bhí sí, ag iarraidh é a fheiceáil di féin, mar a d'inis sí dó. Cé gur chuir sé seo imní air, cheil sé a mhíshásamh agus bhreathnaigh go toilteanach ar na grianghraif a bhí ar an gceamara aici — ní raibh ina bhformhór ach scáthanna dorcha — agus shocraigh sé go ngabhfadh sé ann in éineacht léi an lá dar gcionn. Go deimhin, maidin lá arna mhárach, lig sé air go raibh an oiread díocais chun imeachta air gur bhrostaigh sé amach as an árasán í roimh lón, le súil go mbeidís ar ais agus é fós geal sula dtosódh círéibeacha na hoíche.

Tharla nach raibh Villiers-le-Bel ar an líne metro, threoraigh Brídín amach as an traein é ag Arnouville, beagnach trí chiliméadar taobh ó dheas den sráidbhaile. D'ith siad lón go deireanach i gcaifé lán Gendarmes faoi airm is éide, agus shiúil siad an ciliméadar deireadh ar chosán gruama liath agus póilíní á bhfaire ó veaineanna ar an mbóthar mór. Threoraigh Brídín isteach thar charranna dóite é, mar a raibh clocha, brící briste, agus málaí bruscair carntha ar an mbealach isteach go dtí na bloic árasán. Bhí ciúnas san aer, agus páipéar á shéideadh sa ngaoth.

Taobh amuigh de halla poiblí — *salle d'animations* de shaghas — bhí óganach i gcóta míleata ina sheasamh faoi phóstaer do choirm cheoil, agus fón póca lena chluais aige. Ar an bpóstaer bhí na focail: *Je ne sais plus si je rêve encore ou si les songes mêmes sont morts.*

D'ísligh sé a ghlór agus iad ag dul thairis. Je ne sais plus, ar sé, si je t'attends ou si je fais juste semblant.

Istigh san ionad, chuir sí é in aithne d'Agnès, a cara nua, cailín bán nach raibh scór bliain slánaithe aici. Cosúil le Brídín, bhí keffiyeh Phailistíneach á caitheamh aici, agus péire deinim pollta paistithe. Bhí Béarla maith aici, agus ba í a chuir in aithne iad do na fir óga. Labhair Brídín le hóganach ard slachtmhar a bhí an-tógtha lena ghuthán póca agus le béarlagair na teicneolaíochta. Bhí beirt chailíní óga de bhunús Arabach sa gcomhluadar, dath fionn ina gcuid gruaige acu, agus iad go léir cromtha os cionn an ghutháin phóca ag breathnú ar fhístéip de chíréib na hoíche roimhe sin. Ag an gcuntar chruinnigh triúr thart ar raidió ísealmhinicíochta agus iad ag éisteacht leis na póilíní. In aice na fuinneoige bhí seanfhear ina shuí leis féin agus toitín á chaitheamh aige. Sa gcomhluadar Beauvillésois, thug Henri faoi deara nach í an tÉireannach a sheas amach ina keffiyeh agus jeans stróicthe, ach é féin, an Francach, agus fiú agus é gléasta ina chuid seanéadaigh d'airigh sé súile amhrasacha na n-óganach air.

Agus Brídín is Agnès ag caint le hóganach an fhóin póca thug duine den dream óg cupán plaisteach caife chuig an seanfhear, á leagan roimhe go measúil. Gan buíochas a ghlacadh leis thóg an seanfhear an caife agus mhúch sé an bun toitín ar phláta páipéir. Ba deacair d'Henri aois a chuir air. Bhí a chneas buí stálaithe ag an ngrian agus roiceanna móra timpeall a shúl is a bhéil. Cé gur mheas sé nach raibh na trí scór slánaithe aige, i gcomhluadar na n-óganach déarfá gur seanfhear a bhí ann. Thug sé faoi deara nach raibh aon mheáchan ann, ach é seang súplaí mar a bheadh ainmhí ann as fásach tirim clochach éigin. Ní raibh sé i bhfad á bhreathnú nuair a chuaigh Brídín anonn chomh fada leis an seanfhear agus d'fhiafraigh sí de an raibh fón póca aige siúd freisin.

Ní dhearna sé ach croitheadh a thabhairt dá ghuaillí.

An as Villiers-le-Bel thú, nó céard a thug anseo thú?

D'airigh mé an glaoch, a d'fhreagair sé go meáite. Bhí Fraincis mhaith aige, agus oideachas, ach mheas Henri gur Spáinneach nó

Iodálach a bhí ann. Is anseo atá sé ag tarlú, arsa an seanfhear, san áit seo ag an am seo, agus ní in áit ar bith eile.

D'fhiafraigh Brídín de cén chaoi a bhféadfadh sé a bheith chomh cinnte, agus dúirt sé léi nach ar thóir na cinnteachta ach na cinniúna a bhí sé.

Le teann spéise, chrom sí isteach chuige agus d'fhiafraigh sí de cén chaoi a n-aithneodh sé an chinniúint.

Tá sé sa bpátrún, ar sé, sa randamachas, sa rud fánach.

Ach tá contúirt ag baint leis seo, nach bhfuil? Tá daoine á ngortú anseo.

Ní féidir cor a chur sa chinniúint, ar sé, gan chontúirt éigin a bheith ag baint leis. Na fir óga, maireann siad sa nóiméad, mairimid ar fad i ndamhsa an bháis. Caillfear cuid againn, mairfidh cuid againn tamall eile. Cuid eile fós ní raibh siad beo riamh. Is trí umhlú iomlán don uain bheo a fhaigheann tú an bua ar an am agus ar an aimsir.

D'imigh sí uaidh ansin le breathnú ar fhíseán a bhí aimsithe ag an ógánach di ar a fhón póca. Leag an t-ógánach a lámh thar a gualainn agus an fón á thaispeáint di. Bhíog Henri go míchompordach, d'éirigh sé agus chuaigh sé anonn chomh fada leo agus, go neamhchúiseach, mar dhea, chrom sé os a gcionn le breathnú ar an bhfíseán de dhaoine ag rith sa dorchadas.

Níos deireanaí, ar an mbus, chuir Henri i leith Bhrídín go raibh sí faoi dhraíocht ag gaotaireacht an tseanfhir. D'fhreagair sí é, ag rá gur dhuine spéisiúil a bhí ann. Dúirt Henri ansin nach raibh ann ach seanphocaide, agus gur airigh sé go raibh doicheall air roimhe.

Ní dhearna Brídín ach iompú uaidh agus breathnú amach fuinneog an bhus.

Rinne sé neamhaird ghlan díom os do chomhair, a dúirt Henri. Agus rinne tú féin neamhaird díom chomh maith. Ní hionann Villiers-le-Bel agus Kreuzberg, ar sé go binbeach. Ní hiad do chuid ealaíontóirí deasa ainrialacha atá sna hArabaigh seo agus, in ainneoin do scaif Phailistíneach, níl ionatsa anseo ach cailín bán agus ceamara.

Ciníochas, arsa Brídín leis sin, agus dúirt sí go mbeadh sí ag dul ar ais ann an lá dar gcionn ar aon nós.

Ar nuacht na maidine, chuala sé go raibh oíche chiúin sa mbanlieu agus bhí áthas air go raibh a gcuid ticéad eitleáin ceannaithe acu. Go deimhin, murach go raibh taispeántas le réiteach aici in Éirinn agus go raibh an t-árasán tugtha suas acu bheadh imní air go bhfanfadh sí.

In Éirinn, fuair sé an deis í a fheiceáil ag obair ar a taispeántas nua. Bhí an t-ábhar níos cúnga anois. Nó bhí fócas níos dírithe ann. Íomhá amháin. Cloigeann. Arís is arís. An cloigeann céanna i gcónaí. Ar deireadh bhí sé den tuairim go raibh ag clis uirthi. Go raibh na cloigne á tabhairt ar chonair chaoch.

Fad is a bhí Henri ag cur aithne ar Bhaile Átha Cliath, bhí Brídín ag roinnt stiúideo oibre le cara léi i mBarra an Teampaill. Áit bheoga bhríomhar a bhí ann, ina mbíodh ealaíontóirí cruinnithe sa gcisteanach ag ól caife is ag caint. Ag taispeántas na Nollag ann casadh an file Éamonn Mac Alastair air. Fear mór féasógach a chuir leagan Briotánach den Chaptaen Haddock i gcuimhne dó. Chuir Brídín in aithne iad, agus d'iarr Éamonn de cén staidéar a bhí ar bun aige.

Meisiasacht Nua sa Domhan Thoir.

An Mahdi? arsa Éamonn. An dara hiomám déag seo a bhfuilimid ag fanacht air?

Mhínigh Henri dó go raibh alt á scríobh aige ar Iomám Musa Sadr a d'imigh gan tuairisc sa Libia i 1978.

Dúirt Éamonn go raibh léite aige gur imigh sé gan tásc tar éis cruinniú leis an Uachtarán Gaddafi — an t-uachtarán céanna a bhfuil a phuball crochta aige i ngairdíní an Hôtel de Marigny fé láthair, ar sé go glic.

Rinne Henri gáire faoin tagairt do chuairt an uachtaráin ar Pháras, scéal a bhí sna nuachtáin ar fad an tseachtain sin. Tá teoiricí éagsúla ann, ar sé.

Meisiasacht nua nó mairtíreacht?

Ní fios fós. D'fhéadfadh sé a bheith ina shuí i gcillín áit éigin sa ngaineamhlach.

Ach creideann daoine ann?

Thug Henri croitheadh dá ghuaillí. Creideann daoine, b'fhéidir, sa rud a thabharfadh cosaint dóibh in aghaidh na díomá.

Chroith Éamonn a cheann agus é ag aontú leis. Cosúil le scaball crochta fé cheilt ar do chliabhrach, teastaíonn a rí rúnda féin ón uile dhuine againn.

2.

Ar cheann de na cuimhní ab fhaide siar a bhí ag Henri bhí Farida, cailín plucach bláthbhuí as na hárasáin arda idir teach a mhuintire agus an stáisiún traenach. Thagaidís abhaile ó rang na naíonán san *école maternelle* i gcomhluadar a chéile — iad ag imeacht de rith chun tosaigh ar a gcuid tuismitheoirí.

I ngrianghraf a tógadh ar thuras scoile tá sí ann faoina mothal mór catach fionndonn, agus cúpla ceintiméadar aici air.

Ina dhiaidh sin, in aois a sé bliana dóibh san *école élémentaire*, ag am lóin nuair nach mbíodh sé ag bualadh liathróide i gcuideachta na mbuachaillí, ba ag spraoi le Farída sa bpoll gainimh a bhíodh sé. Nuair a bhí sé aon bhliain déag d'aois chuaigh sé ar aghaidh go dtí an *collège*. Bhí na plucaí móra caillte ag Farida faoin tráth sin, í ard, dea-chumtha, agus a folt chomh dubh leis an sméar. Bhí sí in ann an ceann is fearr a fháil air ag imirt leadóige. Ach níos minice ná a mhalairt, ba i gcuideachta a col ceathrar Dalíla agus déagóirí eile de bhunús na hAfraice a chaitheadh sí a cuid ama, agus ba i gcuideachta a chairde peile ba mhó a bhíodh sé féin, nó i gcuideachta na gcailíní Francacha a bhíodh ag máinneáil thart ar an gclub peile agus a ligtí amach chuig na clubanna oíche ar an deireadh seachtaine. Nuair a bhí sé cúig bliana déag d'aois cuireadh é chuig *lycée* i Chambéry, an baile ba ghaire dóibh, agus chuaigh Farída ar aghaidh go dtí an lycée a bhí nasctha leis an gcollège sa mbaile.

In ainneoin sin, d'fhan nóisean rómánsúil i gcónaí aige di. Tráthnóna amháin, ar an deireadh seachtaine agus an sneachta carntha go hard ar thaobh na gcosán, d'fhreastail sé ar fête sa *salle polyvalente* áitiúil. Bhí a chuid comrádaithe amuigh ag damhsa nó ag smúráil thart ar chailíní ar chúl an halla, agus é féin ina sheasamh ina staic agus gan a fhios aige ar ceart dó fanacht nó imeacht, suí nó seasamh. Ag breathnú thar a leiceann dó chonaic sé Farída agus a col ceathrar ag teacht isteach an doras agus a lámh crochta go gealgháireach aici i mbeannú dó. Bhí sé ar a bhealach anonn chuici, breá buíoch as comhluadar éigin aitheantais, nuair a chuimhnigh sé go gcaithfeadh sé í a iarraidh amach ag damhsa nó bheadh cuma sheafóideach ar an mbeirt acu agus iad ina seasamh i lár an urláir. Chuaigh sí ag damhsa go toilteanach leis, agus dhamhsaigh siad gan scaradh ó chéile go dtáinig deireadh leis an gceol. Agus an uair sin féin sheas siad agus rinne siad caint is gáire gur thosaigh an ceol arís, agus ba mhar sin dóibh gur tháinig deireadh leis an disco agus gur tháinig a chairde ar ais isteach agus gur fhill Farída abhaile lena cairde siúd, tar éis póg a bhronnadh ar an leiceann air.

Oíche Dé Domhnaigh d'fhill sé ar an lycée i Chambéry gan Farída a fheiceáil arís. Ach ní dhearna sé dearmad uirthi. Seachtain roimh Lá Fhéile Vailintín cheannaigh sé cárta di, cárta spraíúil a raibh teachtaireacht ghrá ann di. Ar aghaidh an chárta, bhí beirt ag damhsa an tango. Bhí an cárta scríofa aige, gan a ainm a chur leis dár ndóigh, agus é leagtha faoina leaba. D'imigh Lá Fhéile Vailintín agus níor seoladh an cárta. Ar deireadh chuir sé i bhfolach é le nithe eile folaithe ina thaisceadán faoin doirteal ina sheomra.

Théaltaigh an sneachta, agus d'imigh an chuid eile den bhliain thairis ar cosa in airde. Rinne sé scrúdú an Bac i mí an Mheithimh, agus faoi mhí Mheán Fómhair bhí sé socraithe isteach i Montpellier agus tús curtha aige le céim in Eolaíocht na Polaitíochta.

Sa chéad dá bhliain den chúrsa lean sé na gnáthchúrsaí a cuireadh faoina bhráid, ach sa tríú bliain bhí modúil éagsúla le roghnú aige don chéim. I measc modúil eile, roghnaigh sé an dá mhodúl Arabacha a bhí á dtairiscint, *Geopholaitíocht an Mheánoirthir ó Aimsir na gCrosáidí i Leith* agus, an ceann ba mhó a spreag é, *Meisiasacht sna Tíortha Arabacha: Gluaiseachtaí Polaitiúla Nua-Aimseartha á dTiomáint ag Seantuiscintí Reiligiúnda*. Bhain sé ardmharcanna amach ar aiste inar ríomh sé an meisiasacht pholaitiúil sa phobal Siach aniar ón Iomám Muhammad ibn al-Hassan a d'imigh i 869, agus a bhfuiltear fós ag fanacht air chun an domhan a chur ina cheart. As an tréimhse taighde seo, is dócha, a tháinig an cion a bhí aige ar an gcultúr Arabach. Nó, le fírinne, b'fhéidir go raibh sé ann roimhe sin. B'fhéidir gur fhás a spéis san ábhar sin as grianghraif i bpictiúrleabhair de thuathánaigh Mhoslamacha suite ar philiúir ildathacha timpeall ar bhoird ísle i bpubaill sa ghaineamhlach nó de na fíréin ina ranga sa mhosc ag umhlú in éineacht.

Deireadh sé leis féin gur caitheamh i ndiaidh an reiligiúin a bhí air, ach in ainneoin a thógála mar Chaitliceach i mbaile mór Savoyard, ba chreideamh a bhí ansin nár ghreamaigh riamh de. Nuair a stop sé ag freastal ar na ranganna teagasc Críostaí tar éis na scoile gach Céadaoin shocraigh sé gur agnóisí a bhí ann, agus deireadh sé dá mbeadh sé ag dul le creideamh go roghnódh sé creideamh ceart — creideamh a d'éileodh sléachtadh iomlán roimh dhia scéiniúil na seanleabhar. Thuig sé féin, dar ndóigh, nach raibh ansin ach tuilleadh den mhaoithneachas, agus ar deireadh, ní ógbhean mhodhúil donnroisc a mheall é, ach ealaíontóir glas-súileach rua. Tar éis dó a chéim a bhaint amach bhí sé ag obair ar thráchtas ar an meisiasacht pholaitiúil sa Meánoirthear nuair a casadh Brídín air. San Éireannach rua seo, mheas sé go raibh reiligiún nua aimsithe aige a bhféadfadh sé umhlú go talamh dó agus a bheatha agus a anam a thiomnú dó. Lig sé na maidí léinn le sruth agus lean sé go hÉirinn í.

Tráthnóna, tháinig sé ar ais chuig an árasán — san árasán beag a bhí acu, roinn an bheirt acu seomra codlata agus fágadh an seomra eile faoi phictiúir Bhrídín — agus fuair sé sa stiúideo í, a smoc bainte di aici, agus í seasta siar ag breathnú ar a cuid oibre. Cloigne, tuilleadh cloigne. Chuimil sé a lámh dá gualainn. Go muirneach, shnigh sé a mhéara thar a baithis siar trína cuid gruaige, rud a thaitníodh léi go hiondúil. Bhrúigh sí uaithi a lámh.

Ní anseo, ar sí.

Bhí sí ag stánadh ar phictiúr a bhí críochnaithe aici de chloigeann, amhail mar a bheadh pictiúr beannaithe ann, pictiúr nach bhféadfaí peacú ina fhianaise. Chuimhnigh sé ar oíche sa leaba, i mBeirlín, nuair a d'inis sí dó faoin bpictiúr d'Íosa Críost a bhí ag a máthair sa teach. Ba chuma cá seasfá sa gcisteanach, a dúirt sí, leanfadh súile Íosa thú.

An rí a thug siad ar an éadan sna pictiúir. Bhí sí seachantach faoi. Cuid den scoil ealaíne a bhí ansin, an rúndacht. An dáiríreacht. Bhain sí le scoil nó le gluaiseacht ealaíne ag an am. Bhí an file Éamonn Mac Alastair páirteach ann. Cineál gúrú a bhí ann dóibh, ach thaitin Éamonn leis, bhí sé in ann bheith dáiríre agus ag an am céanna greann a dhéanamh dá dháiríreacht féin — bua nach raibh ag Brídín. Cé nach ndéanadh sí gáire faoi, scaití dhéanadh sí beag den scéal ar fad — rud a rinne sí, dar leis, chun plé a sheachaint — agus thugadh sí Leroi air, nó Jean Leroi. Nó Jean VI. Ach taobh thiar den chaint sin, bhí a fhios aige go raibh sí an-dáiríre.

Uair amháin, go fánach, chuir sé ceist uirthi an Jean Leroi a bhí ar an seanfhear a casadh orthu i Villiers-le-Bel agus bhuail cuthach feirge í. Rinne sé iarracht beag a dhéanamh de trí ghreann a dhéanamh faoin gceist, ach bhí sí imithe léi agus cantal uirthi.

Cúpla lá ina dhiaidh sin, tháinig sé uirthi sa stiúideo agus í ar a glúine os comhair an íomhá, amhail is mar a bheadh sí ag guí. Chuir sé sin isteach air. Níorbh aon umhlaíocht é seo roimh fhearg Dé. Dá mhéid a chuimhnigh sé air is mó a chuir sé déistin air, ní raibh ann ach pictiúr eile a bhí á chruthú aici. Tháinig sé go píobán air a rá léi nach raibh ina cuid ealaíne ar fad ach féinsásamh teiripeach, ach sheas sé sa doras scaitheamh ag breathnú uirthi, agus nuair nár chas sí thart, d'imigh sé leis go ciúin.

Ar a bhealach ar ais ón gcoláiste dó, go luath sa tráthnóna, chuir sé glaoch ar Bhrídín le súil go dtiocfadh sí isteach sa gcathair, le deoch a ól nó le dul chuig scannán. D'fhreagair sí go borb é, a rá go raibh sí i lár rud éigin.

Ní raibh aithne aige ar mhórán daoine i mBaile Átha Cliath, agus ní raibh fonn air an tráthnóna a chaitheamh ag ól leis féin. Shocraigh sé siúl thart faoi lár na cathrach sula dtabharfadh sé aghaidh ar an árasán. Bhí sé tamall ag máinneáil thart ar Bharra an Teampaill sular thug sé faoi deara go raibh bean á leanacht aige, nó b'fhéidir gur tharla sé go raibh an bhean chéanna ag imeacht roimhe agus go raibh sé ag siúl ina diaidh gan smaoineamh. Ógbhean chatach dhubh a bhí inti, thart ar scór bliain d'aois, nó mar sin, mheas sé. Go deimhin, bhí sí á leanacht aige ar feadh scaithimh sular thuig sé féin céard a bhí ar bun aige agus, le teann uafáis, rinne sé staic ar thaobh an bhóthair. Ach nuair a thuig sé go raibh sí ag imeacht as amharc air, rop sé leis arís sa tóir uirthi. Stop sí agus bhreathnaigh sí i bhfuinneog siopa, agus choinnigh uirthi arís, gan tuairim aici go raibh sé á leanacht. Ar deireadh, nuair a sheas sí ag solas tráchta chonaic sé go raibh dul amú air agus nach raibh an ógbhean a bhí ina seasamh ag an solas tráchta cosúil léi ar chor ar bith. Bhreathnaigh sé ina thimpeall go bhfeicfeadh sé cá raibh Farída bailithe air, sular chuimhnigh sé air féin.

Go mearbhlach, chas sé ar a chois agus d'imigh sé de shiúl sciobtha sa treo eile. I bhFaiche Stiabhna, gar do gheata Shráid Fhearchair, tháinig sé ar phictiúr ar chanbhás beag stápláilte de chrann. D'aithin sé ceann de chloigne Bhrídín, agus stumpaí coinnle múchta ar an bhféar gearr faoina bhun. Céard a bhí ann? Cóip nó pictiúr goidte? Ceann dá cuid pictiúr in úsáid ag buíon hipí? *Installation*? Scrín? Nuair a scrúdaigh sé go mion é chonaic sé go raibh an íomhá ar an íocóin níos teibí ná mar a bhí a cuid pictiúr go dtí sin, agus nach raibh sa gcloigeann anois ach cúpla dab den scuab.

Thug sé súil ina thimpeall. Ní raibh ann ach daoine ag deifriú thairis tar éis na hoibre. Bhí cuma ar an altóir go raibh sé ansin le píosa, agus b'iontach leis go bhfágfadh na maoir pháirce ann í.

Stop sé le deoch a ól ar an mbealach abhaile agus, faoin am a raibh sé san árasán, bhí Brídín ina chodladh roimhe.

Sheas sé sa stiúideo agus d'fhéach isteach. Bhí na pictiúir chéanna ann, cloigne.

Choinnigh sé súil ar an bpáirc. Tar éis seachtaine, chonaic sé iad. Seachtar nó ochtar a bhí sa mbuíon, beirt bhan ina measc, agus madraí móra ar éill acu. Bhí a gcuid éadaigh tuartha caite, iad buí ag an ngrian agus a gcuid dual tiubh súgánach in aimhréidh orthu, cé is moite d'aon fhear amháin — murb ionann is an dream óg a bhí sna fichidí bhí a ghruaig sin gearr agus bán. Shuigh sé ar bhinse ag spíonadh tobac dó féin. In ainneoin a réchúise, bhí bealach oilbhéasach dána leo a chruthaigh teannas sa gcuid sin den Pháirc.

Níor aithin Henri ar dtús é. Bhí sé bailithe thairis nuair a thuig sé go mb'ionann an seanfhear buí agus randamaí fáin Villiers-le-Bel.

Músclaíodh Henri as a chuid smaointe nuair a tháinig duine acu chomh fada leis ag iarraidh airgid. Thaispeáin sí bileog lán greamaitheoirí dó. Lig sé di greamaitheoir a chur ar a sheaicéad agus thug sé sprus airgid as a phóca di. Nuair a bhí sé imithe uathu fuair sé deis an greamaitheoir a scrúdú. An litir S a bhí ann agus coróin os a chionn.

Dheifrigh sé ar ais chuig an árasán lena chuid nuachta. Bhí Éamonn ann roimhe, agus é ag déanamh caife sa gcisteanach.

Bhí iontas ar Bhrídín é a fheiceáil ar ais chomh luath sin. Shíl mé go raibh tú ag dul isteach chuig an gcoláiste tráthnóna?

Ní chreidfidh tú cé a chonaic mé, ar sé. An seanfhear i Villiers-le-Bel, tá sé anseo i mBaile Átha Cliath. É féin agus na crusties, tá do chuid pictiúr acu.

Bhí Brídín ag breathnú air amhail is go raibh dhá chloigeann air, agus thuig Henri go raibh sé ag labhairt rósciobtha, agus go raibh sé ag creathadh.

3.

Roinnt blianta tar éis dó scaradh le Brídín agus filleadh ar an bhFrainc thug sé cuairt arís ar Bhaile Átha Cliath le freastal ar sheimineár i gColáiste na Tríonóide. Rinne sé iarracht teagmháil a dhéanamh léi sular fhág sé Rennes, ach chinn sé air teacht ar uimhir di.

Ar an gcéad lá sa choláiste, d'fhág sé an seimineár go luath tar éis lóin chun cuairt a thabhairt ar an ngailearaí a mbíodh a cuid pictiúr ar taispeáint ann. Dúirt bean leis ansin nach raibh sí i dteagmháil leo le dhá bhliain, agus mheas sí nach raibh mórán oibre á dhéanamh aici. Ní raibh seoladh acu di. Ní raibh aon eolas uirthi ina seanárasán, ná sna seanbhólaí a chleacht siad. Shiúil sé na seanláithreacha ar fad, ach ní raibh tásc uirthi.

Go tuirseach, ar ais san óstán, agus é ag athrú ó stáisiún go stáisiún ag breathnú ar fhíseáin doiléire den Uachtarán Gaddafi á tharraingt as píopa mór draenála, agus a chorp á thaispeáint ag na reibiliúnaithe buacacha, tháinig sé ar Éamonn Mac Alastair, a ghruaig ligthe fada aige, agus é ar phainéal cainteoirí ag déanamh cur síos ar iris nua litríochta. Nuair a d'iompaigh an láithreoir chuig an dara cainteoir chuaigh Henri ar ais sa tóir ar phictiúir ón Libia arís agus tháinig ar Ghaddafi agus é leathbheo, á tharraingt tríd an slua agus á shuí in airde ar thosach cairr. Chaith sé an chuid is mó den oíche ag dul ó stáisiún go stáisiún sa tóir ar phictiúir de nóiméid deireanacha an uachtaráin.

An lá dar gcionn, thug sé cuairt ar an stiúideo a bhí á roinnt aici le healaíontóirí eile ach ní raibh teacht ar aon duine den dream a bhí ann an uair sin agus ní raibh eolas ar bith ag an dream nua dó. Chuir sé tuairisc Shilvia, agus ní raibh iontas ar bith air a chloisteáil go raibh sí sin féin imithe gan tásc. B'fhacthas dó go raibh Éamonn Mac Alastair i ngach áit. I bhfuinneog siopa leabhar chonaic sé leabhar nua leis; ag geataí Choláiste na Tríonóide tháinig sé ar shean-chomhghleacaí ollscoile leis. Chuir sé tuairisc Bhrídín leis an mbean agus dúirt sí go raibh sí athraithe amach faoin dtuath in áit éigin.

D'fhill sé ar an siopa, cheannaigh sé cóip de leabhar Éamoinn, agus chuir sé a thuairisc leis an bhfreastalaí. Bhí sé ina ollamh le filíocht in ollscoil éigin, ar sé, agus thaispeáin sé dó an cur síos a bhí air in iris litríochta mar fhile a bhí i gcomaoin leis an mbandia.

Tar éis beagán ama a chaitheamh ar an idirlíon, tuigeadh dó go raibh léamh filíochta le tabhairt ag Éamonn an tseachtain sin i mBaile Átha Cliath, agus cé go raibh sé i gceist aige imeacht maidin Dé Luain, chuir sé siar an eitilt cúpla lá agus chuaigh sé chuig an léamh le súil le deis cainte a fháil leis ina dhiaidh.

Ba léir ar Éamonn agus é ina sheasamh ag an bpodium go raibh aois tagtha air. Bhí sé feicthe aige i mbun léitheoireachta cheana, é lán le bladhmann is le faghairt na héigse. Duine níos meánaosta, níos séimhe, níos leithscéalaí a bhí anseo aige, agus cé go raibh an greim céanna aige ar a lucht féachana i gcónaí, le fírinne, chuir sé díomá air. Na dánta a léigh sé, bhíodar níos láí. Léargas éigin a fuair

sé ag éisteacht le ceoltóir jazz i mbeár san Aithin; smaoineamh a
rith leis tar éis lá a chaitheamh ag rómhar sa ngort lena mhac; rud
éigin a dúirt seanduine leis lá, et cetara et cetera. Ba liricí iad seo
don duine buailte nach gcreideann ann féin níos mó. Iarrachtaí an
díomá a choinneáil ar gcúl. Bhí colún reatha aige i gceann de na
páipéir, an stuif céanna.

Nuair a bhí an léamh thart d'éirigh sé le himeacht, gan iarracht
a dhéanamh labhairt leis. B'fhéidir gur air féin a bhí an tseafóid a
cheapadh go bhfanfadh daoine gan athrú. Is cinnte go raibh sé féin
athraithe freisin. Agus é sa scuaine ag iarraidh a dhul amach,
buaileadh sonc air. Bean a d'aithin sé ó chomhluadar Bhrídín, níor
chuimhin leis a hainm. Nuair a chuir sé tuairisc Bhrídín dúirt sí leis
go raibh sí ina cónaí i dTamhlacht, go raibh páiste aici, agus go raibh
an páiste ag freastal ar naíscoil ansin. Thug sí seoladh na háite dó.

Bhí sé rómhall nuair a tháinig sé chuig an naíscoil ach, ar
chomhairle ó dhuine de na máithreacha a bhí fós ag máinneáil thart
ag an ngeata, d'aimsigh sé í i bpáirc spraoi in aice an bhóthair
mhóir, caife á ól aici, ar an nós Angla-Shacsanach, as buicéad
páipéir, agus a híníon dhá bhliain d'aois á brú ar an luascán aici.
Bhí sí rua agus bricíneach, mar a bhí sí féin ag an aois sin,
shamhlaigh sé. Chuir sí in aithne don pháiste é mar chara Mhama.

Bhreathnaigh sé go grinn ar Bhrídín, mar a rinne sise leis siúd.
Bhí a héadan níos tanaí, rud a chuir aois uirthi, shíl sé, ach ní raibh
aon chuid den tslacht ná den ruaichte caillte aici. Nuair a phóg sé
ar an dá leiceann í tháinig boladh an phatchouli chuige arís, agus
dúirt sé léi go raibh sí ag breathnú go maith, rud a thaitin léi a
chloisteáil. Ansin d'iarr sé faoina cuid ealaíne agus bhreathnaigh sí
ar a híníon, ag rá gurbh í siúd a saothar ealaíne. Chuir sé tuairisc
bhaill den ghrúpa ansin agus dúirt sí nach bhfeiceann sí níos mó
iad, cé is moite d'Éamonn. Nuair nár dhúirt sí níos mó níor chuir
sé aon cheist eile uirthi ina dtaoibh.

Tar éis tamaill tháinig ocras air, agus ba léir ón gcaoi a raibh an páiste ag dreapadh ar a máthair go raibh sí tuirseach den pháirc spraoi agus go raibh fonn imeachta uirthise freisin.

An bhfuil tú ag dul abhaile? a d'fhiafraigh sé di.

Níl, ar sí, agus dúirt sí go rabhadar ag dul chuig na siopaí.

Nuair a thuig sé nach raibh sé ag fáil aon chuireadh ar ais chuig an teach, d'iarr sé amach l'aghaidh lóin iad. Ghlac sí lena chuireadh gan cheist, agus thuig sé uaidh sin agus ón gcaoi nárbh éigean di aon ghlaoch a dhéanamh, go raibh sí ina haonar ag tógáil an pháiste agus gur faoiseamh a bhí ann di nach gcaithfeadh sí é a thabhairt ar ais chuig árasán comhairle chontae ina mbeadh fuarbholadh taise agus bréantas claibhtíní is bainne géar, nó b'in mar a shamhlaigh sé é.

Sa teach tábhairne tháinig níos mó beocht inti. Panini a d'ordaigh sí, agus pasta don pháiste. Bhí aiféala air gur iarr sé an trosc nuair a tháinig sé ar an mioniasc crústáilte sa mbrus aráin. Ghabh sí leithscéal leis as a laghad dá cuid ama a thug sí dóibh nuair a bhíodar in aontíos, agus d'admhaigh sí go raibh sí róthógtha leis an ealaín. Ach nuair a thriail sé an grúpa nó an scoil ealaíne a ardú léi arís, bhí doicheall uirthi níos mó a rá.

Níos deireanaí, agus leathdhosaen buidéal beag fíona folmhaithe acu, chuir sí ina leith go raibh sé dorcha agus go ndéanfadh sé staidéar ar nithe, in áit é féin a bhá iontu mar a dhéanfadh sí féin. Chuir sí oibiachtúlacht ina leith, agus dúirt nach raibh san ealaín dó ach rud a raibh anailís le déanamh air, scrúdú, comparáidiú, lipéadú, ach níor bhrath sí riamh gur bhain sé sásamh as an ealaín féin, ba é an sásamh a bhí ann dó ná an scoláireacht aimrid sin. Fiú a spéis sna hArabaigh agus a gcultúr, dúirt sí nár leag sé cois riamh ar ghaineamh na hAraibe. Agus an ceart aici, dar leis.

Bhí sí aiféalach ansin, agus dúirt sí, ina dhiaidh sin agus uile, go mb'fhéidir gurb í féin i ndáiríre a bhí fuar. Gurb é a bhí sa tumadh iomlán sin a rinne sí i ngach rud an bealach a bhí aici le mothúcháin a choinneáil istigh, agus leis an duine eile ina saol a dhúnadh amach.

Tháinig freastalaí óg fionnbhán thart ag lasadh coinnle ar na boird.

Shíl mé i gcónaí gur meafar don saol a bhí san ealaín. Ach ní shílim é sin níos mó, sílim gurb é an saol féin é.

Cén chaoi a bhféadfadh sé sin bheith fíor?

Trí mhaireachtáil go hiomlán san ealaín mairimid go hiomlán.

D'fhiafraigh sé di céard a bhí i gceist aici leis sin.

Chuir tú ceist orm faoi Jean Leroi, ar sí. Ach ní duine a bhí ann riamh, ach bealach le saol a chaitheamh.

Chuir sé ceist eile uirthi ach dúirt sí go raibh an iomarca ráite aici.

Ach ní rún é, ar sé. Nó cén fáth a mbeadh sé ina rún?

Rinne sé iarracht cúpla uair teacht ar ais chuig ábhar an ghrúpa ach ní labhródh sí níos mó air, go dtí go raibh sí ag fáil faoi réidh le himeacht.

Tá an dream sin ar fad scaipthe anois, ar sí.

Agus Jean Leroi, a deirimse. Bhfuil seisean imithe freisin, nó caillte?

D'fhreagair sí go pras é. Ní éagann an rí choíche.

D'fhág sé slán léi féin agus lena hiníon den uair dheireanach ag doras an tí tábhairne tar éis lóin. Nuair a phóg sí ar an leiceann é dúirt sí go spraíúil leis, agus iarraidh den dúshlán ann: Ba chóir duit an gaineamh a sheachaint, b'fhéidir go mbeadh díomá ort. D'iarr sí a sheoladh air, agus bhreac sí síos ar chúl chlúdach litreach é.

Ar a bhealach go stad na dtramanna, sheas sé le páipéar a cheannach agus chonaic sé arís iad. An triúr acu, í féin agus an páiste agus Éamonn Mac Alastair ag siúl in éineacht thairis. Sheas sé isteach i ndoras siopa ionas nach bhfeicfidís é.

I Rennes, coicís ina dhiaidh dó teacht as Éirinn, tháinig beart sa phost chuige. Ar an mbord bhí páipéar an lae roimhe sin leata amach, agus alt faoi Mhoussa al-Sadr á ghearradh amach aige. Bhí sé á mhaíomh ag an gcomhfhreagraí san alt gur inis mac Ghaddafi do thráchtaire polaitíochta ó Bhéiriút nach raibh fírinne ar bith sa scéal gur fhág an tIomám Moussa al-Sadr an Libia i 1979. Níor dhúirt sé gur maraíodh Moussa al-Sadr, agus ba léir gur cheap an tráchtaire go raibh an t-iomám beo i gcónaí.

D'úsáid Henri an siosúr chun an beart as Éirinn a oscailt — leabhar a bhí ann, leabhar ar leis féin í agus a bhí fágtha ina hárasán aige os cionn trí bliana roimhe sin. Pictiúrleabhar a bhí ann den phobal nomadach ar Shlí an tSíoda ó Shamarkand anoir go dtí an tSiria. Ar an gclúdach bhí pictiúr d'fhir a raibh a n-éadan snoite ag an ngaoth is ag an ngrian agus iad suite timpeall ar bhoird ísle ag ól tae. Ag casadh na leathanach dó, tháinig sé ar phictiúr a bhí feicthe aige, is cinnte, na scórtha uair roimhe sin, de mhná ag ól tae. Thug sé suntas do dhuine acu arbh í leathcheann Farida í.

Chrom sé faoin leaba agus thug amach bosca seanrudaí nach raibh áit aige dóibh ar a chuid seilfeanna. D'aimsigh sé an cárta vailintín a scríobh sé di fadó roimhe sin, agus chuir sé an cárta isteach idir leathanaigh an leabhair. Nuair a bhreathnaigh sé ar thosach an leabhair chonaic sé go raibh inscríobh i bpeannaireacht néata curtha ag Brídín ar an leathanach leath-theidil: *Leroi ne meurt jamais*.

4.

Tráthnóna i ndeireadh an fhómhair atá ann, mé ag lascadh an ghairbhéil de dhronn an bhóthair le mo mhaide agus na beithígh á dtiomáint romham agam, Rex ag imeacht le mo chois agus, nuair a chasaim anuas thar Bhearna an Mhaide, éalaíonn fonn mall feadaíle chugam aníos thar na claíocha — san áit a mbeadh an geata oscailte ag Pat Thaidhg romham, a dhá uillinn amach thar bharra uachtair an gheata aige agus é ag ligean a scíthe — agus lasann Rex in airde thar an gclaí agus é ag triall ar a mháistir.

Sa nGarraí Beag, amach ar aghaidh an chró, le contráth na hoíche seasaim in aghaidh an gheata dúnta agus Pat buailte faoi ar stól, a cheann leagtha ar thaobh na bó aige. Cuimlím míoltóga de mo chluasa agus mé ag éisteacht leis an leamhnacht á scairdeadh sa mbuicéad stáin agus an mheadhghabhair ag titim is ag éirí le seabhrán scéiniúil san aer os mo chionn. Ardaíonn Pat Thaidhg a cheann agus glaonn anonn orm. Cé go gcloisim é ní thugaim freagra air, táim ag éisteacht le glórtha eile. Glórtha istigh ionam féin.

Glaonn sé arís. Dúisím agus mé ag bá allais; í sínte le mo thaobh ar an leaba, an bhraillín caite di aici agus í ag monabhar di féin ina codladh. Ar feadh soicind, níl a fhios agam cá bhfuil mé. Aithním ansin í agus leagaim mo lámh go ceanúil uirthi. An bhfuilim sásta? a fhiafraím díom féin. An bhfuilim chomh sásta anois is a bhí mé roimhe seo? Ceist í nach bhfiafraím rómhinic díom féin. An féidir a bheith ag súil le sásamh? Nó an rud a bhí sa sásamh intinne a gcaithfeadh muid a chur ina luí orainn féin? Éirím agus, gan de sholas agam ach an léas lag a ligeann comhlaí na fuinneoige isteach ón lampa sráide taobh amuigh, téim chomh fada le leaba bheag an pháiste, agus cromaim go gcloisfidh mé an t-análú ciúin. Fiú i mo sheasamh ag an bhfuinneog oscailte, is ar éigean atá faoiseamh ar fáil ón mbrothall. Cuirim mo shúil leis an spás beag idir an dá chomhla adhmaid agus breathnaím síos ar aghaidh lasta an tsiopa díreach trasna uainn. Tá na cannaí péinte céanna gan chorraí i bpirimid sa bhfuinneog agus scáil preabach sciatháin leathair ag déanamh damhsa buile thart ar sféar lasta an lampa. I gcéin, dúisítear inneall cairr. Samhlaím í ag dreapadh an bhóthair i dtreo an stáisiúin agus ag casadh soir i dtreo chearnóg an mhargaidh. Múchtar an t-inneall go tobann. Ligeann madra glam as, agus freagraíonn madraí an bhaile é. Go ciúin tomhaiste, téim chomh fada leis an halla, ag imeacht cosnochta ar thíleanna teo. Cuirim cluas leis an doras go gcloisfidh mé an bhfuil duine ar bith ar a chois fós. Tost ar dtús, ansin torann bodhar agus doras á dhúnadh in íochtar an tí, agus dúisítear pictiúr ionam d'fhir dhubha armáilte ag comharthú dá chéile sa dorchadas. Airím an fhuil ag cuisliú i mo chluasa agus mé ag titim go mall go talamh, gunnaí is tóirsí dírithe orm sa dorchadas, béiceacha scanraithe ar gach taobh díom agus piléir ag scinneadh de na ballaí.

Fanaim gan cor asam go mbeirim ar m'anáil arís. Siúilim chomh fada leis an gcisteanach agus dúnaim an doras i mo dhiaidh sula lasaim an solas. Níl sé an sé fós. Líonaim gloine uisce dom féin, agus dúisím an ríomhaire glúine ar an mbord.

Tagann an bhrionglóid ar ais chugam, agus arís eile, déanaim iarracht Pat a chur as mo cheann, agus gan a fhios agam ar beo nó marbh é. I dteach altranais a shamhlaím anois é, corrdhuine isteach aige agus é, idir cuairteanna, ag glaoch ar mhadra nach dtiocfaidh chuige agus ag ainmniú a chuid beithíoch ceann ar cheann mar a bheadh ortha in aghaidh na díchuimhne ann. Agus samhlaím go gcuimhníonn sé orm féin freisin.

5.

I Milano, trí bliana tar éis do Henri Baile Átha Cliath a fhágáil le dul ag léachtóireacht i Rennes, thug a chuid oibre é go dtí coinbhinsiún antraipeolaíochta. Ar shráid, achar gearr ón ollscoil, chonaic sé triúr ar therraza bialainne a bhí crochta os cionn leibhéal na sráide — fear, bean agus páiste. D'aithin sé, nó shíl sé gur aithin sé cara le Brídín.

Silvia, ar sé os ard.

Sheas sé le hamharc níos fearr a fháil uirthi agus ag an nóiméad céanna sin chrom sí uaidh, chun rud éigin a thógáil as a mála, shíl sé. Ar chathaoir lena taobh ag an mbord ar an terraza bhí páiste, páistín beag fionn, trí bliana d'aois, nó mar sin. Bhí sé chomh cinnte gurbh í a bhí ann gur bhéic sé amach a hainm. Bhreathnaigh an fear air, gan freagra a thabhairt air. Chroch sé a lámh orthu go ríméadach, agus chomharthaigh dóibh go raibh sé ag teacht aníos chucu, agus rinne a bhealach síos an tsráid go doras na bialainne.

Níor thóg sé trí nóiméad air an terraza a bhaint amach — é ar bís le scéalta na hÉireann a fháil uathu — ach nuair a shroich sé an bord bhí a ndinnéar fágtha ina ndiaidh acu, agus an triúr glanta leo. Isteach leis sa mbialann, ag ceapadh gur ag tabhairt an pháiste chuig an leithreas a bhíodar, nó fiú ag íoc an bhille. Ní raibh tásc orthu. Bhí doras eile ar an mbialann ag oscailt amach ar shráid eile, áit a rabhadar imithe, gan dabht. D'fhill sé ar an terraza agus chonaic go raibh nóta caoga euro leagtha faoi phláta ar an mbord acu. An é féin a chuir an ruaig orthu, nó an é go raibh siad ag troid? Nó an dul amú ar fad a bhí air? Tháinig an freastalaí leis an mbord a ghlanadh agus d'fhiafraigh sé de faoin triúr. Chroith sé a ghuaillí agus dúirt sé rud éigin faoin bpáiste nár thuig Henri. Dheifrigh Henri amach as an gcaifé, agus dheifrigh sé suas go barr na sráide le súil go dtiocfadh sé orthu.

Go héidreorach, bhí sé ag imeacht roimhe i ndiaidh a mhullaigh tríd na sluaite, go ndeachaigh sé amú ar fad. Nuair a tháinig sé ar an trambhealach, shocraigh sé filleadh ar lár na cathrach. Agus é ag iarraidh ticéad don tram a cheannach ag meaisín ar an tsráid, d'airigh sé fear óg lena thaobh ag breathnú thar a ghualainn. Leag sé a chiotóg ar a phóca. Tar éis cúpla iarracht nóta deich n-euro a chur sa meaisín bhrúigh an fear óg isteach lena thaobh.

Cabhróidh mé leat, ar sé.

Ar a chúl, d'airigh Henri an scuaine ag dul i méid agus, ar fhaitíos go gcuirfeadh sé tuilleadh moille ar thaistealaithe, lig sé don fhear óg an t-airgead a thógáil as a láimh agus na cnaipí a oibriú dó. Cé nach raibh aon chall leis sin — mheas sé go raibh sé féin in ann an meaisín a oibriú ach go raibh sé mall ag léamh na dtreoracha as Béarla — bhí sé buíoch den teagmháil phearsanta. Chonaic sé ansin nach Iodálach ach Arabach nó Turcach a bhí san fhear óg, agus bhí náire air as an amhras a léirigh sé ann ar dtús.

Lena bhuíochas a thaispeáint, lig sé don tram imeacht agus d'fhan le ceisteanna an fhir óig a fhreagairt — cé mb'as é agus cá fhaid a bhí sé ag fanacht sa gcathair. Bhí Béarla maith ag an bhfear óg, agus shíl sé ar dtús go mba mhian leis í a chleachtadh leis. Le cúirtéis, d'fhiafraigh sé de an mb'as an gcathair é féin. Níorbh ea, agus d'ainmnigh sé cathair éigin eile. Izmir. D'fhiafraigh Henri de cá raibh sé sin.

Sa Tuirc, arsa an fear óg. Taispeánfaidh mé duit. Tá léarscáil agam sa siopa, ar sé, agus é ag siúl uaidh.

Go doicheallach, lean Henri é. Cén sórt siopa? a d'fhiafraigh sé de ag coirnéal na sráide.

Siopa potaí cré, arsa an fear óg, an coirnéal casta aige agus é ag dreapadh in aghaidh an aird.

Sa siopa, bhí beirt fhear istigh roimhe suite ar chathaoireacha só ag bord íseal ag ól tae. Turasóir a bhí sa gcéad fhear agus fear leathan déanta a bhí i bhfear an tsiopa. Bhí gruaig chatach dhubh air, súile crua dubha agus srón is liopaí móra feolmhara. Chuir sé ceann de cheiribíní Charavaggio i gcuimhne d'Henri; agus cé go raibh sé gaibhte in aois agus i bhfeoil, bhí slacht na hóige fós le brath air, agus bhí meáchan agus bagairt fearga i ngluaiseachtaí réchúiseacha an fhir mhóir nach raibh san adharcachán óg drúisiúil. Chuir an fear óg in aithne é d'Omar mar a chara Francach agus faoin am a raibh lámh croite aige leis bhí gloine tae leagtha roimhe ar an mbord.

Tae úll, arsa an fear óg.

D'fhiafraigh Omar de cérbh as é agus d'inis Henri dó. D'fhiafraigh sé de an raibh sé pósta, an raibh sé ina chónaí i dteach nó in árasán, cén obair a bhí aige, agus d'fhreagair Henri a chuid ceisteanna ar fad. Mhínigh Omar d'Henri ansin go raibh sé críochnaithe den obair don lá. Bhí lá maith oibre déanta acu, ar sé, agus bhí sé go deas suí ag ól tae i measc cairde agus sásamh a bhaint as an tráthnóna.

Nó an fearr leat rud éigin níos láidre, a d'fhiafraigh sé d'Henri. Dúirt Henri go raibh an tae go hálainn.

D'iompaigh Omar chuig an turasóir Gearmánach ansin agus, fad is a bhí sé ag taispeáint babhlaí dó d'fhiafraigh an fear óg d'Henri cé acu babhla ab fhearr a thaitin leis féin. Thug Henri súil ina thimpeall arís, agus nuair a dhearbhaigh sé dó féin nach raibh sa siopa ach babhlaí, miasanna agus plátaí, go seachantach, dúirt sé go raibh níos mó suim aige i rugaí Turcacha. D'fhiafraigh an fear óg de ar ól sé raki na Tuirce riamh agus, gan fanacht ar fhreagra, d'éirigh sé agus chomharthaigh sé dó é a leanacht.

Lean Henri é timpeall go cúl an tsiopa. Bhí an fear óg imithe síos céimeanna. Go hamhrasach, lean sé síos an staighre é agus, le díomá, chonaic sé go raibh sé i siléar lán rugaí. Ar thaobh amháin den seomra bhí tolg is dhá chathaoir só agus bord íseal, agus ar an taobh eile bhí na scórtha rugaí leata os cionn a chéile agus tuilleadh rugaí corntha agus seasta le balla. Leag an fear óg gloine raki ar an mbord aige dó. Thug Henri faoi deara gur gloine uisce a bhí á ól aige féin. Ghlac sé buíochas leis, agus d'ól bolgam. Bhí rugaí â leathadh ar an urlár aige, ceann i ndiaidh a chéile, agus Henri ina sheasamh, gloine ina láimh aige, agus é á mbreathnú.

Thuig Henri go rímhaith go raibh iarracht a dhéanamh ag an bhfear óg ruga a dhíol leis, ach bhí sé socraithe aige nach gceannódh sé aon cheo agus, le teacht roimhe, dhírigh sé a mhéar ar ruga mór crochta le balla a bheadh ródhaor dó, mheas sé, agus rómhór le hiompar, agus d'iarr sé a luach. Seacht míle euro, a deir an fear óg go sciobtha, agus lean air ag leathadh na rugaí beaga amach ar an urlár, ag iarraidh a thuairime orthu. Rinne Henri neamhshuim díobh agus d'iarr sé an dá ruga mhóra a thaispeáint dó.

Coirdínigh as oirthear na Tuirce a d'fhigh iad, arsa an fear óg. Brídeoga a rinne iad mar spré le tabhairt dá bhfear céile.

Leath sé amach ar an urlár iad — ní rabhadar leath chomh trom is a shíl sé — agus thaispeáin sé na siombail sna pátrúin dó, an t-uisce a sheas do nádúr luaineach an tsaoil agus an phósta, an ghrian a sheas don rathúnas, agus siombail eile nach raibh aird aige orthu mar bhí sé tugtha faoi deara aige go raibh Omar tagtha anuas go ciúin sa siléar.

Cé acu is fearr leat? a d'fhiafraigh Omar de.

Chun an mhargaíocht a sheachaint dúirt Henri leis gur thaitin an dá cheann leis, ach choinnigh Omar air gur ghéill Henri agus gur roghnaigh sé ceann acu, ag rá gurbh in a cheannódh sé dá mbeadh an t-airgead aige.

Airgead? arsa Omar, agus an focal á theilgean as a bhéal aige le déistin. Cé atá ag caint ar airgead? Is cairde anseo muid.

Bhain sé na rugaí eile den urlár agus leath amach an ruga a roghnaigh Henri arís, ansin d'fhiafraigh sé de cé méid a thabharfadh sé air dá mbeadh sé á cheannach.

D'aithin Henri go rabhthas ag iarraidh air praghas a ainmniú agus, le teacht roimhe, ní dhearna sé ach an praghas a luaigh an fear óg a lua ar ais leis. Seacht míle, a d'fhreagair sé, dá mbeadh seacht míle agam, ach níl seacht míle agam agus ní bheidh mé ag ceannach ruga inniu.

Níor shásaigh sé sin Omar. Leag sé a lámh go muinteartha thar a shlinneán. Ach céard é an praghas is mó a thabharfása air? a d'fhiafraigh sé.

Thug Henri an freagra céanna air.

Tharraing Omar siar a lámh le déistin agus ghearr an fear óg isteach ar Henri, ag rá nár thuig sé céard a bhí á fhiafraí ag Omar de agus nach raibh Omar ag caint ar an ruga a dhíol leis ar chor ar bith.

Ar feadh soicind, chuimhnigh Henri go bhféadfadh sé an ruga a cheannach do Bhrídín. Ach chuimhnigh sé ar an bpraghas a bhí ar an ruga agus dhearbhaigh sé arís dóibh nach mbeadh sé ag ceannach aon cheo.

Ceannach? Tá tú á mhaslú, a dúirt an fear óg. Ní dhíolfadh sé ruga lena chara.

Ba léir go raibh Omar féin ag éirí corraithe. Tugaim in aisce duit é, ar sé. Breathnaigh, ar sé, á ardú agus á shíneadh chuige. Bronntanas.

Dúirt sé é sin arís cúpla uair, agus an fear óg ag croitheadh a chloigeann ar fhaitíos nach dtuigfeadh Henri. Tá sé á bhronnadh ar a chara.

Bhí náire ar Henri, agus dúirt sé nach bhféadfadh sé glacadh le bronntanas mar seo uaidh.

Bhí Omar ar a ghlúine os cionn an ruga anois, á fhilleadh go cúramach. Le bileog mhór páipéir dhonn agus téip ghreamaitheach, rinne sé beart den ruga. Tháinig an fear óg chuige le mála spóirt plaisteach.

Tabharfaidh mé an mála seo duit, arsa Omar.

Dhearbhaigh Henri arís nach raibh tada uaidh agus an mála ina raibh an ruga ann á leagan ina ghóil.

Breathnaigh, arsa Omar, déanfaidh mé amach an fhoirm duit le taispeáint do na custaim.

Na custaim? arsa Henri, agus é ag ligean iontas air féin.

Líon an fear óg a ghloine arís. Ach chomharthaigh Henri lena lámh dó nach n-ólfadh sé níos mó.

Cuirfidh mé praghas an déantóra air, arsa Omar, an praghas a d'íoc mé féin air. Dhá mhíle euro. Cuir d'ainm féin leis.

Shín sé an fhoirm chuig Henri agus shínigh Henri a ainm leis. Agus uimhir do chárta creidmheasa.

Bhreathnaigh Henri ar an bhfoirm agus chonaic go raibh uimhir an chárta chreidmheasa iarrtha. D'fhan sé cúpla soicind, a pheann san aer aige, thóg amach a chárta, agus scríobh síos an uimhir.

Gan géilleadh don fhonn a bhí air rith amach as an siopa, shiúil sé amach go mall réidh, agus tar éis dhá nóiméad siúil tháinig sé ar chearnóg na hArdeaglaise. Isteach leis faoi áirse Ghalleria Vittorio Emanuele II, agus ar an tsráid choisithe faoi dhíon d'aimsigh sé bord caifé. Go diomúch, shuigh sé chun boird, leag a mhála ar an gcathaoir lena thaobh agus d'iarr espresso ar an bhfreastalaí. D'fhan sé i bhfad ansin, ag blaistínteacht den chaife agus ag breathnú in airde ar an díon gloine os a chionn agus ar na sluaite siopadóirí óga agus turasóirí ag dul siar is aniar thairis.

Gleo ag éirí ina mhaidhm ina thimpeall a dhúisigh as a chuid brionglóidí é. Chas sé é féin thart timpeall ina chathaoir go bhfaca sé an slua á scaipeadh, agus shíl sé go raibh timpiste éigin tarlaithe. Bhí sé ar a chosa nuair a chuala sé an ceol. Ceol damhsa a d'aithin sé, agus glór leictreonach. I lár an urláir bhí suas le dhá scór ógbhan in éide dubh ag gluaiseacht i gcomhar le chéile le rithim an cheoil, ansin, d'aon iarraidh amháin, chaitheadar díobh a gcuid seaicéidí le gáir ón slua a bhí ag bailiú ina dtimpeall. Dubh nó bán a bhí a gcuid léinte. Níor mhair an t-iomlán ach trí nó ceithre nóiméad. Ansin scaipeadar agus an slua ag bualadh bos. I rith an taispeántais chuimhnigh sé ar Bhrídín, agus é a rá leis féin gur bhreá léi é seo a fheiceáil. Ach nuair a bhí an seó thart tháinig amhras air, agus díomá. Ní raibh aon bhlas den easumhlaíocht ann a bhraith sé ar an ócáid i bPáras, ná den chontúirt a bhraith sé sa mbanlieu. Umhlú a bhí anseo ceart go leor, ach umhlú do Mhamon, don té is gáifí agus is guagaí de na déithe.

D'fhill sé ar an mbord chun a chuid caife a chríochnú. Nuair a chonaic sé an mála chuimhnigh sé ar Fharída, agus ansin ar Bhrídín, agus mhothaigh sé teas na fola ar a éadan. D'fhág sé luach an chaife sa luaithreadán agus, gan an mála a thógáil, d'éirigh sé agus d'imigh sé. Ní raibh fiche méadar siúlta aige nuair a d'airigh sé glór ar a chúl. Mister, a deir an freastalaí, agus é ag deifriú chuige lena mhála. Mister. Ghlac Henri leis go cúirtéiseach, agus d'imigh.

Faoin Sliabh

Ba sa leithreas thuas staighre sa gClub ar Shráid Fhearchair a bhíodar, fear óg cromtha os cionn an fhualáin agus a thóin leis; Mac Alastair ina sheasamh ar a chúl, ag scaoileadh a bheilte. Níorbh aon umhlú siombalach ná insealbhú deasghnách a bhí anseo, ach síneadh cumhachta i gcúlseomra tais, an t-aer trom le mos fearga, le hallas is le mún. Dhúisigh mé de phreab sa mbedsit geal-lasta agus shuigh mé aníos sa leaba in aon bharr amháin allais, mo chroí ag rásaíocht agus mo bhall fearga ag cruachan faoin gcuilt, ach ní túisce é ina chrann spreoid amach romham ná las pian i gcúl mo chinn, agus b'éigean dom mé féin a chaitheamh siar ar mo dhroim arís. D'ísligh mé mé féin faoin gcuilt, agus chas ar mo thaobh, ach nuair nach raibh mé in ann an pictiúr a dhíbirt as mo cheann d'éirigh mé, nigh mé mé féin go sciobtha, ghléas, d'fhill dhá mhála canbháis, á gcur síos i bpóca mo chóta, agus d'imigh liom amach, a gcluichí eachmairte fós i mo chluasa, an ceinteár ag únfairt ar bhruacha na Bradóige agus mé ag deifriú i dtreo an tsiopa.

Ní fhacas dé orthu.

Ní raibh an siopa leathmhíle ón teach, agus nuair a bhí an tsiopadóireacht déanta sheas mé i dteach tábhairne sa mBaile Lochlannach go n-ólfainn deoch leis an teannas a bhí orm a mhaolú.

Nuair a tháinig mé chomh fada leis an ngeata, mo chosa ag lúbadh faoi mheáchan mo chuid málaí grósaera, chonaic solas i m'fhuinneog féin — rud a chuir iontas orm — agus duine éigin ina sheasamh i bhfuinneog an tseomra suite tigh Mhic Oireachtaigh. A luaithe is a d'oscail mé an doras ba léir go raibh cuairteoirí agam: gach rud bunoscionn, doirse na gcófraí ar leathadh, leabhair agus éadaí caite amach tromach tramach ar an urlár agus ar an leaba. Chuala casacht ar mo chúl agus ba bheag nár thugas léim as mo chraiceann. Bhí Bean Mhic Oireachtaigh tagtha taobh thiar díom ar chéim an dorais, a cóta caite thar a slinneáin aici lena deifir amach, a gruaig fhada liath anuas lena droim, agus a fear ag gliúcaíocht isteach thar a gualainn. Sheasas sa doras rompu.

Bhí muid ag iarraidh glaoch ort, ar sí, ach ní bhfuair muid aon fhreagra.

Gan bhréag, d'inis mé di nach raibh an fón luchtaithe agam.

Chuir fear an tí a cheann isteach idir í agus an ursain. Briseadh isteach anseo, ar sé. Níl na Gardaí ach imithe anois díreach.

Thuigeas gurbh iad an Garda Síochána a bhí i gceist aige. Gan an bheirt a ligean isteach thar an tairseach, thug mé leathchasadh thart le súil a chaitheamh ar an seomra arís, ag iarraidh a dhéanamh amach céard a bhí tógtha, agus cé go raibh mé ionann is cinnte go raibh an bheirt tagtha isteach sa mbedsit in éineacht leis na Gardaí, ní raibh mé á n-iarraidh sa mullach orm. Chonaic mé nach raibh mo mhála taistil san áit ar leag mé é, ach níor dhúirt mé tada.

Triúr acu a bhí ann, a dhearbhaigh bean an tí agus í ag ardú den chéim le díocas. Beirt fhear agus bean in éineacht leo. Chonaic mé le mo shúile cinn iad, chonaic sin. Agus ghlaoigh mé ar na Gardaí. Ba bheag nár shíothlaigh mé nuair a chuala mé san árasán iad. Bhí mé cinnte go raibh siad ag dul a theacht isteach sa mullach orm agus muid uilig a mharú.

Tá sé ag iarraidh labhairt leatsa. An sáirsint, atá i gceist agam.

Le go bhfeicfidh siad ar goideadh aon cheo.

Chuimhnigh mé ar na cóipleabhair. Dhá choiscéim, agus bhí mé cromtha faoin leaba. Ní raibh dé orthu. Bhí an bheirt tagtha isteach taobh thiar díom: eisean ag taispeáint na hanlaí ar na fuinneoga dise, mise ag cuardach i measc na leabhar is na bpáipéar a bhí caite amach ar fud an urláir.

Meas tú céard a bhí uathu? Ar goideadh aon cheo?

Níl sé ach tagtha isteach, a Neans. In ainm Dé tabhair seans dó. Tá a uimhir anseo agam duit. D'iarr an sáirsint ort glaoch air ar maidin. D'fhág siad do sheicleabhar agus do chuid airgid. Shíl sé go raibh sé sin aisteach.

Chuaigh mé tríd an seomra arís agus mo chroí ag bualadh, éadaí is páipéir á dtarraingt amach agam. Bhí na héadaí salacha a bhí sa mála droma doirte amach ar an urlár acu, mar aon le mo phas is mo chuid páipéar. Ní raibh aon amharc ar an mála féin ná ar an ríomhaire glúine; bhí na cóipleabhair tógtha, agus an chlóscríbhinn a rinne mé den athscríobh.

Bhí an sáirsint ag rá, arsa an bhean, agus an dá shúil méadaithe inti, go mb'fhéidir go raibh drugaí i gceist.

Sea, arsa an fear go ciúin. Bhí mé féin is Neans a rá nár mhaith linn an t-árasán a ligean amach níos mó. Gan breathnú sa tsúil orm shín sé cárta i mo lámh a raibh uimhir an tsáirsint scríofa air. Tá a fhios agat féin, na páistí agus cúrsaí slándála agus mar sin de. Labharfaimid faoi ar maidin.

Agus iad ag imeacht, chuala mé carr á tiomáint go mall thar bráid. Thóg mé an fón, agus sheas mé agus é i ngreim láimhe agam; súil á caitheamh i mo thimpeall arís eile ar thóir na gcóipleabhar. Chaithfinn dul chomh fada leis an Seansailéir agus gach rud a mhíniú dó. Seans go ruaigfeadh sé mé, ach ní bheadh aon chúis go gcoinneodh sé na cóipleabhair orm.

Ghlaoigh mé ar Theach an Gharda ar dtús. An Crúca a d'fhreagair. Ní dhearna sé aon iontas de mo cheist agus dúirt go raibh cruinniú den Chomhairle i bPort Mearnóg i dtuaisceart na cathrach, agus gur imigh an Seansailéir ann go luath le dul ag snámh. Ghlaoigh mé ar fhón póca an tSeansailéara, agus nuair a freagraíodh an fón thug mé a ainm go sásta, ach níorbh é an Seansailéir ach Mac Alastair a d'fhreagair, ag rá gur fhág Oilivéar a ghuthán ina dhiaidh. Thosaigh mo chroí ag bualadh go tréan agus bhí mé ar tí an fón a mhúchadh nuair a chuimhnigh mé gur dóichí go raibh m'ainm is m'uimhir tagtha aníos ar an bhfón aige. D'inis mé dó cé a bhí ann agus go raibh mé ag iarraidh labhairt leis an Seansailéir. Bhris duine éigin isteach i m'árasán, a dúras, agus theastaigh uaim é a inseacht dó.

D'fhiafraigh Mac Alastair díom ar ghlaoigh mé ar na Gardaí.

Tá siad tagtha is imithe, a deirimse.

Fan san árasán, ar sé. Fan istigh, a bhuachaill, agus ná corraigh as go dtiocfaimid do d'iarraidh.

D'imigh sé den ghuthán sula bhfuair mé deis mo sheoladh a thabhairt dó, agus bhí mé ar tí glaoch ar ais ar uimhir an tSeansailéara nuair a chuimhnigh mé orm féin: D'fhan mé go bhfeicfinn an nglaofadh Mac Alastair ar ais orm agus nuair nár ghlaoigh, thosaigh mé ag líonadh mála le héadaí agus mo mhéara ar creathadh.

Chuaigh mé trí na leabhair arís. Ní raibh oiread agus leabhar amháin le Nadín fanta ann. Joseph O'Connor, Winterson, *The Girl with the Pearl Earring*, *Favela*, *The Shipping News*: bhíodar ar fad tógtha acu. A hainm ar gach uile cheann acu. Bhreathnaigh mé in airde agus chonaic mé go raibh an léarscáil ar an mballa i gcónaí. Agus mo dhá chluais bioraithe agam le faitíos go dtiocfaidís ar ais, chríochnaigh mé an phacáil go sciobtha. Ní raibh tásc ar mo mhála droma, agus b'éigean dom mála plaisteach bruscair a líonadh le mo chuid éadaigh. Thóg mé mo phas agus chuir i mo chóta é. Bhí mé ag folmhú an tarraiceáin le taobh na leapa nuair a thug mé faoi deara nach raibh an scaball crochta san áit a d'fhág mé é. Chuardaigh mé an bord oíche, agus an t-urlár faoin leaba. Ní raibh dé air.

Thug mé sciuird eile faoin seomra ar thóir na gcóipleabhar, ach ní raibh de thoradh air ach píosa de leathanach stróicthe a fuair mé faoin leaba: scríbhneoireacht mhór dhlúth ar thaobh amháin; pictiúr d'éadan fir sa dorchadas ar an taobh eile. D'aithin mé gur phíosa a bhí ann de phictiúr le Raphael a chóipeáil mé i bhfad roimhe sin — an Teaghlach Naofa faoi chrann darach, agus Iósaf sa gcúlra ag breathnú ar Mhuire is Íosa. Chuir mé go cúramach i mo thiachóg é agus chroch mé mo mhála ar mo ghualainn. D'airigh mé carr taobh amuigh agus d'fhan taobh thiar den chuirtín gur imigh sí thar bráid, d'fhág air an solas, agus dhún an doras i mo dhiaidh.

Chuireas mo mhála i dtaisce sa gcaifé idirlín ar Shráid Uí Chonaill, shuigh isteach i dtacsaí agus, tar éis turas intíre, bhaineamar an fharraige amach taobh ó thuaidh de Chuan Bhaile Átha Cliath i Mullach Íde. Thángamar anuas le cósta ansin — fir, mná, páistí is madraí ag siúl ar chosán na farraige ar thaobh mo láimhe clé, agus ar thaobh mo láimhe deise an ghrian ag ísliú taobh thiar d'eastáit tithíochta Phort Mearnóg.

Chas an tiománaí isteach geata mór leathan ar chlé agus thiomáineamar faoi chrainn mhóra péine suas aibhinne lúbach gur shroicheamar doras an tí ósta, seanfhoirgneamh mór áirgiúil a raibh cliatháin nua ar gach taobh de, agus é lasta taobh istigh is taobh amuigh.

Bhí sé ag dul ó sholas agus níor mheas mé go mbeadh an Seansailéir fós ag snámh. Dhreap mé in airde na céimeanna go dtí an doras tosaigh. Taobh istigh, bhí freastalaithe i veisteanna buí ag tabhairt deochanna chuig lánúnacha suite ag boird, a nglórtha múchta ag dordán an cheoil. Chuas ó sheomra go seomra gan duine ar bith ar m'aithne a fheiceáil sular fhill mé ar an deasc fáiltithe le tuairisc an chruinnithe a chur. Threoraigh eachtrannach óg mná go seomra i mbarr an staighre mé, áit a raibh thart ar scór cathaoireacha timpeall ar bhord ollmhór, cótaí crochta ar chúl péire nó trí cinn de na cathaoireacha agus gan dé ar dhuine ar bith.

B'fhéidir go ndeachaigh siad síos staighre le deoch a ól roimh an gcruinniú, arsa an fáilteoir agus í ag casadh ar a sáil.

Taobh amuigh, sheas mé ar bharr na gcéimeanna, chuir mo ghualainn le hursain an dorais, d'iompaigh mo chúl leis an gceol rithimeach damhsa, agus thug féachaint i mo thimpeall. Bhí tacsaí eile ar a bealach aniar trí na crainn. Sa treo eile bhí carrchlós agus, ar an taobh thall de shoilse an charrchlóis, líne dumhcha an ghalfchúrsa idir mé agus an fharraige, agus meall dorcha Bhinn Éadair taobh ó dheas de sin arís. Tháinig buíon déagóirí amach as an tacsaí ina muinchillí gearra agus dhreap siad aníos na céimeanna agus d'imigh isteach tharam ag caint is ag gárthaíl go geal.

Nuair a d'ardaigh mé mo shúile arís ghoin solas gealánach gorm m'aire. Bhí daoine cruinnithe thart ar fheithicil — otharcharr nó carr de chuid an Gharda Síochána — ar thaobh na farraige den charrchlós. Síos na céimeanna liom de shodar. De réir mar a bhí mé ag imeacht ó shoilse an óstáin bhí feiceáil níos fearr orthu. Sa gcarrchlós, bhí beirt ina seasamh le taobh otharchairr, agus carr Garda páirceáilte lena taobh. Thoir ar na dumhcha bhí solas tóirse le feiceáil ag teacht chugainn ón trá. Bhaineas an t-otharcharr amach agus beirt ag iompar sínteáin isteach tharam. Tháinig triúr nó ceathrar eile go tostach ina ndiaidh aniar agus mhothaigh mé an fhuil ag trá as mo chloigeann agus an Seansailéir á iompar isteach tharam, a shúile dúnta agus taobh a éadain ata. Fáscadh méara ar mo ghualainn. Bhí Silvia ina seasamh le mo thaobh agus a dhá súil leathnaithe aici i bhfoirm ceiste. Thug mé croitheadh do mo ghuaillí. D'fháisc sí a lámh orm agus bháigh sí a ceann i mo ghualainn.

Rinne lucht an otharchairr a gcuid oibre go ciúin sciobtha, á shíneadh isteach sa gcarr agus duine díobh ag suí isteach lena thaobh.

Nocht an Constábla é féin in aice linn. Seo, a thaiscí, ar sé go séimh le Silvia, suigh isteach sa ghluaisteán agus tabharfaidh mé abhaile thú i gceann cúpla bómaite.

Thug mé chomh fada leis an gcarr í, agus í ag snagaíl chaointe. D'oscail sé an doras paisinéara di agus shuigh sí isteach. Dhún sé an doras agus chuir a dhroim le cabhail an chairr. Bhí an oíche ag titim go sciobtha agus soilse Bhinn Éadair ag gealadh os cionn na ndumhcha.

D'fhiafraigh mé de an mbeadh an Seansailéir ceart go leor agus chroith sé a cheann go héiginnte. Tá siad ag rá go bhfuair sé fíor-dhrochbhualadh.

Céard a tharla dó?

D'ionsaigh paca scabhaitéirí é ar an tráigh. Murach go dtáinig daoine eile ar an láthair bheadh sé marbh acu. Bhí muidinne tagtha chuig an óstán do chruinniú na Comhairle nuair a tharla sé. Bhí Mac Alastair anseo go luath roimh an chruinniú agus chuaigh sé ag siúl ar an tráigh. Casadh na Gardaí air ar an láthair.

Thug an Constábla féachaint amhrasach orm. Ní raibh mé ag dréim leatsa anseo, a Jó?

Rinne mé cur síos dó ar ar tharla sa mbedsit, gan na cóipleabhair a lua. Nuair a bhí deireadh inste agam thosaigh mé ag míniú faoi Nadín dó. Le faitíos go raibh an t-eolas sin aige faoin am sin, theastaigh uaim teacht roimhe. Thosaigh mé ag inseacht dó faoin seanaithne a bhí agam uirthi, gan níos mó ná sin a rá.

Ghearr sé trasna orm: Níor inis tú é sin dúinn.

Cén chaoi a bhféadfainn?

D'fhiafraigh sé díom cén fhaid a bhí sé seo ar bun agus dúirt mé go raibh muid ag siúl amach le chéile ar feadh cúpla seachtain an samhradh roimhe sin.

Bhí mé ag caint le Mac Alastair, ar sé. Dúirt sé go raibh rud inteacht eile san árasán agat. Bhí tost ann sular labhair sé arís. Clóscríbhinn.

Rinne sé meangadh lena bhéal, ach bhí na súile do m'fhaire go géar.

Clóscríbhinn? a deirim go slóchtach, ag ligean iontais orm féin, agus bhreathnaigh mé air, ag cuardach leide éigin dá raibh ar eolas aige. Nuair nach ndearnadh sé ach stánadh ar ais orm de ghnúis dúnta dúirt mé leis nach raibh iontu ach páipéir. Nótaí le haghaidh úrscéil.

Chuir Mac Alastair an-spéis iontu.

D'inis mé dó gurb é Mac Alastair a bhí ag freagairt ghuthán póca an tSeansailéara.

Caithfidh sé go bhfuair sé tite ar an tráigh é.

Má fuair, nach aisteach nár luaigh sé tada liom faoin Seansailéir?

Níor dhúirt an Constábla tada leis sin, ach thóg amach a fhón póca agus rinne iarracht glaoch.

Níl sé ag freagairt domh, ar sé. Rinne sé a mhachnamh sular labhair sé arís. Bhíomar inár seasamh sa dorchadas, ár ndroim leis an gcarr, san áit nach mbeadh feiceáil go soiléir orainn. San aird thoir bhí cruthanna dorcha le feiceáil ag teacht anuas thar na dumhcha chugainn. Sin iad Mac Alastair agus lucht an Gharda ag teacht ar ais chugainn ón tráigh, ar sé. Tá caint ar chruinniú éigeandála anseo níos moille anocht, ach b'fhéidir gur chóir duitse é a ghearradh sula bhfeicfidh siad anseo thú.

Bhreathnaigh mé uaim siar i dtreo na gcrann ard péine idir muid agus an bóthar mór. D'fhéadfainn imeacht anois díreach i nganfhios dóibh, a deirim liom féin. Bhreathnaigh mé ar ais i dtreo na ndumhcha.

Mar sin, a deirim, ní ag an Seansailéir a bhí mo chuid páipéar ach ag Mac Alastair?

Dar ndóigh, ar sé.

Nuair nár dhúirt sé tada eile d'fhág mé ag an gcarr é agus chuaigh mé ag siúl i dtreo na ndumhcha. Tháinig mé ar chosán leathan gainimh san áit ar thug lucht an otharchairr an Seansailéir anuas ar shínteán cúpla nóiméad roimhe sin. D'imigh mé romham agus mo chosa ag dul i mbá sa ngaineamh mín tirim agus gan de threoir agam ach léas lag soilse an charrchlóis ar mo chúl, na réaltaí os mo chionn, agus glórtha na bhfear amach romham. Chuala glór ard Mhic Alastair os cionn na nglórtha eile. Áit éigin níos faide ó dheas le cósta d'éirigh glór fada caointeach an chrotaigh go caointeach san aer.

Cá bhfuil tusa ag dul?

D'éirigh beirt amach romham sa dorchadas agus d'aithin mé glór bagrach an fhir rua.

Níl uaim ach dhá fhocal le Mac Alastair, a d'fhreagraíos go múinte, agus rinne iarracht a dhul thairis.

Sheas sé sa mbealach orm agus d'fhógair an dara duine m'ainm os ard.

Tháinig Mac Alastair i láthair, gan mála ar bith á iompar aige. Rinne mé iarracht cuimhneamh an raibh aon mhála feicthe agam i seomra an chruinnithe.

A Sheosaimh, ar sé. Chroith sé lámh liom agus d'fháisc mo ghualainn lena lámh chlé. Is maith liom go bhfuilir anso. Gabhaim pardún agat, bhí sé i gceist agam glaoch thar n-ais ort leis an scéal so, ach tuigeann tú féin.

D'iompaigh sé go sciobtha chuig compánach an fhir rua — d'aithin mé ansin gurbh é scoláire na cóisire a bhí ann — agus d'iarr sé air rud éigin a fháil dó as an gcarr. Bhí sé i gceist agam a fhiafraí de an aige a bhí na cóipleabhair ach, sula bhfuair mé deis labhartha, scaoil sé le mo láimh dheas agus, lena lámh eile leagtha thar mo shlinneán aige, thug sé ag siúl ar ais i dtreo an charrchlóis mé, agus é ag déanamh cur síos ar an gcaoi a dtáinig sé ar an Seansailéir sínte ar an trá agus an Garda Síochána ina thimpeall.

Ach tá rud amháin soiléir, a Sheosaimh, a sé, agus é ag moilliú síos sula dtáinig muid chomh fada le soilse an charrchlóis. Táimid tagtha go huair na práinne, agus caithfear beart a dhéanamh.

Bhreathnaigh mé go héiginnte air.

Tháinig an scoláire chugainn agus shín sé mála trom chuige.

Bhain Mac Alastair a lámh díom, thóg sé an mála ina ucht, ghlac buíochas leis an scoláire agus d'iompaigh sé ar ais chugam.

Gabhaim pardún agat, ar sé arís. Míthuiscint a bhí ann. D'ardaigh sé mo mhála droma go bhfeicfinn é. Féach é, ar sé go neafaiseach, chomh teann le mála an phíobaire.

Thóg mé i mo bhachlainn é. Óna toirt is ón meáchan, thuig mé gurbh iad na cóipleabhair a bhí ann.

Ach ar an láimh eile, ar sé, tá áthas orm gur thógamar é mar tá rud nó dhó foghlamtha agam uait, agus táim go mór fé chomaoin agat, a bhráthair liom. Stop sé agus cheartaigh sé é féin: a Ghiolla Rí.

Stopamar faoi sholas lampaí an charrchlóis. Sheas seachtar nó ochtar againn, gan focal, agus an t-otharcharr agus carr an Gharda Síochána ag tarraingt amach as an gclós. D'aithníos beirt nó triúr de na fir fhéasógacha i mo thimpeall. D'éirigh Silvia amach as carr an Chonstábla, agus d'aithin mé an Brúnach ina sheasamh le mo chliathán. Ansin, agus an dá fheithicil á dtiomáint suas an aibhinne i dtreo an tí ósta, leanamar amach as an gcarrchlós iad, ag dreapadh in airde ar an nguaire muiríneach le feiceáil níos fearr a fháil ar an otharcharr agus í ag casadh soir i dtreo an gheata. Shiúlamar go mall trí na crainn phéine ar imeall an ghalfchúrsa, scraith féir is spíonlaigh go bog faoinar gcosa agus boladh na giúise mar a bheadh túis inár bpolláirí. Stopamar nuair a chas an t-otharcharr amach ar an mbóthar mór.

D'iompaigh Mac Alastair chuig an gcomhluadar. Éistigí nóiméad, ar sé, agus d'fhan go raibh an slua beag cruinnithe ina thimpeall. Táimid tagtha go ham na cinniúna, ar sé. Tá dualgas orainn go léir i leith Oilivéir, agus i leith na ríochta seo atá tógtha aige thart timpeall ar an Rí. Go dtí seo bhíomar inár dtost, go deimhin bhíomar siléigeach dar le cuid dínn. Tar éis labhairt le cuid agaibh anso anocht iarradh orm seasamh isteach in áit Oilivéir agus a áit a thógaint go dtí go mbeidh Seansailéir nua againn a leanfaidh den obair a rinne sé. Agus tá sé socraithe i m'intinn agam é sin a dhéanamh, agus a bheith i m'fhear labhartha ar son an Rí. Chun teacht roimh an ngéarchéim seo ní mór dúinn seasamh go dlúth le chéile, agus seasamh go dlúth leis an Rí.

Labhair Silvia sa dorchadas. Ach, a Éamoinn, ar sí, tá sé seo ag teacht salach ar na haon rud a dúraís riamh.

Dúirt an fear rua léi a béal a éisteacht.

Shín Mac Alastair amach a lámh leis an bhfear rua a stopadh. Seo é an eagla a bhí orm, ar sé. Táimid deighilte eadrainn féin cheana féin. Caithimis gníomhú ar an bpointe boise nó beidh obair Oilivéir ar neamhní.

Bhreathnaigh sé go foighdeach ar Shilvia. Tá súil agam ná fuilim ag teacht salach ar aon ní a dúras roimhe seo, a Silvia. Ach féach, ar sé, agus tháinig tost ar an gcomhluadar. Ní am é seo chun bheith ag troid eadrainn féin. Mar a deirim, d'iarr na buachaillí anso orm seasamh isteach in áit Oilivéir agus a áit a thógaint nó go mbeidh Seansailéir nua againn. Ach in áit duine amháin ag labhairt ar son an Rí molaim go mbeadh triúr freagrach as sin. Compántas an Rí.

Triúr a bheadh i gCompántas seo an Rí, ar sé. I mo chuideachtasa, beidh Constábla an Rí, ar sé agus é ag breathnú anonn ar Chonsaidín. D'iontaigh sé chugamsa ansin agus, nuair a bhí gach uile dhuine ag breathnú orm, labhair arís: Agus an Giolla Rí.

Baineadh siar asam mo theideal a chloisteáil á thabhairt orm go poiblí. D'fháisc sé ar mo láimh agus na focail á bhfuaimhniú go cruinn soiléir aige agus, cé nár fháisc sé go teann orm, líonadh mo shúile le deora agus thosaigh mé ag bá allais.

Sula raibh deis agam glacadh lena thairiscint síneadh lámha eile chugam. D'fhan Eilís ina seasamh i leataobh go tostach, agus an scoláire agus an Brúnach agus fir eile ag déanamh comhghairdeachais liom; an Giolla Rí ar gach uile bhéal. Thar ghualainn an fhir rua chonaic mé Silvia ag imeacht uainn de shiúl na gcos. Stop sí ar imeall an charrchlóis agus thug súil siar i mo threo, ach d'fháisc Mac Alastair a lámh i mo thimpeall, do mo tharraingt i leataobh.

Tar anso, ar sé. Tabharfaidh Consaidín í sin abhaile; anocht déanfaimid ár gceiliúradh leis an mBé.

Chuala mé an Constábla ag glaoch a hainm. Nuair a thugas súil siar thar mo leiceann ina treo bhí sí imithe, agus bhí an Constábla ag deifriú isteach faoi na crainn ina diaidh.

Labhair Mac Alastair leis an bhfear rua ansin, agus dúirt leis dul ina ndiaidh agus í a mhealladh ar ais. Ansin dúirt sé leis an gcuid eile dul i gcabhair air. Ba mhaith liom, ar sé leo, focal a bheith agam leis an nGiolla Rí.

Inár seasamh dúinn faoin gcrann péine chrom sé isteach chugam. Tá sé in am gnímh, a Sheosaimh. Ach cé a bhéarfaidh ar an splainc? Cá bhfuil na fir mhaithe a thabharfadh leo an chraobh? Inseodsa duit, a Sheosaimh. Táid anso. Atá tusa, mise, Consaidín. Anois an t-am, agus is anois an uain. Dúramar cheana nach maitheann na déithe don té nach bhfuil in inmhe na cumhachta, agus ní mhaithid ach an oiread don té nach bhfuil sé de ghus ann. Mar a chuireann an stail an síol sa láir is é fear an mhisnigh a thugann toradh don bhandia.

Stop sé, ag súil le freagra uaim, ach níor dhúirt mé tada.

Tusa, a Sheosaimh, is tú an Giolla Rí, an Compánach. Le chéile caithfimid an rud seo a dhéanamh. Fad is atá an Rí ina phluais is fúinne atá sé freastal ar a phobal agus treoir a thabhairt dóibh. An bhfuileann tú liom, a Sheosaimh? An bhfuileann tú sásta an beart a dhéanamh?

Bhí na ceangail ar an mála scaoilte agam. Thógas cóipleabhar ón mbarr, á oscailt. Sa dorchadas ní raibh mé in ann ach na leathanaigh bhána a fheiceáil. Agus na leathanaigh á stróiceadh as an gclúdach agam shamhlaigh mé pictiúir is iontrála Raspúitín is Montmorency, Romulus is Remus, á gcaitheamh amach ar an bhféar. Thógas an dara cóipleabhar agus chaith uaim isteach faoin gcrann í.

Sheas Mac Alastair le stoc leathan péine, ag breathnú i mo

dhiaidh, agus mé ag imeacht uaidh isteach faoi na crainn, leathanaigh á stróiceadh agus páipéar á scaipeadh ar gach taobh agam.

Tá an ceart agat, a Ghiolla Rí, ar sé. Tá am na scríbhneoireachta thart. Tá sé in am gnímh, ar sé arís.

D'osclaíos amach béal an mhála agus chuaigh ag doirteadh na gcóipleabhar amach ar an talamh. Bhí mo mhachnamh á dhéanamh agam ar an méid a bhí ráite aige. Is mé, mar a dúirt sé, an Giolla Rí — an té a umhlaíonn don rí, an té a umhlaíonn don chruinne is don chinniúint. Ach is giollaí muid ar fad, agus sin é an áit a raibh an dul amú air: ní compánaigh de chuid an Rí sinn, is muid a chuid giollaí. An té a déarfadh gur compánach de chuid an Rí é, níl uaidh ach é féin a chur ar ardán os cionn gnáthsheirbhísigh an Rí. Agus sinne atá i seirbhís an Rí, déanaimid ár gcuid oibre go ciúin agus fágaimid compántas an Rí faoin dream sin a shantaíonn glóir is solas an Rí.

Thug Mac Alastair mo theideal orm arís.

Dhírigh mé mo mhéar air. Tugann tú file ort féin, a Éamoinn Mhic Alastair. Níl ionat ach rannaire bréagach a úsáideann bleadar filíochta chun an uaillmhian nimhe atá ionat a cheilt. Deirimse leat nach bhfuil ionat ach Raspúitín nó Richelieu a airíonn uaidh an chumhacht, nó aingeal dorcha a shantaíonn solas agus áit an Rí. Luisiféar. Sea, Lúisiféar. Séanaim thú, a Éamoinn Mhic Alastair.

Leis sin buaileadh buille sa smig orm agus thuairt cúl mo chinn le stoc an chrainn. Chasas mo chloigeann uaidh sular theagmhaigh an dorn le mo leiceann. Rug sé greim ar bhrollach mo chóta, á fháscadh le mo scornach agus do mo bhrú in aghaidh an chrainn. Stánamar ar a chéile gan focal. D'airíomar glórtha ag filleadh inár dtreo agus scaoil sé dá ghreim orm.

Dhíríos mé féin suas, lig an mála folamh as mo láimh, agus d'imigh liom de shiúl tríd an bhféar gan breathnú siar air.

Taobh amuigh den séipéal i bPort Mearnóg tharraing Ford Sierra an Chonstábla isteach ar an gcosán romham, agus d'oscail Silvia an doras cúil dom, lorg na ndeor ar a leiceann. Ghluaiseamar linn gan focal gur mhoilleamar sa trácht ag druidim le bruach thuaidh na Life. D'fhiafraigh an Constábla díom cá bhfágfadh sé mé agus dúirt mé go ndéanfadh áit ar bith gar do lár an bhaile mé.

Ní thig leat filleadh ar d'árasán, arsa Silvia. Féadfaidh tú fanacht liomsa.

Déanfaidh sin cúis anocht, arsa an Constábla, agus mhol sé dúinn beirt stopadh le cairde go mbeadh rudaí socraiste síos. Ar scor ar bith, ar sé le Silvia, beidh tusa ag aistriú siar go Gaillimh amárach.

Cé nár thuig mé céard a bhí i gceist leis sin, d'fhanas i mo thost, agus ag bun Shráid Thomáis, gar do Shráid San Agaistín, tharraing sé isteach ar an gcosán taobh amuigh de shiopa grósaera agus d'fhágamar slán aige.

Agus doras an tí á oscailt aici mhínigh sí dom go raibh obair faighte aici in Ospidéal na hOllscoile sa Ghaillimh.

Leanas isteach sa halla í, thar na boscaí litreach, agus in airde an staighre. Aon seomra amháin ar an dara hurlár a bhí aici, agus doras sleamhnáin idir é agus an leithreas. Bhí leaba bheag shingil ar thaobh amháin, seanphóstaer Mano Negra os a cionn ar an mballa, agus sceitse di féin sínithe ag Brídín. Ar an taobh eile bhí doirteal, liosta siopadóireachta ar an mballa, bord beag agus cathaoir, agus tolg bheag smolchaite faoin bhfuinneog agus í clúdaithe le leabhair is fillteáin. Solas lag a bhí sa seomra, agus in aice leis an gcúpla leabhar — d'aithin mé cnuasaigh Mhic Alastair — bhí seilf lán dlúthdhioscaí aici, agus fo-éadaí fillte go cúramach faoin tseilf. Rinne mé ar an tolg ach, lena ciotóg, thaispeáin sí an leaba dom.

Shuigh mé ar an leaba, agus ní dhearna mé ach mo dhá bhróg a bhaint díom agus síneadh siar go tuirseach ar an gcuilt. Os mo chionn, bhí scaball crochta den mhurlán ar chuaille na leapa.

Thógas i mo láimh é: Naomh Iósaf is a mhaide siúil agus an Rí-Leanbh ar a ghualainn. Ní raibh aon amhras orm ach go mba liom féin é.

Tá tuirse ort, ar sí.

Nuair nár dhúirt mé tada leis sin bhreathnaigh sí arís orm, agus bhreathnaigh sí ar an scaball. Bhain sí den mhurlán é, á leagan i mo láimh aris.

Thugas liom é tré dhearúd, ar sí. Bhí sé i measc na bpáipéar a thógamar. Gabhaim pardún. Bhí sé crochta ansan agam le tabhairt ar ais duit.

D'fháisc mé an scaball i mo ghlac. Bhí sé tuigthe ansin agam nárbh í Eilís a bhí sa mbedsit, mar a shíl mé ag an am, ach í féin. D'éirigh mé i mo sheasamh.

Cá bhfuileann tú ag imeacht? ar sí. Más mar gheall ar an gcuardach é tá ana-bhrón orm. Níor thuigeas cad a bhí ar bun ag Éamonn ag an am. Le do thoil, bíodh muinín agat asam. Thóg sí mo lámh agus d'oscail sí mo ghlac. Féach, ar sí, tá sé deisithe agam duit.

B'fhíor di. Bhí an t-éadach fuaite aici. Thóg sí an scaball agus lig mé di é a chur thar mo cheann.

Déanfad cupán tae duit.

An raibh Brídín ann freisin? a deirimse.

I d'árasánsa, an ea? Ní raibh. Tá Brídín imithe. Ní fheadar cá bhfuil sí.

D'fhiafraigh mé di an raibh sí imníoch fúithi, agus dúirt sí nach raibh. Titeann Brídín ar a cosa i gcónaí.

Shuigh mé ar ais ar an leaba agus shín sí chugam muigín tae.

Ní raibh sí an-dáiríre faoi seo, an raibh? Ní raibh ann ach ealaín di. Siombail nó meafair a dúirt sí féin.

N'fheadar, ar sí. B'fhéidir gurb í is dáiríre dínn ar fad. Uair amháin dúirt sí liom nach mbeadh ríocht againn go mbeadh ainm an Rí ar bhéala na bpáistí.

Baineadh cling as an bhfón agus dhearc sí ar an téacs a bhí tagtha isteach. Tá Oilivéar san ionad dianchúram agus tá bean an Rí imithe chun an ospidéil.

Thit tost orainn nuair a meabhraíodh scéal an tSeansailéara dúinn, agus níor labhair ceachtar againn arís ar feadh tamaill.

Táim ag bualadh le Consaidín ar maidin, ar sí.

Agus Mac Alastair?

Againne atá an cárta cúil. Shín sí fillteán gorm chugam. Is anso atá bean an Rí. Tugadh isteach inniu í. Caith do shúil air, ar sí.

D'oscail mé fillteán lán le nótaí, grianghraif de Nadín, fótachóipeanna de choinnithe ospidéil, agus tuairisc ar shláinte na máthar. Chuir sé iontas orm gur in ospidéal i nGaillimh a bheadh sí. Bhí bileoga eolais ann faoin ospidéal, agus na hamanna cuartaíochta marcáilte le peann. Scrúdaigh mé fótachóip de ghrianghraf den ospidéal a tógadh sa meathsholas agus é cosúil le sliabh mór ag éirí in airde sa spéir, agus chuimhníos ar an sliabh ina bhfuil an Rí ina chodladh, agus ar an gceist a chuir sé nuair a dúisíodh é. An bhfuil sé in am fós?

Agus deir tú go bhfuil Nadín tugtha isteach acu inniu?

Nadín? a dúirt sí go leathmhagúil. An bhfuileann tú fós ag tabhairt aire dá sparán di?

Rinne mé gáire dóite. Shocraigh sí an t-aláram ar a guthán, chuir sí as an solas. Faoi gha liathsholais a ligeadh isteach idir cuirtíní, chonaic mé í ag baint di a bríste agus a geansaí. Bhrúigh sí isteach in aice liom sa leaba bheag shingil, chroch mé an chuilt os ár gcionn agus theagmhaigh ár mbéala i bpóg. Agus í ag cabhrú liom mo chuid éadaigh a bhaint díom, chuimil mé mo mhéara dá cíocha, agus anuas thar chneas bog a másа agus aníos faoi pheil a tóna. Ansin agus mé ag déanamh iontais de go raibh teacht aniar ar bith ionam, shuigh sí in airde orm agus, gan focal, bhuaileamar craiceann go ciúin fuinniúil sciobtha. Ina baclainn, muid báite in allas a chéile, chuimhníos arís ar imeacht agus áit níos sábháilte a aimsiú, ach d'fhan mar sin gur thit suan suaimhneach sách orm.

Dhúisíos i lár na hoíche, a droim ag Silvia liom agus an chuilt caite díom. Bhí solas éigin preabach sa bhfuinneog agus glórtha meisciúla le cloisteáil ar an tsráid taobh amuigh. D'éirigh mé go ciúin, ag déanamh mo dhícheall gan í a dhúiseacht, agus rinne mo bhealach go cúramach chomh fada leis an bhfuinneog. Bhí crann beag trí lasadh ar an tsráid amach os comhair an tí. Ní raibh deoraí le feiceáil. Bhí na glórtha ag imeacht i léig, buachaillí ag scairteadh ar a chéile agus iad ar a mbealach abhaile tar éis oíche ar an ól. Mheas mé go raibh sé am éigin tar éis a cúig. Sheas mé i mo chraiceann sa dorchadas ag breathnú ar an gcrann á dhó nó go ndeachaigh an tine in éag. Nuair a dhorchaigh an tsráid arís chuir mé mo shrón leis an bpána gloine agus thug súil in airde thar dhíonta na dtithe os comhair an tí amach go bhfaca na clabhtaí ag seoladh aniar tharam faoi luas agus chuimhníos ar radharc eile agus ar fhear ag breathnú amach trí dhoras oscailte, tráthnóna rua-lasta sa bhfómhar agus na gasúir i mbun macnais ar an má ar aghaidh an tí, beirt ghlas-stócach ar comhaois, duine acu ag caitheamh an duine eile thar a dhroim i gcor caraíochta. Cloiseann an fear a ngártha agus ar feadh soicind lasann an t-éad ina shúile. Nuair a iompaíonn sé ón doras níl de sholas taobh istigh ach aibhleoga na tine. Tá an mháthair ag srannadh go bog cois teallaigh.

Gabhann creathán fuachta mé, agus nuair a fheicim méara rósdearga na maidine ar an spéir os cionn díonta na dtithe tarraingím na cuirtíní, agus fillim ar an leaba, do mo shíneadh féin go ciúin in aice le Silvia go ndúnaim mo shúile. Feicim fós na clabhtaí ag rásaíocht aniar, ceann i ndiaidh a chéile, ag síneadh aniar ó thús ama. Cuimhním ar Phat Thaidhg, suite sa gcarr ag fanacht liom nuair a thagainn amach as an siopa ag iompar málaí grósaera, an dá mhála á leagan sa mbút agam sula suím isteach sa suíochán tosaigh lena thaobh. Tá a fhios agam gur Satharn atá ann mar tá

dhá leabhar i gclúdaigh chrua leagtha ar an deais agam lena
mheabhrú dom go gcaithfimid stopadh ag an leabharlann ar an
mbealach aniar.

Shíleas i gcónaí go raibh Pat Thaidhg mór le Mamó, agus bhí.
Ach bhí sé mór liomsa freisin.

Bhí sé ina mhaidin go geal agus mé scaitheamh i mo dhúiseacht
sular thuigeas go raibh duine éigin ag bualadh ar chloigín an
árasáin. Ní raibh Silvia sa leaba, ná an chuma air go raibh sí san
árasán ar chor ar bith. Rith sé liom ar dtús gurbh í féin a bhí ag an
doras, go ndeachaigh sí amach ag iarraidh bainne nó arán agus gur
fhág sí an eochair ina diaidh. Ar an bhfón póca chonaic mé go raibh
sé a haon déag. Chaith mé orm mo bhríste is mo léine agus d'oscail
an doras, ach ní raibh aon duine ann, ansin chuimhnigh mé gur
thíos ag an doras tosaigh a bhí an cloigín. D'éalaíos chomh fada leis
an bhfuinneog. Gan na cuirtíní a oscailt, fuair mé amharc ar fhear
ina sheasamh taobh amuigh ar an gcosán, agus é ag breathnú in
airde sna fuinneoga. Chúb mé siar. Bhí an dara duine, fear ard
féasógach a raibh gruaig fhada ghréisceach air, ina sheasamh ag
carr ar an taobh thall den bhóthar, agus é ag iarraidh deifir a chur
leis an gcéad fhear. Shíl mé go mb'fhéidir go raibh teachtaireacht
acu dom ón gConstábla, agus tharraing orm stocaí is bróga, chuir
an laiste ar an doras, agus d'imigh liom síos an staighre. Bhí duine
éigin ag bualadh ar an doras. Trí phána saofa gloine an phóirse
chonaic mé mullach rua. Bhí sé ró-ard le go bhféadfadh sé gur
Brídín a bhí ann. Chuala glór ón taobh amuigh. D'fhreagair an fear
rua é le ceist: Buachaill nó cailín? Chuala mé monuar cainte, agus
chúb mé siar ón dóras.

San árasán d'aimsigh mé nóta a bhí fágtha ar an mbord dom,
uimhir fóin póca agus dhá eochair ar fháinne eochrach — ceann
don árasán agus ceann don doras thíos staighre. Shac mé na
heochracha i mo phóca. Chuimhníos ansin ar an gcrann trí lasadh,

agus d'fhill ar an bhfuinneog agus, go cúramach, bhreathnaigh amach. An ag brionglóidí a bhí mé? Bhí fás breá caorthainn le feiceáil ar thaobh na sráide ar m'aghaidh amach agus duilleoga glasa ar gach craobh.

Chóirigh mé an leaba agus chuir orm mo gheansaí is mo chóta. Sa gcuisneoir tháinig mé ar chartán sú oráiste. Dhiúg mé a raibh fanta ann, chuir an cartán folamh sa gciseán bruscair agus chaith orm mo chóta. Nuair a chuir mé mo shúil leis an gcuirtín arís bhí fear na féasóige fós ann. Ba léir nach raibh sé i gceist acu imeacht agus nach raibh ann ach ceist ama go ligfeadh duine éigin isteach sa bhfoirgneamh iad, agus ansin bheinn sáinnithe san árasán.

Dhúnas an doras i mo dhiaidh agus, thíos faoin staighre, d'aimsigh mé doras amach ar chúl an tí, mar a raibh clós beag ina raibh na boscaí bruscair. Bhí balla ard timpeall an chlóis agus seandoras sa mballa. Bhí an doras faoi ghlas. Tháinig glór an fhir rua chugam ón halla, bhí duine éigin tar éis iad a ligean isteach. Chuireas bosca bruscair in aghaidh an bhalla, agus dhreap in airde. Ar an taobh eile bhí lána cúng coisithe idir an dá shraith tithe agus é brata le cannaí folmha beorach. Tháinig mé anuas go trom ar mo shála. Ní dhearna mé cónaí. Ag teacht amach ar an tsráid dom ghéaraíos ar mo chois agus mé ag imeacht le fána na slí. Cuireadh i gcuimhne dom m'imeacht as an teach ocht mí roimhe sin, ach an uair sin bhí dhá mhála cóipleabhar á n-iompar agam. An uair seo ní raibh agam ach an léine a bhí ar mo dhroim, ach bhí an dá lámh ar luascadh le mo thaobh agam agus mé ag coisíocht liom go sásta síos Sráid San Agaistín i dtreo na Life. Bhí a fhios agam go dtiocfainn ar bhus ar na céibheanna. Bhain veain scréach as na boinn ag casadh coirnéil agus chuimhnigh mé ar Mhac Alastair ag teacht de rith i mo dhiaidh faoi na crainn phéine.

I mo sheomrasa ar an Spidéal, go luath sa tráthnóna, scaoil mé na

barriallacha ar mo chuid bróga móra tairní, agus d'fháisc mé an
leathar righin aníos thar mo rúitíní. Thóg mé an cóta mór dubh as
an vardrús, á chroitheadh, agus sheas os comhair an scátháin, lena
chur orm. Murach mo mhullach bearrtha ba bheag athrú a bhí
tagtha orm ó bhí mé ar an gcoláiste.

Chuaigh mé chomh fada le tigh Phat sula ndeachaigh mé
Gaillimh. Bhí an doras dúnta agus ní raibh tásc ar an madra.
D'aimsigh mé peann is páipéar i mo phóca ach nuair nach raibh
mé in ann cuimhneamh ar rud a scríobhfainn shac mé ar ais i mo
phóca iad.

I bhfaiche na hollscoile chaitheas an tráthnóna ag cuardach
onchon is caisleán sna clabhtaí a bhí ag guairneáin os cionn na
gcrann nó gur dhorchaigh an spéir agus gur líonadh an t-aer le
grágaíl na gcaróg, ansin rinne mé mo bhealach i dtreo an ospidéil.
D'fhanas go dtí tar éis an mheán oíche, agus nuair a tháinig
deireadh le hamanna cuartaíochta thug mé aghaidh ar an doras cúil
a raibh cur síos déanta ag Silvia air dom. Ar mo bhealach ann,
chuireas téacs chuici. Bhí sí ina seasamh romham taobh istigh den
doras gloine, a cóta os cionn a gúna banaltra uirthi, a bob anuas
thar a baithis. D'oscail sí an doras dom agus sháigh cóta bán ospidéil
isteach i m'ucht.

Níl an leanbh feicthe fós agam, ar sí. Tá súil leis an Rí am ar bith
anois. Bhreathnaigh sí orm le súile móra imníocha. Tá tú cinnte?

Nuair nár thug mé freagra uirthi lig sí osna aisti, agus dúirt liom
pócaí mo chóta a fholmhú. Rinne mé rud uirthi, bhain díom an
cóta agus líon pócaí mo bhríste le gach a raibh agam: airgead,
páipéir, agus cloch dhubh Rinn Mhaoile. Thóg sí uaim mo chóta
ansin, á fhilleadh go cúramach agus á chur síos i mála plaisteach
siopadóireachta. Chuireas orm go scafánta agus lean síos an
pasáiste í, mé ar mo dhícheall ag iarraidh coinneáil léi agus í ag
imeacht romham de shiúl sciobtha thar chásanna miotail ina raibh
málaí móra canbháis lán le héadaí salacha. Ba bheag duine a bhí ag

corraí thart sna pasáistí an tráth sin d'oíche. Chuamar thar phost banaltrachta ina raibh bean os comhair scatháin ag éisteacht le raidió a bhí ar bun os íseal agus a gruaig á cíoradh go mall aici. Chasamar siar pasáiste thar fhuinneog ghloine a thug amharc isteach ar chliabháin phlaisteacha ina línte sa dorchadas. Tháinig oibrí amach romhainn i gcóta gorm an ghiolla ospidéil, agus tralaí lán le héadaí corcra á bhrú roimhe aige. Mheasas ag an am go raibh sé íorónta go raibh a mhullach bearrtha aige i bhfaisean na n-ógánach i bhFaiche Stiabhna.

Bhí Consaidín istigh romhat, ar sí liom.

Leath bealaigh síos pasáiste fada d'oscail Silvia doras go tobann agus sheasas isteach ina diaidh. Leaba amháin a bhí sa seomra agus an phluid caite siar uirthi. Idir an leaba agus an fhuinneog bhí cliabhán plaisteach folamh, agus ar chófra beag le hais na leapa bhí irisleabhar ban agus buidéal folamh uisce. Fad is a bhí mé i mo sheasamh go héiginnte taobh istigh den doras chuaigh Silvia ag breathnú ar an gclár nótaí ag bun na leapa.

Dúraís go ndeachaís amú ar an mbealach chun an aonaigh, ar sí. Seo do sheans. Beidh sí ar ais gan mhoill.

Shiúil mé anonn chomh fada leis an leaba. Bhí lorg a cinn ina logán fós ar an bpiliúr. Chrom mé os a chionn agus bholaigh mé de chumhracht a cuid gruaige agus chuimhníos ar fhocail Liam: Tiocfaidh an lá agus beidh caitheamh agat i ndiaidh Nadín.

Dhírigh mé aníos.

Nach bhfanfaidh tú? a dúirt Silvia.

Fanfaidh, a deirim go tur. Go dtiocfaidh sí. Níl an leanbh anseo?

San aonad iarbhreithe, ar sí. Níl sí ag iarraidh go bhfeicfeadh an Rí an leanbh. Seans go bhfuil sí á bheathú anois.

Díreach agus í ag caint air, d'oscail an doras taobh thiar di agus tháinig sé isteach sa seomra, folt gearr catach dubh air, é ar comhairde liom féin. Sheas sé ag bun na leapa agus é ag ardú is ag ísliú go mífhoighdeach ar a bharraicíní. D'aithin an bheirt againn é ar an bpointe. Bhreathnaigh sé sa tsúil orm agus gheit mo chroí go sásta.

Nadín Ní Ghormfhlatha? a d'fhiafraigh sé go héiginnte.

Bhí an chaint bainte de Shilvia agus í ag stánadh air.

Agus é ag breathnú go fiafraitheach ó dhuine go chéile orainn, shíleas gur aithin sé mé, ach ar a theacht níos gaire don leaba dó, ba léir nach raibh san fhéachaint sin ach an tsúil dhóchasach sin a thugtar ar dhochtúir ag iarraidh airde, agus chuimhníos go raibh éide an ospidéil orm. Go diomúch, thuig mé nach raibh aithne ar bith againn ar a chéile, ach bhí a fhios agam ag an nóiméad céanna sin gur mé an Giolla Rí, agus go dtaispeánfaí é sin gan mhoill.

Chuala glór ón doras, glór fir: Fanfaidh mé anseo leat.

Thug an Rí leathchasadh i dtreo an dorais ach níor thug sé freagra air. Nuair a chas sé ar ais bhí ár gcloigne cromtha go humhal agam féin is Silvia dó.

Tá an leanbh san aonad iarbhreithe, a deirimse.

Bhreathnaigh Silvia go hamhrasach orm sular labhair sí féin go hurramach leis. An naíolann, ar sí. Tabharfaidh mé ann thú, más maith leat.

Gan breathnú amháin ar cheachtar againn, shiúil sé anonn chuig an gcliabhán. Nuair a chonaic sé go raibh an cliabhán folamh labhair sé go borb, ag rá go raibh an bealach ar eolas aige, agus d'imigh leis amach.

Bhreathnaigh Silvia go himníoch orm. An bhfuileann sé chun an leanbh a thógaint? ar sí i gcogar liom.

Taobh amuigh sa bpasáiste chuala torann bodhar mar a bheadh duine nó toirt mhór ag tuairteáil in aghaidh an bhalla phlástair. D'imigh Silvia amach. Chuaigh mé anonn chuig an gcófra balla agus d'oscail é. Bhí sé folamh. Chuaigh mé ar leathghlúin go bhfeicfinn an raibh mála nó cás faoin leaba. Ní raibh tada ann. D'oscail mé an cófra leapa. Bhí caidéal beag cíche ann agus buidéal linbh ina raibh braon uiscealach bainne. Thóg mé an buidéal, chuir mo lámh isteach i bpóca mo chóta bán ospidéil agus thóg an chloch dhubh duirlinge as, á leagan os cionn an irisleabhair ar an gcófra leapa, agus d'imigh.

Ba bheag nár bhuail mé faoin mBrúnach sa bpasáiste. Taobh amuigh den doras bhí linn fola ag leathadh amach thar an urlár, agus Silvia agus Gearóid cromtha os cionn fear i seaicéid denim a bhí sínte ar a thaobh i lár an urláir. Sheas Mac Alastair cúpla slat uathu, agus é ag breathnú anuas orthu. Bhí an Rí ina shuí le balla ar an urlár trasna ón doras agus é ag breathnú go scanraithe ar a chompánach agus ar an linn dhorcha fola ag leathnú amach thar an urlár líonóile chuige. Bhuail fearg ar dtús mé, agus é á shamhlú dom gurbh é Mac Alastair ba chiontaí san ionsaí, ach ar fheiceáil an Chonstábla dom agus é ar a ghogaide le taobh Mhic Alastair, agus an chuma air go raibh sé ag leanacht a chuid treoracha, chuir mé an smaoineamh sin as mo cheann. Nuair a d'fhéach mé ar ais ar an bhfear sínte sa seaicéad deinim d'ardaigh Silvia a cheann le piliúr a leagan faoi agus d'aithin mé Jimí Ó hAodha, compánach an Rí. Bhí pluid á leagan os a chionn aici, agus é ag saothrú a chuid anála.

Bhí sé ina sheasamh taobh amuigh den doras, a deir an Brúnach, agus na cosa ag imeacht uaidh nuair a tháinig muide air.

Tháinig banaltra anuas an pasáiste agus í ag fiafraí céard a tharla.

Dúirt Silvia léi fios a chur ar dhochtúir agus d'imigh sí de sciotar.

Scian a bhí ag an bhfear, a d'fhreagair an Constábla. D'imigh sé leis de rith síos an pasáiste. Fear óg a raibh treisleáin ina chuid gruaige aige.

Bhreathnaigh an Brúnach síos an pasáiste. Tá Roibeard rite ina dhiaidh, ar sé.

Bhí éide ospidéil air, arsa an Constábla.

Ag breathnú dom sa treo a raibh Roibeard rite chonaic mé

tralaí lán le héadaí corcra ina seasamh i lár an phasáiste.

Chrom Silvia os cionn Mhic Aodha. Tá dochtúir ar an mbealach, ar sí.

Bhreathnaigh Mac Alastair ina thimpeall agus labhair go ceannúsach. Caithfear garda a chur ar an seomra.

Chroith an Constábla a cheann go toilteanach, chomharthaigh sé do Ghearóid teacht anall chuige, agus thosaigh Mac Alastair ag socrú róta. Bhí an banaltra ar a bealach ar ais anuas an pasáiste agus bean i gcóta bán léi.

Dhearc Silvia orm. Chasas ar mo chois, agus thosaigh orm suas an pasáiste sa treo as a dtáinig muid. Bhí mé in ann í a chloisteáil do mo leanacht. Tháinig altra fir ag deifriú anuas an pasáiste tharam. Sheasas soicind le Silvia a ligean chun tosaigh agus, gan focal eadrainn, d'imigh sí romham go dána thar stáisiún banaltrachta ina raibh beirt ag ól tae, thar scáthán os cionn báisín, thar phána mór balla ina raibh cúpla cliabhán le feiceáil sa meathsholas, agus stop ag an doras. Thug sí féachaint faoina malaí orm sular oscail sí an doras. Lean mé isteach í agus sheas ar feadh soicind i nglas-sholas na pluaise ag éisteacht leis an gcrónán bog suaimhneach. Bhí suas le scór cliabhán peirspéacs ar sheastáin mhiotail agus iad cóirithe i dtrí líne. Leag Silvia mo chóta ar an deasc taobh istigh den doras, chas sí ar ais chugam agus sháigh a méar i dtreo an dorais. Rinne mé rud uirthi agus dhún mé an doras inár ndiaidh. Ba léir ón méadú a bhí tagtha ar an ngleo san ospidéal le cúpla nóiméad roimhe sin go raibh foireann na maidine ag déanamh a mbealach isteach. Ba dhóigh go raibh sé ina chíor thuathail taobh amuigh de sheomra Nadín. Sa dá fhuinneog ar chúl na leanaí, bhí an ghrian ina suí cheana féin agus í ag iarraidh teacht amach taobh thiar de sciathán eile den fhoirgneamh ar ár n-aghaidh amach. Chaith mé súil sciobtha ar an deascán le taobh an dorais, mar a raibh páipéir, fillteáin, agus siosúr, leata amach faoi sholas lampa beag oibre. Ina seasamh in aghaidh tráidire litreacha bhí bouquet bláthanna buí agus a gclúdach plaisteach fós orthu. Agus ar chúl, seastán cótaí ar a raibh seaicéad éadrom, scáth báistí agus maide mór siúil. Maide sléibhteora a bhí ann, a mheasas, é thart ar cheithre throithe ar airde. Thógas i mo lámh é, an t-adhmad á mhuirniú agam. Faoin gcnapán ar a bharr bhí téad curtha trí pholl ann le cur thart ar an láimh. Leagas ar ais é.

Bhí sí tosaithe ag dul ó chliabhán go chéile ag scrúdú na gclibeanna lipéadaithe ar chosa is ar lámha na leanaí. Tríd an gcéad fhuinneog sádh ga fhada gréine a las cliabhán amháin ar thaobh na láimhe deise.

A Shilvia, a deirim, agus shín mo mhéar i dtreo an chliabháin ghrianlasta. Bhreathnaigh sí go fiafraitheach orm. Ná bac leo sin, a deirim léi, agus thaispeáin arís di an cliabhán lasta agus dorn bheag an linbh á chroitheadh faoin spotsholas óir.

Chrom Silvia os cionn an chliabháin agus chroch amach an leanbh.

An bhfuil sé in am fós? a deirim liom féin agus, leis sin, nocht an ghrian í féin go híseal sa bhfuinneog, do mo chaochadh. D'iompaigh mé ón bhfuinneog, bhrúigh cual páipéar is bileog de leataobh ar bharr na deisce agus thóg an siosúr, ag cur bileoga ar fud an urláir. Rinneas ar an gcéad chliabhán, chrom os cionn naíonáin a bhí luite ar a thaobh ina chodladh, chroch aníos an phluid agus, le gearradh den siosúr bhaineas an ceangal plaisteach dá láimh. Bhreathnaigh Silvia go hamhrasach orm.

Tabharfaidh sé beagán ama dúinn.

Bhain mé an dara clib dá chois, agus chlúdaigh arís é. Bhí na clibeanna bainte den tríú naíonán agam nuair a lasadh an phluais i solas bog óir. D'iompaigh Silvia chugam agus an leanbh ina góil aici. Leath aoibh an gháire ar mo bhéal agus chlaon mo cheann i dtreo an dorais. Thóg sí pluid bheag as an gcliabhán, á chasadh thart ar an leanbh agus anonn chuig an doras léi. Sheas sí, agus thaispeáin an leanbh dom cuachta suas faoin bpluid bhán agus an dá shúil dúnta san éadan beag fillte brúite, agus d'fhiafraíos díom féin: An é seo searach na dea-lárach?

Thaispeáineas an siosúr di. Shín Silvia lámh bheag agus ansin coisín an linbh chugam. Gan an scríbhneoireacht orthu a léamh, ghearras na clibeanna agus lig dóibh titim ar an urlár. Go cúramach, leagas an buidéal ar an deasc, thóg an bhróigín as mo phóca agus chuir ar chos an linbh í, anuas thar a stoca. Leag mé mo mhéara ar leiceann an naíonáin agus thuigeas go raibh mo chinniúint aimsithe agam agus tháinig aoibh an gháire arís orm. Go neirbhíseach, rinne Silvia meangadh liom. D'osclaíos an doras di, agus amach léi.

Sheasas. Bhain díom an cóta ospidéil agus chuir orm mo chóta mór dubh. Shac mé an buidéal síos i mo phóca, thóg an maide siúil ón seastán i láimh amháin agus an bouquet bláthanna sa láimh eile. D'oscail mé an doras le m'uillinn agus lean mé amach í.

Cheana féin, bhí an t-ospidéal ag líonadh suas. Thug Silvia leathfhéachaint siar thar a leiceann orm i gcomhartha dom deifir a dhéanamh, agus lean mé timpeall coirnéil í, mo bhróga móra tairní ag baint macalla as an bpasáiste folamh. D'imíomar thar oibrí ospidéil a bhí ag brú tralaí bricfeasta, agus thar bheirt bhanaltraí a bhí ag tabhairt cupáin mhóra caife leo ar dualgas, an leanbh cuachta lena hucht ag Silvia agus mo chroí ag bualadh le scleondar. Amach an doras gloine linn faoi sholas geal na maidine, mise ag imeacht chun tosaigh anois agus Silvia agus an leanbh i mo dhiaidh aniar agus na fáinleoga ag scinneadh thar phlásóg mhór a bhí faoi aon bharr amháin caisearbháin bhuí.

An Cléireach

Darach Ó Scolaí

Ghnóthaigh an chéad úrscéal seo Duais an Oireachtais 2007, agus Gradam Uí Shúilleabháin 2008. D'ainmnigh an iris *Comhar* é mar an úrscéal is fearr ó chasadh an chéid.

Suitear *An Cléireach* in Éirinn agus ar an Mór-Roinn i lár na 17ú haoise, agus mór-thimpeall ar eachtra amháin, ach go háirithe, a thiteann amach le linn ionradh Chromail ar Éirinn, nuair a cruinnítear buíon bheag ar thaobh sléibhe agus, in ainneoin an áir atá á bhagairt orthu, ar feadh aon oíche amháin tagann aiteall sa bháisteach, soilsíonn na réaltóga, agus déantar ceiliúradh ar an ealaín is ar aislingí.

"Saothar cumasach é seo. Ní mór ná gur féidir boladh agus blas an áir a bhrath. Tá teannas drámatúil san insint a choimeádfaidh an léitheoir ag iompó na leathanach ó thosach deireadh."
—*Louis de Paor*

"Tugtar i láthair an aicsin muid, tá allas na gcótaí cabhlach le haireachtáil mar aon le cac na gcapall faoi bhealach na saighdiúirí coise. Scríbhneoir fíor-oilte ardchumasach atá chugainn."
—*Dónall Ó Braonáin*

"Táimid sa phuiteach leo, agus sa draoib, agus sa chlabar. Tá leathanaigh anseo nár mhór duit tuáille a tharraingt chugat féin tar éis a léite d'fhonn tú féin a thriomú...."
—*Alan Titley, Foinse*

"Tá sé ar cheann de na húrscéalta is fearr dár léigh mé le tamall anuas, i dteanga ar bith. Mo cheol thú, a Dharach Uí Scolaí!"
—*Denis King, Nótaí Imill*